世界经典文库

世界二十大名著

图文珍藏版

神奇浪漫的童话故事　享誉世界的童话经典

格林童话

第十九册

[德] 格林兄弟

马博⊙主编　王宏伟⊙译

世晰名箸

线装书局

图书在版编目（CIP）数据

格林童话 /（德）格林兄弟著；马博主编. -- 北京:
线装书局, 2016.1（2021.6）
（世界二十大名著）
ISBN 978-7-5120-2006-1

Ⅰ.①格… Ⅱ.①格… ②马… Ⅲ.①童话－作品集
－德国－近代 Ⅳ.①I516.88

中国版本图书馆CIP数据核字(2015)第258795号

格林童话

作　　者：[德]格林兄弟
主　　编：马　博
责任编辑：高晓彬
出版发行：线装书局
　地　址：北京市丰台区方庄日月天地大厦B座17层（100078）
　电　话：010-58077126（发行部）010-58076938（总编室）
　网　址：www.zgxzsj.com
经　　销：新华书店
印　　制：北京彩虹伟业印刷有限公司
开　　本：710mm×1040mm　1/16
印　　张：15
字　　数：180千字
版　　次：2021年6月第1版第2次印刷
印　　数：3001－9000套

定　　价：4980.00元（全二十册）

线装书局官方微信

目　录

世界经典文库

世界二十大名著

目录

图文珍藏版

1

世界经典文库

世界二十大名著

目录

图文珍藏版

世界经典文库

世界二十大名著

目录

图文珍藏版

导　读

　　《格林童话》产生于 19 世纪初,此时,神圣罗马帝国统治下的德国结构松散,无论是在国家还是民族上都缺乏统一性。1806 年拿破仑瓦解了神圣罗马帝国,也激起德意志民族意识的觉醒,大批知识分子投入民族解放运动之中。但各公国和自由城市之间存在的包括语言、文化等在内的差异成了形成统一民族精神的障碍,为了消除这一文化上的阻碍,一部分知识分子开始宣扬文化民族主义。他们在秉承浪漫主义文化精神的同时,亦将眼光转向民间文化传统领域,从搜集研究民间文艺入手,并借助于民歌民谣和童话故事。在这样的背景下,德国著名语言学家雅格·格林和威廉·格林兄弟收集、整理、加工完成了德国民间文学作品《格林童话》。它是世界童话的经典之作,格林兄弟以其丰富的想象、优美的语言给孩子们讲述了一个个神奇而又浪漫的童话故事。

　　《格林童话》带有浓重的地域色彩、民族色彩和时代色彩。《格林童话》共有216 篇,分儿童和家庭故事、儿童宗教传说和补遗三部分,它问世后不仅在德国、在欧洲流传,在世界各地也都有喜爱它的读者。《格林童话》讲述的多是善与恶、勤与懒、富与贫等,富有趣味性和娱乐性,自问世以来,以其单纯、稚拙、幻想奇丽等特点赢得了小读者的喜爱。它的许多名篇佳作,如《白雪公主》《灰姑娘》《小红帽》《青蛙王子》等在世界各国广为流传,它们中的众多人物也深为孩子们熟知和喜爱,在世界文学史中有着不可替代的地位。

灰 姑 娘

从前有位富商,他妻子得了重病,临终前,她对女儿说:"亲爱的孩子,仁慈的上帝会保佑你,我会从天上注视你,只要你永远都忠诚、善良。"说完,就升入了天堂。小姑娘每天去母亲的墓上哭呀哭,牢记母亲的话,一直都忠诚、善良。冬天,墓地被白雪覆盖,夏天,雪渐渐融化了,富商又为小姑娘娶了个继母。

继母有两个女儿,虽然脸蛋儿漂亮,心肠却很狠毒。她所有漂亮衣服都被夺走了,只穿着一件旧黑外套和一双木鞋。她的两个姐姐嘲笑她:"看啊,多么美丽而骄傲的公主呀!"然后,把她推进了厨房。就这样,她每天在厨房里不停地干粗重的活,从早到晚忙不停:洗衣服、挑水、生火、煮饭。这还算好的,她的两个姐姐更是费尽心思折磨她:让她把混入灰里的豆子一粒粒拣出来。晚上,她干活累了也只能躺在灶边睡觉,而没有床铺。因此,大家见她脏兮兮的,土灰满面,就叫她"灰姑娘"。

一天,她父亲要去集市,便问继女们:"你们要什么呀?""漂亮衣服。"一个回答。"珍珠宝石。"另一个说。"灰姑娘,你呢?"父亲问她想要什么,她说:"就请在您回来的路上,将第一根碰在您帽子上的树枝折给我吧!"

回家时,果然在他路过一片灌木林时,有一根榛树条碰到他的帽檐了,他便将树枝折下,带给灰姑娘。继女们按自己的心愿得到了礼物,灰姑娘只得到根树枝。她来到母亲坟前,把树枝种在坟头,每天她伤心的泪水浇灌着榛树条成长。不久,树枝长成了一棵美丽的大树。每天,灰姑娘都会去树下三次,哭泣祈祷。每次,都会遇见一只白色鸟儿,无论她有什么愿望,小鸟都会满足她。

一天,国王邀请了所有漂亮女孩去参加一个大型舞会,为的是给王子挑选一个未婚妻。灰姑娘的两个姐姐也被邀请去了,高兴得不得了。于是,就唤来灰姑娘为她们梳头、擦鞋,要去王宫里赴宴。灰姑娘多么想去跳舞啊！于是,她便去求继母,让她也去参加舞会。"什么？你也要去？"继母说,"瞧你那一身脏兮兮的衣服吧！还想参加国王的舞会？你又没有漂亮的衣服和鞋子。"但经过灰姑娘一再的请求,继母终于答应了,但她必须在两个小时以内将一大盆混在灰炭里的豌豆全部挑干净。姑娘拿着大碗来到园子,请求道:"善良的小鸽子、小斑鸠和所有小鸟儿们,快来帮我拣豆子！"

那好豆豆就放入小盆,

那坏豆豆就吞入肚子。

于是,两只白鸽从窗口飞进来,接着是小斑鸠,最后飞来了一大群叽叽喳喳的鸟儿。"突突突"地小鸽子开始拣小豆子,其他的鸟儿也加入拣豆子的行列中,很快,一盆豆子拣出来了,这可没用一个小时。灰姑娘跑到继母那儿了,却被继母骂了:"你连漂亮衣服都没有,怎么能去参加舞会呢?"灰姑娘哭得好伤心,继母只好说:"那你若能用一个钟头拣满两小盆豆子,我就同意你去。"灰姑娘拿着掺杂在灰里的豆子又走进小园,同样说道:"善良的小鸽子、小斑鸠,以及所有善良的鸟儿,赶快飞来帮我拣豆子吧!"

> 那好豆豆就放进小盆,
>
> 那坏豆豆就吞进肚子。

马上,一群群的白鸽和斑鸠飞来,天空中聚了一群群的鸟儿,就这样,"突突突"地啄啊啄。不一会儿,两小盆的豆子就都拣完了,这回连半个小时都不到。她又拿着豆子去见继母,以为这下子一定可以去啦!谁料到,那老继母仍要刁难她,说:"这都没用,你连衣服也没有,怎么跳舞?你若是跟我们去了,让我们有多丢人啊!"说完,带着两个女儿就赴宴去了。

灰姑娘只好去母亲坟上,她孤零零的,站在榛子树下喊:

> 摇一摇,晃一晃,
>
> 小树请你将金子
>
> 抖落在我身上。

话音一落,一件金丝裙和一双绣花镶银鞋就掉下来了。小姑娘赶忙穿上它们,赶去参加舞会。灰姑娘在宴会上如公主一般美丽,连她的继母跟姐姐们都没认出这个一身闪金光的女孩儿竟是灰姑娘,她们认为灰姑娘这会儿,一定在家中拣豆子呢!整个舞会上,王子一直拉着她跳舞,并对所有邀请她的青年们说:"她可是我的舞伴。"

天太晚了,灰姑娘说:"我要回家了。"王子执意要跟她回家,看看她是谁家的女儿。但灰姑娘却从王子身边逃跑了,她跳进鸡棚。等到姑娘的父亲走来,王子说:"有位不知姓名的姑娘跳入了你家的鸡棚。"没办法,他们拿来斧子辟开鸡棚,一看,里面没人呀!老父亲还想呢:不会是灰姑娘吧?等到他们回家后,见烟囱的窟窿里点着一盏灯,灰姑娘已经在灰里睡着了。原来,灰姑娘从鸡舍后跳到了榛树下,把漂亮的衣服和鞋子还给了鸟儿。马上又换上灰色的罩衣,回到了厨房。

第二天,等父亲和继母以及姐姐们又走了之后,灰姑娘又来到了榛树下,说:

> 摇一摇,晃一晃,
>
> 小树请你将金子
>
> 抖落在我身上。

很快,一套比昨天还华贵还美丽的晚礼服掉了下来。这一次,王子又是一直拉着她的手,不停地与她跳舞。其他年轻人来邀请她,王子就会说:"她可是我的舞伴。"天色又晚了,姑娘又要回家了,王子一直紧随其后,希望能知道她究竟是谁家姑娘。可是这一次,姑娘仍然逃走了,消失在一片园子中,她宛如一只敏捷的小松鼠,钻过挂满鲜美梨子的大树,逃得无影无踪。等啊等,王子仍不见姑娘回来。这时,灰姑娘的父亲又走来了,王子说:"那个不知姓名的女孩一定在树上。"老父亲想:会不会是灰姑娘呢?于是命人砍掉大树,却不见姑娘踪影。他们到家后,灰姑娘已经睡在厨房的灰堆里了。

第三天,等父亲和继母以及姐姐们走了之后,灰姑娘又来到榛树下,叫:

> 摇一摇,晃一晃,
>
> 小树请你将金子

抖落在我身上。

很快,一套无比华丽、从未有过的舞裙飘了下来,还有一双金子鞋。这次,当她出现在舞会上,所有的人都震惊了,一个字儿也说不出。王子仍旧对别人说:"她可是我的舞伴。"并始终拉着她的手,跳啊跳。

天色晚了,姑娘想回家。这次,姑娘又飞似的逃脱了。但姑娘下楼时,左脚鞋子却给粘住了。原来这是王子命人在楼梯上涂满了沥青。王子见了那只小巧、精致的小鞋完全是金子的,便带上它去找姑娘的父亲,说:"我要娶那位能合适地穿上这只鞋的姑娘。"她那两个姐姐的脚还算漂亮,于是高兴地拿来试穿,她们的母亲见老大的脚趾太大,穿不进,就拿了一把刀,对她说:"割掉它,一旦你当了王后,就不用走路了。"姑娘咬牙忍住痛,穿出鞋来见王子。王子抱起她,当作未婚妻了。可是,他们经过那榛树下时,两只鸽子在唱:

瞧啊瞧,瞧啊瞧,

鲜血在鞋里流啊流,

鞋太小,鞋太小,

你还得继续寻找。

王子一看,果然鲜血已经流出了鞋。他马上将她送回家,说:"这个不是我的未婚妻,让妹妹来试吧!"于是,妹妹来试鞋,虽说脚趾不大,可脚跟太大,没法穿,她母亲又拿了一把刀让她割下脚跟,说:"削去脚跟算了,反正王后又不用走路。"姑娘削去了脚跟,忍着剧痛,穿上了鞋子。王子见她,便将她作为未婚妻抱走了。这次,经过大榛树下,王子又听见鸽子在唱:

　　　　瞧啊瞧，瞧啊瞧，

　　　　鲜血在鞋里流啊流，

　　　　鞋太小，鞋太小，

　　　　你还得继续寻找。

　　王子又一看，果然鲜血涌出了脚跟，连袜子都血红一片了。他马上将她也送回家去，说："这个也不是真正的未婚妻。难道您家中再没有其他女儿吗？""没了，"老父亲说，"可是我前妻留下的灰姑娘是绝对不可能的。"王子还是要见一见她，继母马上说："她脏得不能见人！"但王子不同意，他们只好把灰姑娘叫出来。灰姑娘已经洗干净了手和脸，她坐在小凳上，接过来王子给她的金鞋，一下就穿上了，仿佛这鞋是专门为她而铸。王子一见她的脸，就认定她就是那个与自己跳了三天舞的姑娘，大喊道："你就是我真正的未婚妻！"这时，继母和两个姐姐已经气昏过去了。王子抱着灰姑娘，骑上马，经过榛树林时，又听见鸽子在唱：

　　　　瞧啊瞧，瞧啊瞧，

　　　　没有鲜血在鞋里流，

　　　　鞋子正好，鞋子正好，

　　　　真正的新娘已找到。

　　然后，两只白鸽飞到姑娘肩头，一边一只，永不分离。

　　两个姐姐也来参加他们盛大的婚礼，想虚情假意讨好灰姑娘。在教堂时，她们左一个，右一个，挤在灰姑娘两旁，却被鸽子各啄了一只眼。当她们簇拥新人走出教堂时，交换了位置，这样，另一只眼睛也被啄走了。这就是狠毒人的下场：要当一辈子的瞎子。

巨人的故事

古时候有一个农民,他的儿子仅有父亲的大拇指那么大。有一天,这个农民去耕地,儿子请求说:"爸爸,我想跟您一块儿去。""你也想去?"父亲说,便把他塞进衣袋,一块儿带去了。在地里,父亲把儿子放进一条犁沟,犁起地来。突然从山那边走过来一个高大的巨人,"儿子,看见那个大妖怪了没有?"父亲吓唬他说,"他是过来捉你的!"话刚说完,就见巨人用两根指头小心地把儿子从犁沟里拎起来,把他带走了。父亲在一边看傻了眼,他本来只是吓唬一下儿子,想让他乖一点,没想到他真的被巨人捉走了,他很悲伤,以为这辈子再也见不到儿子啦。

巨人带小不点儿回到家后,让他吃自己的奶,于是,小不点儿愈长愈高,最后,他再不是个小人儿了,成了一个又高又壮的年轻的巨人。两年之后,老巨人把年轻的巨人领进森林,想考验他,便说:"去,替我拔一棵树出来!"年轻的巨人毫不费力地从地里拔出一棵非常非常粗的橡树。"你可以回家去了!"老巨人很满意,把他领到他父亲的地里,然后走掉了。看见父亲正在地里扶着犁站着,他走过去说:"爸爸,我现在已成了顶天立地的人了!"父亲吓了一大跳,惊恐地说:"您不是我儿子。快走开。""我真是您儿子,我替您干活儿吧,我会比您干得更好!""不,不行!您不是我儿子,不是!"由于害怕,父亲扔掉手中的犁把,远远地退到路边去了。年轻的巨人刚用一只手按住犁把,犁头就被按得几乎全没入地下啦!父亲叫道:"你如果愿意犁地,就别使那么大的劲儿!"年轻的巨人解下牵犁的马匹,自己拉犁干起活来,并对父亲说:"您回去吧,爸爸,我一会儿就把地翻好,你就只管让妈妈煮一大堆吃的等我就行了。"父亲回家去了。年轻的巨人一人犁完了两亩地后，又用两张耙把所有的全耙了一遍。然后才回到了家。刚走进院子，母亲便问："这可怕的巨人是谁啊？"父亲答："咱们丢了的儿子。""不，绝对不是。咱们的孩子只有大拇指那么高，不是这个又高又壮的巨人。"然后，她冲巨人喊道："你走吧，我们不收留你。"儿子把马牵进马厩，喂它们燕麦和草料，又干起活来。干完后，他进房间问妈妈有没有饭吃，他饿了。母亲便把煮好的两大罐食物端上来，这么多东西足够她和丈夫吃上八天，谁料小伙子一下就吃完了，他还向母亲要食物，因为他根本没吃饱。母亲只得拿出煮猪食的大锅来，又煮了满满一锅食物，结果他还是没吃饱。最后，他对父亲说："我还是闯世界去吧。"父亲一听很高兴。

他首先来到一个村庄，找到村中的铁匠，问他需不需要伙计。铁匠是个铁公鸡。他答道："要。你要多少工钱？""我不要钱，只要你每两星期发给其他伙计工钱时，能忍住我揍你的两下即可。"铁匠一听非常满意。第二天一早，年轻的巨人被吩咐打造一个锤。铁匠把烧得通红的铁棍放上，他一锤下去，把铁都打飞了，铁砧深陷进地里再也拔不出来，铁匠问他这一锤付多少钱。"一个子儿也不需要，"巨人答，"你只要轻轻接我这一下就成。"他抬起一脚，把铁匠踢出了四座草料堆之外，接着，他在铁匠铺里找到那根最粗的铁棒，提着走了。

接着，他走到一座农场，问当家的是否需要一个工头。当家的看他很壮，便答应了，并问他一年要多少工钱。他答："一个子儿也不要，只要当家的每年被我打三下，忍着就成。"当家的也是个守财奴，也很高兴地答应了。第二天一早，长工们要赶车去森林里运木材，巨人让其他人先走，自己又睡了近两个小时才起床，先从房间里端来两筐豌豆，煮着吃了，然后才套上马，向森林驶去。快到森林时，他发现地面有一段凹沟，便把车先拉到前面，让马留在原地，自己则在车后面堆起很多树枝树干以使任何马都过不去。他赶到森林时，他的伙计正好满载而归，他对他们说："我会比你们先回到农场的！"他下了车从地里拔起两棵非常粗的树，把它们放到车上,驾车向回走。车行到自己堆起的那一堆树干树枝前,发现伙计们正在那儿转圈圈呢!他下车解下马套,把马放到车上,自己亲自拉车,"哗啦!"一声,车马一起被他拉过去,然后就驾车走掉了。而伙计们呢,在那儿急得不行,可就是难以过去。回到农场后,他把自己拔的树木给当家的看,当家的很满意,向妻子说:"这个工头蛮不错的,虽然有睡懒觉的毛病,毕竟比其他人回来得早!"

年底结算时,其他伙计得到工钱,当家的呢,该是巨人给他三下子的时候了,他哀求巨人饶他,并宁愿把职位让给巨人而自己当个工头。可巨人不干。没法子,当家的只好请求延缓两周实行,巨人同意了。当家的便召集手下人,大伙儿一起出主意,想办法。最后,他们决定让巨人下井洗个澡,一旦他下去了,便把井口旁边的一扇磨盘扔下井去,让巨人丢掉性命。巨人也愿下井去洗个澡。等他下井后,一扇磨盘从天而降,大家都以为他这下子必死无疑了,谁想巨人在井下喊道:"快把井口边的破鸡赶走,它们扒沙子都掉到我眼睛里啦!我看不清东西了。"洗完澡,巨人说:"当家的,快看我这项圈儿多漂亮!"嗨,他竟然把磨盘当成项圈儿戴上了!巨人再次要求当家的履行诺言,当家的只得苦苦哀求他再延缓两周。他们再一次聚在一起商量对策,这次,派巨人去那间夜里闹鬼的磨坊磨面,这之前,还没人能在那个磨坊过夜后还可以活着出来。掌管磨坊的磨工告诫巨人说:"你最好在白天磨麦子,夜里磨坊闹鬼,在夜间磨麦子的人没有一个活着出来。"巨人答道:"我有办法应付!"说完便把麦子倒进磨里开始干起活来。十一点钟左右,他来到磨坊,在屋里的长凳上休息。过了一会儿,磨坊的门自动开了,进来一张挺大的桌子,紧接着,鸡鸭鱼肉等很多好吃的东西自动地一一上了桌,但不知它们是从哪儿冒出来的。然后,一张椅子移到桌子旁,没有其他人出现,抵不住饮食的诱惑,他坐到了桌子旁,开始吃起来。吃饱后,屋里一片漆黑,他脸上奇怪地挨了一耳光。他叫道:"别再打了,否则我就还手啦!"第二个耳光随话来到,巨人乱打了一通。打了一夜,他一点儿也没吃亏。天一亮,夜间的折腾便没了。磨工第二天早上发现他还好好地活着。他说:"我昨晚吃了不少美味佳肴,被打了不少耳光,不过,我还得更多。"磨工非常兴奋,认为鬼已被赶走,愿给他一些钱报答。巨人说:"我不需要钱,我有的是呢!"说完去对当家的说:"事情给你办完了,现在是咱们履行当初条件的时候了。"巨人一脚踢去,当家的飞到半空中,飘到了一个谁也不知道的地方。巨人回头对当家的老婆说:"他回不来了,第二脚只能由您来接喽!"年轻的巨人抬脚也踢了她一下,她飞出窗去,因为身体较轻,她比自己的丈夫飞得还高。现在,夫妇俩是否还飞在空中,我不晓得,我只知道,巨人拿着他的铁棒,再次漫游世界去了。

地下小精灵

很久以前,有一位国王生养了三个女孩,三人天天都在王宫花园里玩耍。国王是个真正的花迷,他还特别喜爱一棵结满苹果的树,但他诅咒说若有人摘他的苹果,便会沉入很深的地下。现在是收获的季节,树上的苹果煞是惹人喜爱。三位公主每日结伴去树下,察看是否会有苹果被风吹落,可结果总是没有。一天,三公主实在是抑制不了诱惑,她摘了一个很大的苹果,跑到姐姐那儿,三位公主都咬了口苹果,刚咬下去,她们就一块儿沉入很深的地下去了,再听不见公鸡的打鸣儿声了。

中午时分,国王派人请女儿们一起用餐,但没人能找到她们。国王亲自在王宫和花园里找,也没能发现她们,他很担心,便在全国发通告说:谁能把三位公主找回来,他就可以娶任何一个公主为妻。通告发出后,国内不少年轻人离家去寻找公主,寻找的人群中有三个年轻的猎人,他们结伴而行,几天后发现了一座王宫。其中一间房里摆着一桌筵席,桌上的食物正冒着热气。奇怪的是,整个王宫里除他们外,别无他人。他们觉得饥饿,便坐到桌边开始大吃起来,边吃边商量由谁留在宫里看家,最终决定抓阄儿。当天抓阄的结果显示该由最年长的猎人留下。正午时,宫中来了一位小矮人儿,他求猎人给自己一块面包吃,猎人找出一个面包,切下一块来递给他,他却任由面包掉在地上,然后麻烦猎人捡起来,猎人刚弯下腰去拣,突然小矮人抓起一根木棍,揪住猎人的头发,接着便是一顿猛打。伙伴们回来后,他什么也没说。第二天,轮到老二看家,他得到同样的待遇。黄昏时分,其余两人回到宫中,年龄最大地问他:"今天你过得怎么样?""倒霉极了!"接着二人互相诉起苦来。最小的那个对此一无所知。

第三天,最小的猎手汉斯留守宫中。小矮人又向他要面包吃,他把面包切掉一块儿给小矮人,却被小矮人扔掉地上。小矮人说麻烦他捡起来,汉斯叫道:"让我拣?你自己难道不能做?如果你连这点儿事都不能做,怎么能养活自己?我看你就是该饿一饿。"小矮人听后生气了,非命令汉斯拣不可。汉斯很勇敢,拉住小矮人就是一顿打,打得他大叫道:"别打了,别打了!你饶了我,我会告诉你公主们在什么地方。"

小矮人乖乖地告诉他,自己是地下的精灵,他会把公主们住的地方指给他看。不一会儿,他就被领到一口枯井前,小矮人说他的两个伙伴并不真心待他,想救公主,他就应该一个人去。小矮人还让他找来只挺大的筐,带上猎刀和铃铛,雇人把自己放下井去,到了井下,他会发现三间房,分别住着三位公主,她们在给有许多头的龙捉虱子,他必须把这些龙的头都砍掉,才能救出公主。

小精灵说完便消失了。当天晚上,另两名猎手回到宫中,询问他白天发生了什么。汉斯答:"非常好!"然后告诉他们发生的一切。第二天一早,三人来到枯井边,又抓阄决定哪一个首先下井。结果年龄最大的猎人第一个打前阵,他带着铃铛和猎刀坐进筐子,临下井前交代他们说:"我一摇铃,你们就拉我出来。"刚下去一会儿,他就害怕了,抓起铃铛就摇,于是他被拉了出来。第二个猎人坐进筐子,可同样无功就返。最后一个是汉斯,他让伙伴儿把自己一直放到了枯井底。他爬出筐子,提着猎刀,来到第一扇门前,趴在门上听了一会儿,听到有很响的鼾声传来,他知道怪龙睡着了,于是慢慢把门打开,发现有一位美丽的公主怀抱一个有九个脑袋的怪龙坐在房里,他砍掉了龙的九个头,公主高兴得跳起来,并把自己胸前的金饰品给他挂在脖子上。然后,他去了二公主的房间,她正在给一个七个脑袋的怪龙捉虱子,他把怪龙的七个脑袋砍掉,拯救了她,以同样的手法,他还救了正给四个头的怪龙捉虱子的最小的公主。三位公主见了面,异常高兴,汉斯使劲地摇铃铛,公主们一个个被拉出了枯井,只剩下傻瓜汉斯在井中,他正准备坐入筐中,想起小精灵的告诫。他把一块大石头放进了筐中，当筐子被拉到离井口有一半时，筐子忽然连着石头跌落井底，果真，那两个伙伴割断了绳子欲置汉斯于死地。他们以为汉斯被摔死了，便带着公主们走了，并威胁她们，让她们答应见到国王时就说被他们二人所救。

这样，二人见到国王后，一人娶到一位公主为妻。

汉斯非常伤心，突然，他发现屋里的墙上挂有一支笛子，无奈的他拿起笛子吹起来。怪事出现了，他吹得越长，屋里就有越来越多的地下小精灵们突然出现，直到整个屋子都被装满。他们齐声问汉斯需要什么，汉斯说想回到地上。刚说完，他们便一人揪着一根汉斯的头发，带着他飞出枯井，回到地上。汉斯连忙向王宫赶去，宫中正要给一位公主举行婚礼，三位公主一见到他便晕过去了。国王以为他伤害过三位公主，命人把他抓进监狱。公主们醒来后，请求父亲放了汉斯，当问及为什么，她们不肯说。国王便让她们去告诉烧火的炉子，公主们向炉子诉说了实情，国王明白了一切。他命令把另两个猎人绞死，并把最小的公主许给了汉斯。

金 山 国 王

从前,有一个商人,他养了一男一女两个孩子,他们还没学会走路。商人把自己的全部家财都投资在两条货船上,不久后传来消息说,两条装满货物的船全沉没了。商人现在不再富有了,除了一块地,他已一无所有了。一天,一个黑色的矮人儿出现在他身边,商人于是把自己的不幸一五一十地告诉了他。矮人儿说:"不用愁,只要你同意把回到家里时第一个碰你腿的东西十二年后送给我,那么你想有多少钱,我就让你有多少钱。"商人没考虑就同意了,然后便回家了。

他刚进家门,小儿子看到了父亲,摇晃着身子扶着板凳很高兴地向父亲走来,抱住了父亲的腿。一个月过去了,他去了家中的阁楼,寻思着找些破烂东西典当一下,却看见地上有一大堆钱。他一下子心情又开朗起来,重新做起生意来。

日子一天天过去了,小儿子也渐渐长大了,他既聪明又活泼,商人很爱他,非常害怕会在年满十二年时失去自己的儿子,恐惧之情常常写在他的脸上。儿子看到父亲每天忧心忡忡,便关心地询问父亲。父亲不情愿地把事情告诉了儿子。

儿子请牧师为自己做了祈祷,十二年后,黑色矮人来了,向商人说:"您允诺给我的东西呢?"父亲没说话,儿子却说:"你来这里做什么?""你别插嘴,我跟你父亲说话呢!"就这样二人争吵起来,难以达成共识,最后他们想到一个折中的办法:儿子既不让父亲带走,也不交给小矮人,而是坐进一只河边的小船,父亲亲自把船推离岸边后,小船和儿子何去何从,生生死死交给水流去决定。于是,依照这个方法,小男孩辞别了父亲,坐在船中,父亲一推船,谁想船刚行不久,便翻了,父亲非常伤心,认为儿子必定淹死了。

图文珍藏版

幸运的是，少年并没有死。少年游上岸后，见眼前耸立着一座华美的王宫，便鼓起勇气走了进去。他走进最后一个房间，发现地上有一条蛇，蛇是这个王宫的公主，她见到少年很惊喜，说："恩人，你真的来了吗？我等你来救我，已等了十二年啦！我的王国都中了魔法，请求你拯救我们。""我如何救你们呢？"少年问。"今晚，十二个拿着锁链的黑人会来这儿，他们问你在这儿干什么，你不用理他们，任由他们鞭打你、刺你、折磨你，你必须忍受这一切，同时保持沉默，夜间十二点钟时，他们就会走的。第二夜会再来十二个黑人，第三晚将有二十四个黑人，那晚他们会砍下你的头，午夜十二点，他们就再也没了魔力，我和我的王国就会得救，而你必须在此期间一直不说任何话。你也不用害怕，到时我自会来救你，你将会完好无损地活过来，像现在一样强壮。"少年答："我愿意救你。"然后一切事如蛇所说的发生了，王宫的人们都很开心，公主和少年举行了盛大的婚礼，少年便做了金山国的国王。

二人一起过着幸福快乐的生活，还有了一个非常漂亮的儿子。八年过去了，金山国王思念起父母来，想说服王后答应他去看望父母双亲。王后不让他回家，她怕这样会给自己带来不幸，国王苦苦请求，妻子没办法，她取出一枚随心意的戒指，告诉丈夫说："把它拿去戴在手指上，你希望去哪儿，它就会送你到哪儿，不过你必须同意我一件事，即不能用它把我带到你父亲那儿。"国王答应了她。他对着它许了个希望回到父亲的那座城市的愿，转眼间，他果真站在了父亲生活的城市的城门外，守门的士兵不让他通过，他到郊外找了个牧羊人，对换了衣服，他便顺利地进了城，找到了父亲。父亲却说自己的儿子早在河中淹死了，但见他可怜，表示会施舍他一顿饭吃。国王对父母说："我身上有颗痣，您二老忘了吗？"母亲说："我记得儿子的右臂下面有颗红色的痣。"金山国王挽起衣袖，露出右胳膊下的痣，父母亲认出了他。接下来，他把自己离别家庭后的传奇故事说给二老听，并说自己现在已是金山国王，有妻子，还有个七岁的漂亮儿子。父亲见他衣着寒酸，便打击他说："是啊，回来时竟还穿着牧羊人的衣服。"国王生了气，他想，让妻儿前来便可证明自己的話,于是,转动了手上的戒指,许了愿。瞬时,妻儿来到了他身前。王后哭泣着怨他没有遵守诺言,会让自己陷入不幸。他说:"我不是故意的,不是想害你。"

有一天,他把妻子领到郊外的自家那块地上,去看那条河,后来他感到累了,便躺在地上睡着了。王后摘下丈夫的戒指,戴在手上,然后把丈夫的身体移开,留下鞋以做纪念,然后把二人的孩子抱到自己怀里,转动戒指,回到了自己的王国。国王醒过来后,才惊讶地发现妻子带着孩子走了。他想:父母会认为我是玩魔术的家伙,我必须回到自己的王国。于是,他出发前往金山国,最终走到一座山前。那儿有三个巨人正在争论怎么分老父的遗物。他们一见金山国王,便请他替他们出主意。遗物共有三种:一把剑,只要有人拿着它说一声:"砍下除我之外的人的头!"其他人的头就会落地;一件斗篷,只要穿上它,就能隐身;一双靴子,穿上它就可随心所欲地去所有地方。金山国王说:"你们把这三件东西给我试用一下,看是否是真的。"他们于是把三件宝贝给了他。这时,国王立刻想回到妻儿所在的金山国,不自觉地便说出了口。一眨眼的工夫,他从巨人面前消失,回到了金山国的土地上。站在王宫外,他听到有欢呼声和笛乐声传来,路人告诉他,王后正准备举行婚礼。他一听便大怒,然后,他穿上斗篷,隐身进了王宫。刚跨进大厅,就见自己的妻子,身着华美的服装,头戴王冠,正端坐在屋子中央的宝座上吃喝。他脱下斗篷,露出本相,然后走上大殿宣布:"我是金山国王,婚礼取消!"

贵族们想上来捉他,他拔出宝剑,大声说道:"砍下除我之外这儿所有人的头!"于是,众人皆没了性命,他重新登上王位,管理着金山王国。

世界经典文库·世界二十大名著·格林童话

图文珍藏版

乌鸦公主

很久以前,有一个淘气的小公主,常常让人抱着她玩。有一次,王后开玩笑似地说道:"我呀,真巴不得你跟着乌鸦飞走,好让我能静一静。"刚说完,公主果真成了一只乌鸦,飞到了大森林中,有一天,一名男子在森林中漫步,突然听见有乌鸦的叫声,他顺着声音走去,发现了一只乌鸦,乌鸦说:"我本是个王国的公主,由于受到诅咒变成一只乌鸦,求您救救我。""那我该如何做才能救你呢?"那个男子问。"你继续前行,直到发现一幢小屋,屋里坐着一位老太太,她会拿给你吃喝的食物,你切记不能动这些食物,否则便会沉睡过去,就不能救我了。屋子后面有一个大土堆,你就站在那上面等我。接下来的三天中,每天中午我都会驾车过来,第一天是四匹白马拉车,第二天会是四匹红马,第三天则会是四匹黑马。不过你一定不能睡,而是要保持清醒,否则就救不了我啦!"他答应一定照办,乌鸦公主说:"其实,你会去吃那老太婆的食物的,我知道。"他再三向公主保证不会,然后就朝森林深处走去。他果然发现了一幢小屋和一个老婆婆,老婆婆一见他进来便迎上来说:"哎呀,看您都累成什么样啦,还不快吃点东西!"男子禁不住诱惑,就着杯子喝了一口水。到下午两点时分,他去了屋后的土堆上,等乌鸦公主前来。刚在土堆上站了一下,他就感到很疲劳,想躺下来休息,不一会儿就睡着了。这时,公主驾着四匹白马拉的车前来,看见那男子正沉沉地睡着,无论怎么摇晃他和喊他,就是醒不过来。第二天中午,老婆婆又劝说他喝一点自己带来的酒,他最终抵不住诱惑,喝了一口。近两点时,他又去屋子后的土堆上等着,可浓浓的睡意再次涌上来,于是他又躺倒在地上,陷入甜美的梦境。当乌鸦公主驾着四匹红马前来时,半路上预感到他将会睡去，果然，她爬上土堆，摇他晃他却叫不醒他。第三天，他禁不住又喝了一口酒。与前两天比起来，现在的他更加劳累，刚爬上土堆，就倒在地上昏睡过去。又是两点时分，公主这次驾驶着四匹黑马及用黑色装备起来的车前来，路途中，她已很伤心，说："我料他还是在沉睡，他救不了我啦！"走上土堆，公主摇晃了他一阵，见还是不能令他醒来，便在他身旁留下一个面包、一整块肉、一瓶上好的酒，她知道，这三样东西可以让那男子永远吃不完，然后，她把自己的金戒指戴在了他手上，上面还刻着她的名字呢。做完这一切，她又留了一封信给他，信的末尾写道："我早知道，这次你是救不了我的，若你真的想救我的话，去急流山的金宫吧！在那儿，你能救我。"安排妥当后，乌鸦公主驾着马车去了急流山的金宫。

男子一觉醒来，公主留下的一切他都看见了，他立刻跳起来，带着东西准备前往金宫，只是，他不晓得金宫到底在哪个地方。他又开始了四处流浪的生活，很多天之后，他走进一座阴森的森林，一直走了十四天仍没走出个头来。晚上，他就和衣睡在小树丛旁边；白天，他就继续向前走。有一天，天黑了，他正准备睡在小树丛旁，忽然有吼叫和哀叫声不绝于耳地传来，搅得他难以入睡。到了该点灯时，他见前面似有灯光在闪烁，便起身迎着灯光走去。不久后，他来到一座房子前面，屋子是属于一位巨人的。巨人很久没吃东西了，他想把这男子当食物吞进肚子里。男子说："不要吃我，如果你饿的话，我这儿有东西会让你饱餐一顿的。""真的？那我就不吃你了，我找不到别的食物，才想吃你的。"巨人说道。然后二人一起坐到桌边，男子拿出自己的面包、肉和酒。二人吃喝了很久，原物却仍不见少。"这些东西真好，挺适合我的。"巨人边说边继续吃喝。饱餐一顿后，男子问巨人："您知不知道急流山的金宫在哪里？""我不知道，但可以帮你查一下地图。"巨人取来家里的地图找起来，但没找着。男子想告辞远去，巨人让他再住一些时候，说自己的哥哥因出去找粮食所以没在家，他知道得更多。男子住了下来，巨人的哥哥回来后，男子招待他吃了个饱，然后三人一起去巨人的哥哥房里，找出以前的老地图，钻研了很久,最后终于找到了金宫。地图上的图例显示,金宫离这儿有好几千里呢。"太远了,我怎么能尽快赶到那儿呢?"男子问。巨人说:"我背你去吧。"来到了距离目的地尚有两百个小时路程的地方,巨人向他告辞离去。男子只得自己走剩下的路程,他不停地赶路,最后来到了金宫前。他看到金宫建在一座玻璃山上,乌鸦公主驾着马车绕了金宫一圈,然后就进去了。他见到公主,很开心,想立即上山,可玻璃山太滑了,他爬了一次又一次,也向下掉了一次又一次。他很伤心,以为自己进不了金宫,便决定待在这儿,一直等着公主。

接下来,他自己动手在急流山下建了一间小屋,每天看着公主驾驶着马车进金宫,自己却怎么也上不去。

一年后的一天,透过小屋的窗口,他看到有三个人在争执不休,看上去是三个强盗,就向他们喊道:"愿上帝保佑你们!"三人一听住了手,但看不到有人在,重新争斗起来。他只得再次叫道:"愿上帝保佑你们!"然后向他们走去,问他们为何而争斗。一个强盗回答:"我发现了一根神奇的棍子,用它碰任何门,门都能自动打开。"另一个说他有一个斗篷,披在身上即能隐身,第三个说自己找到一匹马,用它可以去任何地方。三人因为到底是各走各的路,还是共同使用这三件东西谈不拢,所以争执起来。男子说:"我也有宝贝可换你们这三样东西,不过你们要先让我试一下你们的东西,看是不是真的。"三名强盗同意了,让他骑上马、披上斗篷、拿上棍子,他一得到这三样东西,立刻隐了身,他骑马到了玻璃山上,找到金宫,用棍子一指,金宫的门就自动开了。他隐身进入大厅,发现公主正坐在里面,望着一只满是葡萄酒的金杯。他由于隐身,公主看不见他,他便摘下公主送的戒指,扔进金杯中,"叮当"一声,公主听见了,便惊喜地立刻站起身,四处寻找救她的人。男子此时已走出宫去,脱下了斗篷,骑在了马上。公主由宫内找到宫外,见到他,非常高兴,他忙下马拥抱公主。公主吻着他说:"你已救出了我,咱们明天就结婚吧!"

智慧过人的女人

古时候,有一个穷人。有一天,他女儿说:"父亲,我去面见国王,求他赐给咱们一块土地吧!"她真的去了,国王真的赐了她一块草地。她和父亲在那块草地上耕作,结果从地里翻出了一个金臼。父亲要把金臼献给国王。女儿说:"父亲,咱们还是不去献的好,您想,现在是只有臼却没捣臼的杵,国王肯定会让我们去找杵的。"父亲不听女儿的劝告,把臼献给了国王。国王命他一并把杵献上,他解释说没有杵只有臼。可没人听他的,他被投入监牢,他很后悔没听女儿的话,便日日叫着:"女儿,父亲真该听你的话,那样就没事啦!"后来狱官把这个犯人的怪言怪语报告了国王,国王便命狱官把那个献臼的农民带到自己跟前来。农民来了,国王问:"你女儿怎么劝告你的?""她对我说,我不能献上金臼,因为您那时肯定会让我找出杵。"农民答。

"哦,那你的女儿岂不很聪明?让她立刻来见我!"

农家女领命来面见国王,国王想测试一下她到底有多聪明,说如果她能猜出国王的谜,他就娶她为后。国王说:"你回去后来我这儿时,不能衣着寸缕,可也不能裸体;不能骑马,不能坐车;不能走路上,也不能走路外。如果这些你都能做到,就可做我的妻子。"农家女便立刻回家去,把衣服全脱下来,然后找来张捕鱼的大网,密密麻麻地把自己裹在里面。接着,她把鱼网拴在驴尾巴上,由驴拖着她沿着车辙走,她只用大脚趾挨地。当她用以上办法再来见国王时,国王钦佩她的才智,说她猜中了。放了她监牢中的父亲,娶她做了王后,并把王宫的财产都交她掌管。

几年后,国王出去阅兵,遇上一桩事:一些农民卖了木材后停在王宫前休息,有一匹马生下只小马驹,小马驹调皮,跑到其他车的两头牛中间躺着。为争这只小马驹,农民们就吵了起来,两头牛的主人想留下小马驹,马的主人不同意。他们要求国王评判,国王说,小马驹在谁那里就归谁所有。牛的主人很高兴,马的主人无奈地离开了。后来,他听说王后是贫苦人家出身且很善良,便去求她帮忙。王后说:"我可以告诉你怎么办,但你一定得答应不把我供出来。"这个农民答应了。王后便让他第二天一早,站在国王去阅兵必经的路上,装作打鱼的样子,还要装作从网中倒鱼的样子,并让他感觉似乎网中尽是鱼,然后王后又教了他一些应该答的话。第二天,他照吩咐做了,国王问他在干什么。他说:"我打鱼。"国王说,没水怎能打鱼。他回答说,两头牛都能生下只小马驹来,他当然也能没水打到鱼了。国王觉得这农民不会想出这么好的主意,命他说出是谁教他的。农民说:"是我自己想出来的主意。"国王不相信,士兵把那农民拉到一捆麦草上拷打,最后农民熬不住,供出是王后的主意。国王很生气,回到王宫后便对王后说:"你怎敢如此捉弄我?回到你的小屋中去吧!"但他同意让她从王宫中带走一件她最珍惜最宝贵的东西。王后命人送来一杯烈性的安眠水作为辞别酒,国王喝了一大口,她却象征性地呷了一点。不久,国王沉睡过去,她立刻命侍从送来一块干净的布,把沉睡的国王放进布里包起来,把他抬到门口的一辆马车上,王后亲自驾车,把国王带回了从前的小屋。一天一夜后,国王醒了过来,发现自己睡在一个陌生的小屋的床上,过了一会儿,王后走到他跟前说:"亲爱的丈夫,您让我从宫中带走一件我最珍惜、最宝贵的东西,对我来说,还有什么比您更让我珍惜的呢?"国王被深深地感动了,他说:"亲爱的妻子,我是你的,你也是我的啊!"

希尔德布朗的故事

希尔德布朗的妻子很得村子中的牧师喜欢。牧师盼望着能与她单独交往一整天，她也有同样的想法。一天，牧师对她说："仔细听着，亲爱的，我有办法能让咱们快快活活在家里度过一整天的时间。从这个礼拜三早晨开始，你就装成生病的样子，待在床上不要起来，你要装作像真的病了一样，礼拜天到了我布道的时候，你务必设法让你丈夫来，到时我会有办法的。""行，我就照你说的做。"农民的妻子回答。

礼拜三时，她待在床上不愿起来，哭哭啼啼地说自己不舒服，农民用了很多办法也不能把她的病治好。星期日一早，她对丈夫说："我想我不行了，但我希望自己能去做礼拜，听听牧师的布道。"希尔德布朗说："你起床的话病会加重的。还是我去吧，我回来后会仔细讲给你听的。"他去了牧师那儿。牧师说，如果家中有人生病，家中别的人就应该到高克里圣山走一趟，用一个铜板买一筐月桂叶，把它带回来，家中的病人就会好起来。还说如果有人果真愿去，可到他那儿去领一个铜板和一个可以装月桂叶的袋子。希尔德布朗听罢别提多高兴了，做完弥撒便找到牧师，讨到了袋子和钱。他收拾了一下东西便上路了。他前脚刚走，他的妻子就与前来的牧师相会。那倒霉的农民急急地赶路，盼着早日赶到意大利的高克里圣山，半路上遇上了自己的表哥。他的表哥刚从集市上卖完鸡蛋回来。"上帝保佑你，"表哥说，"你急着赶路是去哪儿呀？""感谢上帝，表哥，"希尔德布朗说，"你表弟媳妇病了，牧师布道时说，若家中有人病了，可去意大利的高克里山朝圣，然后花一个铜板买一筐月桂叶回来，家中的病人就会立刻好起来。我从牧师那儿取了装叶子的袋子和钱，正要去朝圣呢！""别去那儿了，表弟，"表哥说，"你怎么能相信这种骗人的话？好好想一想吧，实际上是你老婆和牧师支开你好单独快活一把。""你坐在我的鸡蛋篓中，我把你送回去，让你亲眼看一下。"表哥把他背回家一看，天呀，他老婆已把家中养的家禽杀光了,牧师在那儿,还带着自己的提琴呢。表哥敲了下门,农民的老婆问是谁,表哥说明身份,并说:"弟媳妇,我今天赶集卖鸡蛋没卖完,今天是背不回去了,能在您这儿住一晚吗?"农民的妻子只好请他在火炉边的长凳上坐一夜。表哥进来了。希尔德布朗的妻子和牧师却不高兴。后来,牧师逐渐开心起来,说:"亲爱的,听说你歌唱得很好,表演一下怎么样?"那妇人说:"现在我唱不好了。""别扫兴嘛,"牧师说:"唱一个吧!"妇人便唱道:

我用计支走了丈夫,

他现在正爬意大利的高克里圣山呢。

牧师接着她唱道:

但愿你丈夫能待一年不回来,

托上帝的福,咱才不管那装叶子的袋子。

突然,厨房里的表哥也唱起来了:

哎哟哟,希尔德布朗老弟,

感谢上帝,你还待在长凳上干吗?

希尔德布朗也唱道:

我再也不能忍受了,

我会立刻爬出竹篓来!

唱完他便爬出竹篓,抓起棍子把牧师打得鼠窜而去!

三只鸟儿

一千多年以前,我们现今拥有的国土上散布着许多小国,其中一个国王的王宫建在了柯艾特山上,该国王特别擅长打猎。有一次,他带着手下的猎手们一块儿打猎时,柯艾特山脚下恰巧有三个女孩在放牛。她们在远处看见国王那群人后,最大的女孩喜欢上了国王,她对妹妹大声说:"看见了吗?我只愿嫁给他!"年龄稍轻一点的妹妹则指着立在国王右边的人说:"你们看,我但愿能嫁给他!"最小的妹妹用手指着国王左边的人大声说:"除他之外,我不愿嫁给第二个人!"三个女孩的话被国王及其手下听见了。打完猎返回时,国王让手下带那三个女孩过来,于是三人各遂心愿。

有一天,国王即将出门远行,正赶上王后怀上了孩子,为让妻子高兴,国王请来她那两位至今还没儿女的妹妹照顾她。国王走后,王后生下了一个可爱的小男孩,他身上还有颗红痣呢。两个妹妹要奸计把他扔进河中。这时飞来只小鸟,它唱道:

他会死掉吗?

现在不会知道。

变一束百合花,好不好,

乖孩子?

两个妹妹害怕了,扔掉孩子转身就跑。国王回到宫中,她们骗他说,王后生下一只狗。国王说:"这是上帝的旨意啊!"

威西河边有一位渔夫,他救起了男孩,和妻子收养了他,一年过去了,国王又要出宫远行,他又请来妻子的两个妹妹陪伴王后,她这次又生下了一个男孩,两个坏妹妹重演上回的故事,再次把小婴儿扔进河中。小鸟又飞过来唱道:

他会死掉吗?

现在还不知道,

变束百合花,

好不好,乖孩子?

国王归来后,两个妹妹告诉他,妻子生下的还是一只狗。他回答:"这还是上帝的旨意!"同样幸运的是,这个婴儿也被渔夫救起并抚养。国王第三次出宫后,可怜的王后这次生了个女儿,两个妹妹再次把这个孩子也扔进威西河里。鸟儿又飞过来唱道:

她会死吗?

不知道。

变束百合花,

好不好,乖孩子?

国王回家了,被告知妻子这次生下的是一只猫。国王很伤心,暴怒之下,把妻子投进监牢,可孩子同样被渔夫救起。

渐渐地,三个孩子长大了。一次,被渔夫最早救起的孩子与其他渔家孩子一块儿出去打鱼时,别人不同意跟他在一块儿,并笑他说:"你是个被别人扔掉的孩子,还想跟我们一起打鱼?"他很难过,回家询问渔夫,渔夫对他说,一次打鱼时把他从水里救出来,那时他还是个婴儿。少年要寻找自己的生身父母,开始时渔夫不同意,他苦苦哀求,最终渔夫同意了。少年离家而去,一个老婆婆背着他过了河,他找了很久,但仍没找着父母。

一年后,国王的第二个被渔夫收养的儿子也离家而去,他的目的是找到哥哥。他一样地一无所获。家中这时只剩下最小的妹妹了,她走到大河那儿时,看到老婆婆,说:"老婆婆,您好啊!"老婆婆同样致谢后,女孩又说:"希望上帝保佑您,让您能钓到大鱼!"老婆婆很高兴地接受了她的祝福,她背女孩过了河,给了她一根神杖,说:"亲爱的孩子,你要一直沿着眼前这条路走,看到一条黑狗时,你别开口,也别看它笑它,一直向前走,你就会发现一座敞开着大门的宫殿,走过门槛时你必须把神杖丢在那儿,然后你要快速地走过王宫,从一边出去,接着你就会发现一口井,井中有棵树,一个关着鸟儿的鸟笼就挂在树上,你先把鸟笼拿下来,从井中舀杯水,带着鸟笼和水按旧路往回走,从门槛那儿过时,记得一定要拾起神杖,回来的时候,再看到那条黑狗,你要用神杖打它的脸,务必要打着,然后再回到我这儿来!"女孩按照老婆婆说的做了,回来时遇到了自己的两个哥哥,三人一起往回走,经过黑狗时,女孩用杖打到了狗的脸,它变成了一位很英俊的王子,四人来到大河边。老婆婆把四人背过河,就走开了,四人回到了渔夫爸爸家,大家都很开心,装鸟儿的笼子被挂在了墙上。

渔夫收养的第二个孩子闲不住,独自外出去打猎。打猎累了,他取出自己的笛子吹起来,恰好国王也正在这一带打猎,听见有人在吹笛,就走过去问:"年轻人,你是谁的孩子呀?""我的父亲是渔夫。"他回答。"可渔夫没孩子呀?"国王很诧异。"你到我家看看就知道了。"少年说。国王真去了,询问渔夫,渔夫道出事情原委。突然,挂在墙上鸟笼中的小鸟唱起来:

　　　唉!可怜的母亲,

被独自关在监牢，

国王啊，

这些都是您的乖孩子，

是那狠心的姨娘，

想害死他们，

把他们扔进河中，

幸亏善良的渔夫搭救了他们。

　　大家听了都很惊讶，国王带上孩子、小鸟及渔夫回到王宫，又派人接出狱中的王后。王后待在监牢里许多年了，又虚弱又憔悴，小公主忙把从井中取的水喂她喝了，她立刻恢复了从前的容颜和精神。两个坏姨娘被国王下令施以火刑，小公主与自己救的王子举行了婚礼。

不 死 水

古时候，一位国王病得很厉害，他的三个儿子很伤心，他们一块儿躲到王宫的花园中哭起来。有位老人过来问他们为何哭泣，他们回答说父亲病得很重，难以活命。老人说："有个办法可以救活他，你们去找不死水吧，给他喝了这种水他就会重新好起来，不过这水可不好找啊！""我发誓要得到它。"大王子说，然后他去见生病的父亲，请求让自己出发去找不死水，父亲同意了。大儿子想："如果能找到不死水，父亲就会最爱我，哈，我就能得到王位。"

大王子出发了，走了一段时间，这时，路上一个小矮人儿向他大声打招呼说："你急着去哪儿呀？""你不必知道，愚蠢的人！"大王子继续向前走了。小矮人儿生了气，诅咒他。不一会儿，大王子误入了一道山谷，他越走山就越向中间靠，最后他一步也不能向前进了，他进出不能，留在了那儿。家人等他等不回来了，二王子对父亲说："父亲，请您允许我出去找不死水，好吗？"他想，大哥如果死了，他找到不死水便可继承王位了。父亲同意了。二王子顺着哥哥的路向前走，同样遇上了小矮人儿，小矮人儿把他叫住，问去哪儿，他也答："笨蛋，为什么要告诉你？"他答完便又向前走，小矮人给他下了诅咒，结果他与自己的哥哥一个下场。骄傲的人就得受到惩罚，不是吗？

两个哥哥很久不回来，小王子也向父亲告辞，说要去找不死水，国王也同意了。小王子遇到小矮人儿时，有礼貌地说："我父亲病得很重，我去找不死水救他。""那你知不知道哪儿能找到不死水呢？"矮人问。"不知道。"小王子答。"你这个人挺有礼貌，你两个哥哥就不如你，我告诉你怎么找到不死水吧！一直向前走，你就会发现一座王宫,它中了魔法,不死水就在那王宫的水中。我送你一根铁棍子和两个小面包。你用铁棍在宫门上打三下,门就会打开,然后把两个小面包扔进宫门内两头张着嘴的狮子嘴里,它们便不会吃你了。你进宫去取不死水,一定要记着:十二点之前务必出宫,要不然你就会被关在宫中。”谢过小矮人儿,小王子拿着铁棍和小面包继续前行。一切果真如小矮人儿所言,他走进宫中的大厅,发现厅中是几个中了魔法的王子。他把王子们手上的戒指摘下,接着看见房间中还摆着一把剑和一个面包,他拿起来带着继续走路。又一间房出现在眼前,屋内立着位很漂亮的女孩,她很高兴见到小王子,并说小王子救了自己,会拥有这个王国,一年后,自己会跟他在这儿结婚,并告诉他那有不死水的井在哪儿,同时叮嘱他十二点之前必须回来。小王子按她指点的方向往前走,最后走进一间摆有一张很整洁的床铺的房间,用井边的杯子取到水后,他匆忙跑出王宫。正巧钟敲十二点时,他刚迈出王宫的铁门,不过脚后跟被立刻合拢的大门挤掉了一块。

他为自己拿到不死水而兴奋不已,往回走时又碰到了那小矮人儿,小矮人儿看到他得到了剑和面包,他说:“这两样东西会成为你的巨大财富,剑,可用来战胜任何军队,这面包,是永远吃不完的。”小王子想起自己的两个哥哥,问道:“亲爱的矮人儿,你知道我的两个哥哥在哪里吗?他们为父王找不死水,还没回家呢。”“他们被两座大山夹在中间了!”小矮人儿回答。小王子求他放过两个哥哥,他同意了,但同时警告小王子:“他俩不是好人,提防着才好。”

见到两位哥哥,小王子向他们说了自己找到一杯不死水,并搭救了一位漂亮的公主,以及如何得到公主的允诺说一年后成婚和管理公主的王国。然后,三人一块儿向家赶,途经一个国家时,因为打仗这个国家的人正在忍饥挨饿。国王感到没有希望重整国家了。小王子求见国王,把面包借给了他,以让老百姓脱离饥荒,把剑也借给了他,帮他打败敌军。这个国家恢复和平宁静的生活后,小王子拿回自己的东西,与哥哥们继续赶路。途中又遇上两个类似的国家,小王子也把剑和面包借出去,帮助国王恢复了以前的王国生活。这样一来,他一共救了三个王国。最后三人乘船渡海。船正行驶时,小王子的两位哥哥商议说:"小弟取到了不死水,我们却没找着,父王肯定会把该给我们的王国交给他,咱们那时可就没幸福可言了。"接着二人使了坏,在某一天小弟弟睡着后,用又苦又涩的海水换去了装在杯中的不死水。

三人回到王国后,小王子把杯中的水献给父亲,以为喝了水,父亲定能康复。哪里料到,父王喝到的是海水,病情更严重了。老国王很气恼,另两个儿子端来真正的不死水给他喝,喝后果真病体康复了。那两个儿子乘机诬告小王子,说他想害死自己的父亲。两人又找到小王子,嘲笑他说:"你取得了不死水,出了不少力是事实,如今受到称赞的可是我们哟!你太笨了,你在海中的船上睡觉时,我们把你的不死水给换掉了!一年以后呢,我俩中的一个将娶到那美丽的公主,你可不许说出事实的真相!父王现在也不相信你了,倘若你露了一点口风,你会送命的。"

老国王决定秘密枪杀小王子。某天,当小王子到林中打猎时,父亲的猎手跟着一块儿去了,小王子也没在意。可是,猎手舍不得下手。最后两人换了衣服,小王子向森林深处走去,猎手则回到了王宫。

不久之后,三辆装满黄金和玉石的马车驶进老国王的宫中,说是献给小王子的。原来,这三辆马车,是那三个被小王子用剑和面包拯救的王国的国王送过来的。老国王很后悔,开始想:小儿子说不定真是被自己冤枉了。他对臣子们说:"我不该命猎手处决他,如果他还活着该多好!"猎手趁机向国王报告说,小王子还活着。国王听了猎手诉说后,才安了心,并发出通告说如果小儿子回来的话,会重获父亲的宠爱。

被小王子救下的公主命令在王宫前修一条用金子铺成的大路,并吩咐下人说,从大路中央直奔过来的骑马人是她真正的未婚夫,要放进宫来,若是从旁路来到宫门口的,则是假的。很快地,约定的日子来临了,大王子企图冒充自己的小弟弟,去娶公主并得到王国,他纵马疾驰,快到宫门时,从路的右侧来到宫门,守门的士兵知道他是假的未婚夫，让他回去。二王子继大哥之后，也上路了，骑马从路左侧来到宫门前，士兵也让他滚开，因为知道这位也是个假的。小王子在一年的期限来到时走出森林，骑马向公主的王宫奔去，他压根儿没发现金路的存在，他从马路中央直奔到宫门口。宫门大开，公主兴高采烈地赶来接风洗尘，说他是自己的救命恩人，也是这个王国的国王，二人举行了隆重的婚礼。后来，公主对他说父王已后悔了，想让他回去。他回到了父亲那儿，讲述了自己如何错看了两位哥哥而受到欺压以及他为什么当时不说。父亲想惩处两位哥哥，谁知二人已乘船渡海去了遥远的地方，从此再没回来。

无所不能的博士

　　很久以前，有一个农夫，名叫克勒卜思。有一回，他把一车柴卖给了一个医生，酬价是两枚银币。医生当时正在吃饭。他见医生吃的喝的都是那么好，很羡慕，他问医生自己能否做一名医生。"可以，立刻就能实现。"医生说。"那我应如何做？"农夫问道。"你先去买那本前面印着只公鸡的进门书，然后，卖掉你的车和牛，去买一套医生的衣服及用品，最后，让人为你制块牌子，上面写上'我无所不能'几个字，挂在门上，这就行了。"农夫一切照办。不久，一位很有钱的大贵族家失窃了，有人推荐说某村有位无所不能的博士，他应该知道钱在什么地方。于是，贵族请他寻出失窃的财物。农夫的条件是和自己的夫人格莱特一起去。贵族同意了，夫妇俩便一同上车去了。贵族家到了，夫妇二人立刻被请到满是可口饭菜的桌前就座。第一个仆人端着美味菜肴走上来，农夫碰了一下妻子，说："格莱特，这位是第一个。"他本意是说第一个上菜的是这人，不料仆人以为他说自己是第一个贼呢，他确实是偷钱人之一，害怕起来，出来后对一同窃钱的人说："坏事了，他真的无所不能，他认出我是一个贼。"第二个用人不敢进去，但又不得不进去。农夫一见他进来便又碰碰妻子说："他是第二个。"用人害怕极了，立刻出了屋子。第三个进来的用人得到同样的遭遇。第四个用人端上来的菜是用碗盖上的，贵族想考一考农夫，让他猜里面是什么。其实碗里装的是螃蟹。农夫一下子傻眼了，以为自己完了，便叹道："我这令人怜惜的克勒卜思啊！"贵族把克勒卜思理解成了螃蟹，惊叹道："天，他确实什么都知道！肯定能找出小偷。"

　　第四个用人吓得要命，便使眼色给农夫，要他出来一下。农夫出去后，四个人承认是他们偷的钱,并说只要不告发他们,博士可以得到一大笔钱,偷的钱也会交出来,他们甚至还把他领到了放钱的地方。农夫同意了,他回到饭桌旁,对贵族说:"大人,要想知道钱在哪儿,得让我查一下书。"第五个用人想知道农夫还懂得什么,便爬进农夫屋中的灶孔中。农夫在自己的进门书中找那只公鸡,但没找到,叫道:"在里面的,快出来!"用人一听,吓坏了,立刻爬出来说:"他真的什么都知道!"最后,农夫告诉了贵族放钱的地方,但没说是谁偷的。于是,他得到了双重的报酬,成了个很有名气的人。

躲在瓶中的魔鬼

古时候,一个樵夫只知道干活,最后他有了点儿积蓄,对儿子说:"儿子,我就你这一个孩子,把这些钱拿去学门手艺吧,等到我老了,腿脚不便时,我要靠你来养我。"儿子去上学了,他很用功,老师们很喜欢他。日子一天天过去了,父亲的钱用完了,他只好回到家中。父亲痛苦地说:"我没钱供你继续上学了,生存并不是件容易的事,我没剩下钱来。"儿子说:"不用难过,爸爸!这也许是件好事,我会渡过难关的。"父亲想去砍树卖点钱,儿子要求一道去。

父亲借了把斧头。第二天天不亮,两人一起去了森林,儿子干起活来挺卖力气。正午时,父亲说:"休息一下吧,午饭后,你会更有力量的。"儿子拿起个面包,说:"爸爸,您休息吧,我逛一下森林,说不定能发现几个鸟窝呢。"父亲却认为他不如坐下休息,因为等会儿再干活,够他累的。

儿子没听,走向森林深处,边吃面包边看绿色树枝叶间是否有鸟窝,最后他走到一棵高大的橡树前,儿子站住了,想这树上肯定有鸟窝,突然,有一个声音传来,他仔细听了一下,确实听到有个低低的叫声:"放我出来!放我出来!"这个孩子四下里看去,没发现有人,只是觉得声音好像来自地下。他问:"你在哪儿?"声音说:"我就在这橡树根旁。快把我放出来!"少年开始挖起土来,在橡树的根旁找了半天,最终找到只玻璃瓶,他拿起来,发现瓶中有个青蛙样的东西在蹦跳,那东西又喊:"把我放出来!"少年没想太多,把它放了出来,结果那东西一出瓶,转眼间变成了个可怕的魔鬼,几乎有那橡树的一半高呢。魔鬼喊道:"放我出来的代价是什么,你知道吗?"少年说不知道。魔鬼说:"就是拧下你的头。"魔鬼又叫道,"我在里面被关了那么长时间,这是什么好事吗?不,是对我的惩罚,我是大力士墨丘利乌斯,谁把我放出来,谁就得掉头。""慢,"少年说,"我得先搞清楚,你是否真的曾在那瓶中待过,以及是否真是个妖怪。如果你能再次进入瓶子里,我才相信你是墨丘利乌斯,我的命就给你啦。"魔鬼说:"这好办。"他又化为一缕烟钻进了瓶中。说时迟那时快,少年拿起瓶塞立刻塞住瓶口,重新把瓶子扔到橡树根旁。魔鬼上当了。

这时,魔鬼哀求道:"你把我放出来吧!如果你放我出去,我会让你非常有钱,花都花不完。""你休想再骗我!""我不会再伤害你了,我还要重谢你,别错过机会呀!"少年把魔鬼放了出来。魔鬼给少年一块橡皮膏大小的布条,告诉他只要用布条的一端拂一下伤口,伤口便会愈合;用另一端碰一下钢、铁,它们就会成为银子。少年说:"我先试一下。"他走向一棵大树,用斧头把树皮划开个口子,然后用布条的一端拂了它一下,树皮立刻愈合,不留一点痕迹。少年很满意,他感谢了魔鬼的馈赠,魔鬼也感谢他救了自己,二人分手后,少年回父亲那里去了。

"你到哪儿去了?"父亲问,"爸爸,别生气,我会赶上你的。"可父亲仍然很生气,少年用布条碰了下斧头,便向树砍去,由于斧头变成了银的,不仅树没倒,斧刃还卷口了。

过了一会儿,儿子说:"爸爸,收工吧,我干不了了。"父亲吼道:"说的什么话,我叫个是那种游手好闲的人,你自己回去吧!""爸爸,我自己回去会迷路的,这是我第一次来森林。"在儿子的劝说下,父亲和儿子一起回家了。父亲到家后对儿子说:"卖了这把坏斧头吧,我再去想法挣点钱,总之得赔偿别人。"少年把变成银子的坏斧头拿到城里卖了三百个银圆。他到家后对父亲说:"我有钱了,这原来的斧头值多少钱?"父亲告诉他是一银圆三铜板钱,少年拿出两倍的钱还给邻居,并给了父亲一百银圆,说:"现在我有的是钱,您就好好享福吧!"父亲非常吃惊,连呼上帝,问是怎么回事儿。少年说是自己充满对幸福的信心,才有如今的景况,并详细讲了原委。少年依靠余下的钱去了高等学府深造。再后来,他靠布条治天下人的伤口,最终成了闻名于世的大夫。

魔鬼的兄弟

有一个士兵,他退伍后,不知该如何生存下去。他向森林中走去,路上遇见一个小矮人,这是个魔鬼。小矮人说:"你好像有烦恼?"士兵答:"我没钱吃饭。"矮人说:"若你愿当我的用人,我会让你一生不愁吃喝。你只要服侍我七年,七年后就不归我所有了,不过在七年中你不能洗脸、梳头、修剪手指、修理头发、擦泪水。"士兵最终同意了,由魔鬼领着到了地狱。接着,魔鬼吩咐他做好以下事情:把屋中所有大锅下的火烧得旺旺的,锅里煮着的好像是在地狱里吃的肉食;把屋子各处打扫干净,垃圾放到门背后。同时他被警告不可向锅中看,否则会得到惩罚。士兵允诺一切照做后,魔鬼外出了。士兵按照吩咐干起活来。最后,他受不了好奇心的诱惑,把第一口锅的锅盖移开了一丁点儿,向里看了一眼,里面原来是自己服役时的下士,他说:"你好啊,想不到会再遇上我吧!以前我归你管,现在你可得听我的。"然后他盖紧锅盖,往火堆中添了柴火,让火更旺。他掀开第二个锅盖,发现里面是过去的中尉,他说:"哈!以前你管我,现在得听我的了!"他又盖上锅盖,向火中添了块大木头,让火更旺。第三个锅中煮的是自己的将军,他更高兴了,于是用风箱把锅下的火吹得更旺。七年的日期一晃而逝。士兵服务了七年,从没洗过脸、剪过指甲、修过头发、擦过泪水。他还以为只在地狱中干了半年呢。期限满的那天,魔鬼回来了,说:"汉斯,你都做了什么事?""我烧火、扫地、收拾屋子并把垃圾堆到门后。"他答。"你还看了锅中的东西,不过,幸好你把火烧得更旺,否则你就得死。七年时间满了,回不回家?"魔鬼说。士兵说想看望父亲。魔鬼便说要给他酬劳,让他往自己的背包中装满垃圾,带回家,路途中仍要不洗脸、不梳头、不修头发胡子、不剪指甲、不擦泪水,若有人问起,就答他是魔鬼的脏兄弟,魔鬼是自己的国王。士兵照魔鬼说的做了,不过并不满意报酬。

士兵回到森林中,准备倒空背包,可刚打开背包,就发现里面全是金子,他高兴极了。他进了城,吓呆了一个旅馆的主人,因为他的样子实在太糟糕了,跟一个地里的稻草人差不多。店主不敢让他住店,他把金子给店主看了,立即被热情地迎进屋中。他吃饱饭,然后睡觉了,不过仍是不梳头也不洗脸。店主趁夜间偷了士兵的金子。

第二天早上,士兵醒来了,付店主房租的时候,他才发现自己的背包不见了。他想自己被人害了,便回到地狱中,把事情告诉了魔鬼,请求帮助。魔鬼说:"好吧,我先帮你洗脸、梳头、剪发和修指甲。"然后,他让士兵再背一背包垃圾走,说:"你跟店主说,把金子还给你,否则我要把他捉来烧火。"士兵进了城,告诉店主:"还我金子,你这个小偷!否则你会进地狱受苦,并像我以前那样丑!"店主听后害怕了,给了他更多的金子,让他保密。士兵成了个大财主。

士兵回到家乡,靠着在地狱中学会的手艺来奏乐赚钱。不久,他被请到宫中为老国王演奏音乐,国王听了很高兴,想把大女儿嫁给他,可大女儿说宁肯跳海自杀,也不嫁他。国王让小女儿嫁他,小女儿听从了父命。这个魔鬼的兄弟不仅有位公主做妻子,还继承了老国王的王位。

披着熊皮的人

古时候,有个年轻的士兵,他参加战争,总是冲在最前头。战争结束后,他被遣散了。他的父母都去世了,只能到处游荡。有一次,他路过一片大面积的荒原,地上只有一圈儿树,突然,他听到身边有呼吸声,回转头来,见旁边立着位一身绿衣的人,像有钱人的样子,只是脚上长了只马蹄子。那人说:"我知道你希望得到什么,我会给你花不完的财富,不过我得试验一下你会不会害怕什么,我才不愿浪费钱财呢。"士兵说:"我有足够的勇敢精神,你尽管试好了。""好的,"那人说,"看你后面是什么?"他回过头,看见一只大吼着跑来的狗熊。"让我来给你鼻子挠个痒,看你还叫不叫!"士兵举枪射向熊的鼻子,熊中弹倒在地上,不动了。绿衣人很满意他的勇气,又提出年轻人须满足他一个条件。年轻人知道他是个魔鬼,也提出不损害灵魂的条件。那人说:"这由你决定吧。以后七年内,你不能洗脸、梳头、修胡子、剪指甲,不能念'我的圣父'的祷文,而且,还要穿上我给你的上衣和斗篷。七年中你要是不在人世了,灵魂归我;如果没死,灵魂归你自己,你自由了,还会很有钱。"年轻人便同意了。那人脱下绿色上衣递给他,说:"只要你穿在身上,随时向口袋中摸一下,都会发现钱。"接着剥掉熊皮,告诉他以这熊皮为斗篷和床,且只能睡在上面,并给他重新起了个名字,叫披着熊皮的人。魔鬼说完就消失了。

年轻人穿上绿上衣,摸了一下口袋,果然有钱。然后,他披着熊皮来到人群中,开始快活地过日子。第一年,他顺利地挨过去了。第二年,他的样子很可怕:头发几乎把脸全遮住了,胡子像厚针,指头像爪子,脸上脏兮兮的,像能种庄稼的土地。见到他的人都被吓跑了,幸亏他对穷人慷慨解囊,让他们为他祷告不要在七年中死去，而且他待人和气，所以还能留在人群中生活。第四年的一天，他进入一家旅店，店主不敢收留他，怕他惊吓了马，连马棚都不愿让他住，不过，当他掏出一把银圆后，店主马上改变了态度，在旅馆后楼给他开了间单房，也省得他惊吓了客人，毁了旅馆的名誉。

天黑时，年轻人自己在房中坐着，想着让七年赶紧过去。忽然他听到隔壁房中有人正在哭，他觉得可怜，走过去一看，一个老人正抱头大哭，老人看到他，吓得跳起来要跑开，不过听到是人的声音，才不再害怕了。他安慰了老人很长时间，老人才说出为何而哭。原来这老人破产了，穷得店钱都付不起，女儿们得忍受贫穷，他也快被人抓去坐牢了。披着熊皮的人说："没钱不用怕，我有的是。"然后他找来店主，替老人付了房钱，还给了他一大包银圆。

老人说："我带你回家吧，我的女儿个个美丽，我希望她们中能有一个嫁给你。你虽然样子古怪，不过她们知道你的善行后，不会不同意的，而且她们会让你恢复清洁的。"年轻人去了他家，大女儿一见他便尖叫着逃掉了，二女儿打量了他一遍，说："我不能嫁给这个人。小女儿说："爸爸，他帮助了你，一定是个善良的人，你的允诺会实现的。"年轻人听到这话高兴极了。他摘下手上的戒指，分为两半，刻上名字，把有自己名字的那一半给了姑娘，另一半留给了自己。他请姑娘藏好她的那半个，然后告辞说："我需要再外出三年，三年后我不回来，你就取消婚约，那时我肯定已死了。求上帝保佑我活到那时候！"

小姑娘身着黑衣，一想起那披着熊皮的未婚夫就忍不住流泪。她未婚夫则在全国各地流浪，但无论在哪儿都尽可能地做好事，把钱送给穷人，换得对自己的祈祷。最后，七年期限到了，他回到那片荒原，坐在树下。一会儿大风刮起，魔鬼来到面前，不高兴地向他要身上那件绿衣服，他让魔鬼先把自己收拾干净了再说。魔鬼只得用水洗干净了他，还为他梳头、剪指甲。哈，现在他又成了那个勇敢的士兵，比以前还要漂亮呢。没了魔鬼的约束，他心中很轻松，进城买了套漂亮的天鹅绒衣服穿在身上,然后又买了辆用四匹白马拉的马车,接着便动身去了未婚妻家。没人知道他是谁,老人当他是尊贵的上校,把他介绍给里屋的女儿们,并安排他和大女儿、二女儿坐在一起。她俩给他倒酒,给他吃美味的饭菜,夸他是世上最英俊的男子。他看了下未婚妻,发现她在对面一直静坐着,不肯抬头看他。他向老人求婚,另两个女儿高兴地跳起来。他和未婚妻独处时,把自己那半个戒指扔进酒杯中,请未婚妻喝酒,她接过来,喝完后发现了杯底的戒指,立刻把自己那半只也拿出来,拼成了一只,她立刻明白了。年轻人说:"感谢上帝,我已重新为人了,我就是你的未婚夫啊!"说完他把未婚妻搂在怀中,吻了她。那两个女儿才知道他就是当年那个披着熊皮的人,二人气愤地冲出屋子,一个跳井死了,另一个则吊在一棵树上,也死了。晚上,敲门声传来,年轻人打开门,发现是那绿衣的魔鬼。魔鬼说:"我没了你的灵魂,却收获了另两个灵魂。"

鹪鹩与熊之战

一个夏天,熊与狼正在森林中漫步,忽然听到有美妙的歌声传来。熊问狼:"老弟,这是什么鸟儿?"狼答:"它是鸟中之王,咱们见了他可得鞠一躬呢。"那鸟只是一只鹪鹩。熊想去看看鸟王的王宫,狼说等王后来后再领他去。不一会儿,王后衔着食物回来了,国王也回来了,准备喂它们的孩子。熊要立即过去看,狼阻止他说:"慢着,等国王和王后离开后才可以。"它们把鸟巢所在的洞穴记住后便离开了。熊等得心急,不久又返回去看,正好国王和王后飞走了,他爬到鸟巢旁边一看,里面有五六个雏鸟。他叫道:"王宫就这样子啊!真穷酸,你们是私生子吧!"小雏鸟们一听就气坏了,把熊的话告诉了父母。国王和王后说:"会给你们满意答复的。"然后二人飞到熊那儿喊:"该死的熊,为什么说我的孩子是私生子?你将遭到惩罚,我们向你宣战。"战争即将开始,熊去请地上所有四条腿儿的动物,有公牛、毛驴、母牛、鹿、狍子等参加战争;鹪鹩则动员一切天上飞的动物参加战斗,大大小小的鸟儿,甚至蚊子、黄蜂、蜜蜂、苍蝇也来助威。

将到约定的战争时间时,国王派探子中最狡猾的蚊子去敌营打听消息。蚊子飞到敌军聚集地,隐身在树叶底下,偷听敌人说话。它见熊把狐狸叫过去,对他说:"你是四条腿儿动物中最聪明的一个,来当总司令吧,率领大家战斗。"狐狸同意了,关于号令问题,狐狸说:"若我翘起尾巴,就表示你们可以放心地前进厮杀,若我把它放下来,你们就向后退吧!"蚊子听完,回到自己那一方,详细报告了鹪鹩。

第二天一早,战斗打响了。地上的野兽们吼叫着向前冲,声响大得连地都要颤抖啦!而鹪鹩呢,率领军队在空中开战,各种鸟一齐鸣叫,也叫人心发颤。就在两军要交锋的一瞬间,一群黄蜂偷偷钻到狐狸的尾巴下,螫了三下。狐狸受不了了,惨叫着把尾巴放下来。野兽们以为是形势不妙的缘故,各自逃回洞中。山鸟胜利了。

国王和王后飞到孩子们身边,告诉他们:"我们胜了,你们可以吃喝了!"小鹪鹩们这才满意,它们一块儿庆祝胜利,直到深夜。

甜小米粥的故事

从前,一个很穷但却真心向主的女孩与母亲生活在一起,没有吃的了。女孩动身向森林中走去,碰到个老婆婆。老婆婆知道她家中断粮了,便送她一个罐子,对她说一旦她喊一句:"罐子,煮吧!"它就可以烧出可口的甜小米粥来,吃饭后再喊一句:"停下,罐子!"它就不再煮了。女孩带着罐子回到母亲身边,从此,母女俩不再为吃饭发愁了,什么时候都可以吃到小米粥。有一次,女孩外出不在家,妈妈对罐子说:"罐子,煮吧!"于是罐子煮起小米粥来,妈妈吃饱后却怎么也想不起该如何让罐子停下来,结果罐子不停地煮下去,最后小米粥溢出罐子,把厨房和整个房子都塞满了,然后漫出去,屋旁的街和街旁的其他房子里也满是甜小米粥,到最后,城中还剩一点空间时,女孩回来了,她忙喊:"停下,罐子!"罐子停了下来。此后,如果有人进城,也得一边吃甜小米粥一边向里走。

世界经典文库

世界二十大名著

格林童话

图文珍藏版

有智慧的人

一天，一个农夫拿起手杖，告诉妻子："特莉涅，我要外出三天，这期间如果买牲口的到咱家来，你就卖掉咱家的那三头母牛，卖价是两百个银圆，不能再低了，知道吗？"妻子答道："去吧，我会办到的。"农夫警告妻子说事若办砸了，会打青她的背，让她在一年中背都是青色的。说完他就走了。

第二天一早，买牲口的来了。农夫的妻子很容易地便和他达成了协议。他一看牛，再听价钱，说："价钱合适，我把它们买下来了，这可就牵走了！"说完便解下牛绳，把牛向外赶，出了院门，农夫的妻子忙揪住他衣服说："先别走，把钱给我。""对，"那人答，"不过我忘了带钱来，放心吧，我向你做保证，这两头牛我牵走，剩下的那头留你做个抵押吧，如何？"农夫的妻子很满意，放他走了，心中还想："丈夫回来后一定会为我这么聪明而高兴的。"三天后，农夫回到家，问牛卖掉了没有。妻子答："卖掉了，亲爱的丈夫，依你的价，两百个银圆，那人同意了。""那么，钱呢？"农夫问。"钱还没付，当时他忘带钱了，放心吧，他会送钱过来的，因咱这儿有他留的抵押品。""抵押品？"农夫很纳闷。"对！就是咱三头牛中的一头，他要是不出钱，这牛他也甭想牵走。我够聪明吧，留下了最小的那头牛，它最省饲料。"农夫一听大怒，抓起棍子就准备打青她的背，想了想又放下棍子说："你也挺可怜的。这样吧，我去大路上等上三天，若能遇着个比你更蠢的人，就饶了你，否则，你就等着挨揍吧！"

农夫说完后走向大路，坐在路边的石头上等着。不一会儿，一辆牛车驶过来，驾车的是个妇人，她站在车中央，既不坐在身边的草堆上，也不是牵着牛走路。农夫想她正是自己找的蠢人，便站起身来，在牛车前走来走去，像个傻瓜一样。妇人问："你在做什么？我以前没见过你，你从哪里来？""我从天上来，找不到回去的路啦！你愿帮我吗？"妇人答："不行，我不知道回天上的路，不过我丈夫在天上已住了三年了，你见过他吗？""当然，我认识他。不过他在天上的生活也不好过。"妇人说："这样吧，昨天我卖了家中的好麦子，得了笔钱，帮我带给他吧！你把钱藏在衣袋里，没人会发现的。""如果没其他方法，我愿意帮你。"农夫说。"你坐在这里等我一会儿，我去把钱拿过来。"妇人说，"我站在车中央，不坐草堆上，是要让牛省点力气。"她说完驾车走了。农夫想："这女人太蠢了，她要果真送钱过来，我老婆就可免于挨揍了。"不一会儿，妇人果真拿钱回来，塞入他的衣袋中，然后千恩万谢地走了。

妇人回家后，看到刚干完地里活儿的儿子，述说了自己的遭遇，总结道："我很开心可以为你父亲带点钱过去，唉，他在天国过得也不好！"儿子大吃一惊，说："妈，并不是天天都能遇到从天上来的人，我得去看看，问问他天上什么样子以及干活儿的事。"然后他赶紧骑马去追。他追上了农夫，农夫坐在一棵柳树下，正想数一下钱数呢。少年问他："您遇见那位从天上来的人了吗？"他答："看到了，他向回走，爬上那座山了，从那儿登天较近。您赶紧去追吧！"少年唉声叹道："不行了，我干了一天活儿，再追到那儿，太累了。您既然认识他，能不能麻烦您帮我骑马去追一下？"农夫乐了：这又是个蠢人。便说："可以。"然后骑上马，赶路去了。少年在树下一直等到天黑也没等回来，他想也许是天上下来的那人事儿忙不愿见他，而那农夫呢，可能把马给那人捎给父亲了，想到这儿，他步行向家赶，回到家向母亲讲了整件事。母亲夸他做得好，并说他还年轻，步行也没事。

农夫回家后，对妻子说："你运气不错，我遇到两个比你还笨的人，这次就饶了你，以后再算这笔账吧！"然后，他坐进安乐椅中，说："还不错嘛！那两头瘦弱的牛能换这匹马，再加上一大笔钱，也值了。如果愚笨可以给我这么多甜头，也该值得尊敬了。"他这么想，你呢？一定也会喜欢头脑简单的人吧！

图文珍藏版

蛤蟆的传说

一

古时候,有个小孩,母亲每天午饭时总会为他预备一小碗牛奶和一块面包,每次他开始吃时,墙角总会爬出一只蛤蟆,和他一起喝牛奶,孩子很喜欢他,所以他吃饭时若不见蛤蟆出来,便会喊:

快出来呀,蛤蟆,

出来,小东西,

过来吃块面包,喝点牛奶,

好恢复精力,把身体养壮!

蛤蟆便跑出来,很有味地吃起来。它也喜爱那小孩子,给他带来各种东西,有宝石、珍珠、金制的玩具等。不过每次蛤蟆只是喝奶,不吃面包。又一次吃饭时,小孩子抓起小蛤蟆,轻轻打了一下它的头说:"小蛤蟆,吃点面包。"母亲在厨房中听到他说话,出来后拿起块木头打死了善良的蛤蟆。

此后,小孩子不再像从前一样又高又壮了,没有蛤蟆陪他,他渐渐瘦下来,脸色也苍白起来。不久,猫头鹰在夜间叫起来,红胸鸲用枝叶编了个送丧的花环,因为那孩子已经死啦!

二

　　有一个孤儿坐在墙边纺线,突然从墙洞里爬出个蛤蟆。她忙在地上铺开自己的蓝围巾,她知道蛤蟆喜欢这种围巾,喜欢在上面玩。那蛤蟆看到围巾,忙爬回洞去,出来时嘴里衔着只小金冠,它把金冠放在围巾上,又爬回洞去。那孤儿把金冠拿起来,看出这亮闪闪的家伙是用很细的金丝编织的。小蛤蟆又爬回来了,不见了金冠,它爬到墙边,急得向墙上撞,最后累死了。如果那孤儿没拿金冠,小蛤蟆说不定还会衔出更多宝贝呢。

三

　　蛤蟆叫着咕咕,小孩对它说:"出来,快出来。"它出来后,小孩向它打听小妹的事,说:"有没有见到个穿红色袜子的小女孩?"小蛤蟆答:"没有,你呢? 咕咕,咕咕,咕咕。"

穷磨工与一只猫

有一位老磨坊主,他除了三个小伙计替他干活外,没有妻子儿女。有一天,老磨坊主说:"我老了,该享享清福了,你们出去吧,谁能给我牵匹最棒的马回来,这磨坊就归谁,谁就得负责照顾我直到死去。"三人一起走出了村庄,其他两人对小学徒说:"汉斯,你留在这村庄吧,别指望自己真会弄匹马来。"汉斯不听,仍跟着走。夜深了,三人找了个山洞去睡了。汉斯睡熟后,其他两人乘机继续走路,留汉斯一人在山洞中,他们自以为聪明,其实倒霉的正是他们自己。太阳升起时,汉斯醒过来发现只有自己一个人躺在洞里,他向四周看了一下,喊道:"我的上帝,这是哪里?"他起身走出山洞,向森林走去,边走边想:我一个人被抛弃在这里,更不会找到马了。在神思恍惚中,来了一只小花猫,问他:"汉斯,你要去哪里?""我知道你也帮不了我。"他想。"你心里想什么,我一清二楚。"小猫说,"跟我走,只要你很忠实地做我七年仆人,我就送你一匹非常漂亮的马。"汉斯认为它是只奇怪的猫,又很好奇这是否是真的。小猫把他带回自己中了魔法的宫中,吃完饭后,饭桌被抬走了,小花猫说:"汉斯,来与我跳舞。"汉斯拒绝了,说自己不会和母猫跳舞。小花猫于是命令小猫们带他上床睡觉去。第二天一早,小猫们又过来叫他起床,他领到一把银斧头,楔子和锯条全是银的,锤子是铜的,每天他都在劈柴。日子就在这猫的王宫中渐渐度过了,他不愁吃喝,接触的也只有那些猫了。有一天,花猫命他去把草地上的草割下并晒干,然后,花猫给了他银镰刀,金磨刀石,让他干完活再全交回来。汉斯便去做了,干完后,他把工具与干草一起带回去,并问花猫能不能给他报酬。"不行,"花猫答,"你还得做件事,为我造所房子吧!"汉斯建好房子后说该是他得到骏马的时候了。确实,七年已经过去了。花猫请他过去看马,它打开小屋的门,里面有十二匹好马,它们都昂着脖子,皮毛都油光光的,汉斯高兴极了。花猫说:"你先回去吧,三天后,我亲自把马给你送去。"汉斯踏上了归程,花猫指给他路。由于花猫在七年中没给他做件新衣服,他只有穿着以前的衣服回去,衣服在他身上都变小了。回到磨坊,另外两人也回来了,他俩带回来的马,一匹是瞎的,一匹是跛的。汉斯进屋吃饭,磨坊主不准他上桌吃饭,他服装太破旧了,他们不想让别人看到他。他们扔了点东西给他,让他去外边吃。晚上睡觉时,那两个人不让床给他,他只好睡到鹅舍中去。三天后的清晨,他醒来后突然发现一辆六匹马拉的马车驶来,马儿一个个都泛着亮光,非常漂亮,还有名用人另外带着一匹骏马,这马正是要送给汉斯的。马车中走出来一位非常漂亮的公主,一直向磨坊走去。那公主,正是让汉斯做七年工的花猫。她问老磨坊主,汉斯在哪里,老磨坊主回答:"那家伙穿得太寒酸了,不能让他进屋,他现在待在鹅舍。"公主立即派仆人把汉斯带过来,给他换上华美的服装。现在的汉斯,可是比国王都更漂亮呢。公主看了一下另两名伙计带回来的瞎马和跛马,然后让人牵来专门带给汉斯的骏马。磨坊主说磨坊该归汉斯所有。公主却宣布说把马送给磨坊主,磨坊仍是他的,然后和汉斯一起坐上马车,走了。他们去了汉斯造的屋子,它已变成华美的王宫,宫里的所有用具全是金或银的。公主与汉斯举行了婚礼,汉斯从此过上了幸福生活。谁能说,脑子笨的人就一定没出息。

两个闯世界的人

也许山和谷不能碰到一起,而人可以,不管是好人还是坏人。有一天,一个鞋匠和一个裁缝在闯世界的途中相遇了。裁缝个儿不高,但很漂亮,他不管在哪儿,都是既高兴又快乐。当他瞧见鞋匠走来时,他从那人的背包看出他是个鞋匠,便高唱道:

替我把线缝严,

替我把绳子拽紧,

把沥青涂在鞋两边,

敲吧,把鞋钉子敲牢啊!

鞋匠不喜欢被戏弄。裁缝立刻赔笑道:"我没恶意,请你喝口酒吧!"然后递上一瓶酒,鞋匠喝了一大口,果然不再发怒。他还酒瓶时说:"我喝了一大口,别人只会说喝得多却从不会说喝得少。可以跟我一块儿流浪吗?"裁缝回答愿意,并建议去大城市。鞋匠回答:"我本来就想去大城市,在小地方没什么意思,小人物才愿赤脚走呢。"二人便一起走了。

二人渐渐地感到时间够用,可吃喝的东西不够了。他们每到一个地方,便分开去寻同行。小裁缝看上去总是很快活,生机勃勃的样子,双颊红红的还挺英俊,大家都喜欢他。鞋匠羡慕地说:"人越坏越有福啊!"裁缝既笑又唱,把自己的东西都分一半给同伴。

两人流浪一段时间后，决定去京城，这首先得经过一片大森林。路有两条，一条需要走上七天，另一条则需两天，两人谁也不知道哪条才是最短的路。两人坐在一棵橡树下盘算该带几天的面包上路。鞋匠说："得考虑周全，我带七天的面包。""不会吧?"裁缝喊，"带够吃两天的面包，就可以了。"二人分别买了面包，碰运气似的走入森林中。

森林静寂得像一座教堂，没有风，听不到鸟鸣，也没流水的小溪，树的枝叶繁茂，一丝阳光也射不进来。鞋匠背着七天的面包，累得浑身是汗，他一句话不说，脸色也不好，一点儿也不高兴。裁缝快乐得连蹦带跳，不时地吹响叶子，唱唱小曲儿，心想上帝见他这么快乐，也会为他高兴的。这样走了两天，第三天还未走出森林，裁缝已吃光了面包。当天晚上，他空腹躺在树下。第四天他饿着肚子赶路，硬挨了过去，但看着同伴吃面包，他只有羡慕的份儿，求同伴给点面包吃，得到的却是嘲讽："你不是很快乐吗? 这次知道不开心的滋味了吧? 今儿早晨鸟唱得太早，傍晚一定会遇上老鹰的!"他的同伴原来是个没同情心的家伙。第五天早上，可怜的裁缝再没力气爬起来了，一句话也说不出了，脸色苍白，眼睛布满血丝。鞋匠说："用你的右眼换一块面包吃，愿意吗?"小裁缝为了活命只好同意，他用两只眼睛哭了最后一次，然后抬起头说："行动吧!"鞋匠果真用尖利的刀剜掉了他的右眼。此刻他想起母亲在他小时候偷面包吃时说的话："可以吃多少东西就吃多少，该忍受时必须忍着。"吃下自己用眼睛换来的面包，他站起来继续赶路，所幸自己还有只左眼，世界在眼中仍是清楚的。第六天，饥饿再次袭来，傍晚他倒在树下。第七天，他再也站不起来了，快要死了。忽然他同伴开口说："我发发善心，再给你一个面包，不过条件是剜掉你的左眼。"这个时候，裁缝终于后悔以前太浮躁了，他请上帝饶恕他，然后说："随便你怎么做吧，我会忍受痛苦。不过你要想清楚了，上帝的惩罚在将来会来到的，你这样待我，会有报应的。因为以前我并没亏待过你，我日子好时，好东西都分给你一半。我是个裁缝啊，我必须一针一线地缝衣服，要没了眼睛，我只有乞讨了。但求你在我瞎了双眼后，别抛弃我，否则我会饿死的。"可狠心的鞋匠仍剜掉了他的左眼，然后给了他面包和一根棍子，让他跟着自己走。

　　夜幕降临时，二人走出了森林，鞋匠见前面的野地上有副绞架，便把可怜的同伴领到那儿，让他躺下来，自己走了。小裁缝饿痛交加，很快睡过去了。第二天天大亮时，他醒过来却不知自己在哪儿。绞架上原本吊着两个死鬼，每人头上皆有只乌鸦立着。这会儿，两个鬼对起话来。一个说："老兄，你醒了吗？"另一个答醒了。他便说："昨夜从绞架上掉下来经过咱们头顶的那露水啊，用它洗脸则可重获光明，如果瞎子们知道，只怕他们还不相信呢。"小裁缝听罢，忙用手帕接了点露水，然后用它洗眼窝，吊死鬼没说错，他果真又有了一对明亮的眼睛。当然，他做了晨祷，还感谢了上帝的赐予。接着他背上包袱，忘记了过去的不幸，继续快乐地唱着吹着赶路了。

　　他首先见到一匹棕色小马驹，他揪住它的鬃毛，想让它驮自己进城。小马驹请求放过它，说："我还小呢，就算你很轻，可也会把我的背压断的，等我再大些才可以驮人，说不定哪天我还能酬谢你呢。"小裁缝觉得它也是个快乐的家伙，便放了它，并用小树枝打了下它的背，它开心地跑开了。

　　小裁缝一天多没吃东西了，他决定一会儿遇上什么可吃的东西，就抓来吃。这时，一只鹳鸟走过来，"等一下，等一下，"他边叫边伸手抓住它的细腿，"我也不知该不该吃你，只是我实在太饿了，我不得不把你的头揪下来，把你煮熟了吃。"鹳鸟说："不要这样，我不是普通的鸟，从没人伤过我，我对人很有用处，如果放了我，将来会有好处给你的。""那么飞吧，长腿老弟。"裁缝说。鹳鸟飞走了。

　　"现在该怎么办呢？"裁缝对自己说，"我越来越饿，肚子早就空了。下面碰到的东西，就算它不走好运吧！"这时，他看到池塘中有几只小鸭子游过来，"太好了！"他抓住一只鸭子就想拧它的脖子。突然躲在芦苇中的母鸭妈妈叫起来，大张着嘴游到他面前，恳求饶了那可怜的孩子，她说："你想啊，如果有人把你抢走并杀了你,你妈妈会多痛苦啊!""别说了,我还你孩子就是了。"说完,善良的他把抓住的小鸭放进水塘中。

继续前行,他发现一群野蜜蜂从一棵只剩一半的老树前飞来飞去,他想:刚才我做了好事,现在该有回报了。蜂蜜会让我打起精神的。不料蜂王飞出来向他正色说:"如果你敢进攻我的子民,弄破我的安身之所,我们会在你身上扎上千万根蜂刺。如果你不侵犯我们,那么有一天我们会报答你的。"

小裁缝忍着饥饿,一步一步捱进了城。这时城里中午十二点的钟敲响了,宣告旅馆内已备好了饭菜等着客人前去吃呢。吃饱喝足后,他想:"该找个活儿干干了。"便在城中转悠,寻找顾客,不久他就有了立足之处。由于他的技艺不错,很快有了名气,城中的人都希望由他为自己做衣服。名气渐长后,他说:"虽然手艺不错,但需要精通才行。"他做到了,后来被召进宫,当了皇宫的裁缝。

怪事来了,他那凶狠的同伴鞋匠也在同日成了宫中的鞋匠。那人认出小裁缝后,看见他又有了双眼,心中很不踏实。晚上鞋匠干完活后,对国王说:"尊敬的国王,裁缝那家伙口出狂言说要去找回很久以前失踪的金王冠。"国王答:"很好。"第二天一早,他召来裁缝,让他找到金王冠,否则就别回来了。小裁缝收拾好东西,离开了京城,刚过城门,他就可怜自己不得不放弃现有的快乐,不得不离开这生活得很好的城市。经过那鸭子游走的池塘时,他看见鸭妈妈正坐在岸上,用嘴巴擦羽毛呢,鸭妈妈看见他便问为何这么沮丧。他说:"你听了我的经历,就不会这么奇怪啦!"然后讲了这件事。鸭妈妈说:"这点小事,我可以帮你。金冠在水底呢,我们会捞它上来,你现在把手帕摊开在地上。"然后它带领着自己的孩子游向塘底,五分钟后它浮上来时,金冠躺在它很稳的翅膀中间,小鸭们在它周围,全用嘴托着金冠下边,让金冠不下沉,它们游上岸,把金冠放在手帕上。裁缝拴起手帕的四角,把金冠带给了国王。国王很高兴,亲自给他戴了条金项链。

鞋匠见这次没成功,又想出了一个计谋,他跑到国王那儿说:"尊敬的国王,裁缝那家伙真自大,竟夸口说他能把王宫中的全部东西,都用蜡泥捏出来!"国王便找来裁缝,让他把宫中所有的东西,无论是能动还是不能动的,甚至墙头的钉子都得用蜡泥捏出来,否则罚他终生被监禁。裁缝心想:"事情越来越麻烦,真是受不了。"然后又收拾好东西,去流浪了。他坐到那棵只剩一半的老树下,垂下了头。蜜蜂们飞出来,蜂王知道后说:"放心回去吧,明天此时你再来,带上一张大手帕就行了。"他回家去了。蜜蜂们却飞进宫中,把王宫的全貌地形以及所有的东西全侦察清楚了。飞回去后,它们立刻用蜂蜡依样造起宫殿来。黄昏时,一切工作做好了。第二天早上,小裁缝走来,看到一幢华美的王宫,一颗钉子不缺,一片砖瓦不少,王宫是那么精致小巧,雪白的颜色,带着甜香甜香的蜂蜜气味。裁缝把微缩王宫包进帕中,献给了国王。国王吃惊不小,把它放在宫中最大的房间中,并奖给小裁缝一座大石头房子。

鞋匠第三次对国王说:"尊敬的国王,小裁缝得知宫中的院里没有喷泉,说要在院中间造出喷泉来,能喷一人高的泉水,并且能让水明亮得像水晶。"国王又叫来裁缝说:"你不是允诺要让我的院中央喷出泉水来吗?明天就做!否则我派人砍下你的头!"裁缝见势不妙,忙逃出了城门,想到这次竟会搭上一条命,不禁泪如泉涌。他闷闷不乐地向前走,不料遇上曾被自己放走的小马驹,它现在已是匹漂亮的棕色骏马了。它说:"我要报答你,你的不幸我知道,骑上我吧,现在我能承受两个你的重量了,你的事我会帮你解决的。"裁缝很高兴,跃上马背,马如风般向前奔,直到奔到王宫的院中央。然后它绕着院子如风雷般狂奔三圈,三圈跑完它倒在地上,只听一声巨响传来,院中央的一块土地向空中飞去,像一发子弹一样快,土块飞出王宫,顿时,院内一道水柱高高喷起,比骑在马上的人还高呢,国王惊喜交加,上前当着众人的面搂住了小裁缝。

然而快乐的生活并没过太久,那该杀的鞋匠由于知道国王有很多美丽的公主却没一个王子,便又对国王说:"尊敬的国王,裁缝那家伙仍然是骄傲自满,他竟说他有本领能从天上给您弄个儿子来。"国王忙令人找来裁缝说:"给你九天时间,给我弄个儿子出来,我会把大公主嫁给你。"再一次,他打点行装逃出了城门。经过草地时,他见到那只鹳鸟,鹳鸟看到裁缝过来说:"你带着包裹,是要逃离京城吧!为什么?"裁缝详细讲了,抱怨自己太背运。鹳鸟安慰说:"这事儿容易,我会帮你走出困境,我早就向城中送过婴孩了,自然也能从井中捞出个王子来啦!回去等着,算上今天九天后你去王宫,我那时也会去。"小裁缝在约定的时间进了宫,不一会儿,鹳鸟飞来了,小裁缝打开窗户,只见它嘴中叼着一个天使般漂亮的婴儿,婴儿向王后伸出手,它把孩子放进王后怀里,王后高兴极了,对这孩子又是拥抱,又是吻。鹳鸟卸下肩上的旅行包,送给王后,然后就飞走了。包中是带给小公主们的五颜六色的甜豌豆,大公主没有,不过她有了小裁缝做丈夫。裁缝高兴地说:"妈妈说得不错:只要真心相信上帝并有福气,就不会被打败。"

而鞋匠呢,被永远赶出了京城。他走向森林,到了那副绞架前,由于气恨交加同时挺热的,便累倒在地上,他想睡一觉,不料立在两个吊死鬼头上的乌鸦俯冲下来,啄走了他的眼睛。他发疯般奔向森林深处,最后饿死在里边了。

汉斯我的刺猬

　　从前有个农夫,他有钱有地,却没有孩子。有时他跟其他农夫一起进城赶集,别人总因为他没有孩子嘲笑他。有一次他气极了,跑到家中叫道:"我必须有个孩子,哪怕他是只刺猬。"不久,他妻子果然生了个儿子,但这孩子上身是刺猬,下身却是人身。妻子大惊,埋怨是丈夫诅咒自己的缘故。丈夫说:"多说没用,先给孩子受洗要紧,不过咱没法请教父了。"妻子说:"除了'汉斯我的刺猬'外,咱也没法取别的圣名。"洗礼之后,牧师说:"他上身全是刺,普通床铺睡不了。"便在灶台后面铺了点干草,把汉斯我的刺猬安置在上面。他同样不能吃母乳,否则会扎伤妈妈。他自个儿在灶后面的草上睡了八年,父亲讨厌他,巴不得他死掉,但他一直活着。后来,父亲要去城里赶集,儿子说:"爸爸,给我买一只风笛吧!"农夫归来时,给儿子买了风笛。儿子接过来说:"爸爸,把我的大公鸡带到铁匠铺去打上掌子,以后我骑它走,不会回来啦!"农夫为能甩掉儿子而高兴,便为公鸡钉上掌子。汉斯我的刺猬又要了几头猪和驴,说要弄到森林中养,然后就骑着大公鸡走了。大公鸡驮着他飞到森林中的一棵大树上,他就坐在那里养猪和驴。这一坐,就是许多年过去了,猪和驴已长大而农夫不知道儿子的一丁点儿消息。每次汉斯我的刺猬坐在树上,总会吹自己的风笛,笛声很好听。一天,一位国王在森林中迷了路,听到有风笛声,觉得奇怪,便派手下人察看。手下人看了半天,最后看见是树顶上立着的一只大公鸡背上的刺猬模样的怪物在吹风笛。然后,国王又派人问他为何在树上以及他知不知道回王宫的路。汉斯我的刺猬从树上下来后说自己愿意做向导,条件是国王必须立下字据,即把回宫后在院中第一个遇上的东西送给他。国王认为他不识字,便拿出笔墨,随便在纸上写了几句,写完后,汉斯我的刺猬把回宫的路告诉了他。他顺利回宫后,公主见他远道归来,欣喜地出来迎接并吻他。他想起了字据,便告诉女儿他的经历,公主说她不愿去怪物那儿。

汉斯我的刺猬依旧放猪和养驴子,也依旧每天快乐地坐在树顶上吹风笛。一天,又有一位国王在森林中迷了路。他听到远处悠扬的风笛声后,派兵士去察看。兵士来到树下,抬起头看到了树顶上的公鸡及公鸡背上的汉斯,他问汉斯在上边做什么,汉斯答:"我正在放养猪和驴,您有何事?"兵士说他们迷路了,问汉斯可不可以指点一下回宫的路。汉斯乘着公鸡从树上下来,告诉国王,只要他愿意把回宫后遇到的第一个东西送给自己,即可为他指路。国王同意了,并立了张字据。然后,汉斯我的刺猬骑着公鸡带路,国王也顺利地回到王宫。大家对他的归来都很高兴,他那美丽的独生女儿更是第一个奔过来拥抱父亲,简直开心极了,国王却难过极了,因为这第一个碰上的就是公主啊。公主知道后则安慰父亲别难过,并保证说为了父亲,那怪东西来的话,她就跟他去。

汉斯我的刺猬继续养他的猪和驴,后来猪又生猪,延续下去,森林都快塞满了,他不愿在森林里再住下去了,捎信给父亲,让他叫村里人空出所有的猪圈,他会带着许多猪回家,到时候所有会杀猪的人都可以来杀。父亲收到信奇怪极了,以为儿子早死了呢。到了时候,汉斯果真骑着大公鸡,带着猪群回到了村中。哈,那天的杀猪剁肉声太大了,几里地之外都能听得见。然后,汉斯对父亲说:"爸爸,再去给我的公鸡钉上掌子吧,此后我再不回来了。"父亲按他说的做了,很高兴儿子不会再回来。

汉斯我的刺猬骑着大公鸡,向第一个国王那儿飞去。不料那国王已命令说一旦看到有骑着公鸡吹着风笛来的怪物,大家就放箭射他,用刀砍他,用矛刺他,以阻止他进城。所以当汉斯来到时,士兵们一哄而上,举着刀和矛,汉斯刺了下公鸡,公鸡飞过城门,降落到了国王的窗下。汉斯告诉国王,他应谨守承诺,把公主送给他,否则他让国王、公主都没命。国王只得去求女儿跟着汉斯走。公主穿着一身白衣，与汉斯我的刺猬及公鸡共乘着父亲给她的六匹马拉的马车，带着一些漂亮的女用人和不少钱，离开了京城。国王以为自己再也见不到他们了，谁知车驶出京城不一会儿，汉斯便脱下身上的王族服装，用刺猬皮刺得公主浑身是血，然后说："这是你们狡诈狠心应得的报应，走吧，我不会要你的！"把她赶走了。

汉斯我的刺猬再次吹着风笛，骑着大公鸡，来到第二个王国。这里的国王，吩咐下去，若有名叫汉斯我的刺猬的怪东西来，就放他进城，再把他带到宫里。当公主看到汉斯时，吃了一惊，因为他的模样实在太怪了。不过她不能反悔了，于是她欢迎汉斯的到来，并举行了婚礼，二人一起参加晚会，坐在一起吃饭。到了晚上，该睡觉时，公主害怕起他的刺来，他安慰公主说不会让她为难的。汉斯去求国王让四个兵士守住他的卧室，并生了堆火，告诉士兵当他想睡觉并从刺猬皮中爬出来时，皮扔在床前，士兵要立刻跑进来把皮捡起，然后扔进火中，直到皮全烧干净了。夜里十一点时，汉斯进入卧室，脱下刺猬皮扔在床边，士兵们便迅速捡起扔进火中，皮烧干净后，汉斯也得救了，恢复成人形，不过皮肤像煤一样黑。国王派御医用最好的药为他诊治，不久他变白了，成为英俊的男子。后来，汉斯继承了老国王的王位。

又几年过去了，汉斯与王后一起去看望父亲。父亲说他只有一个半刺猬半人的怪儿子，且早离家走了，说眼前的人不是儿子。汉斯最终让父亲认出了自己，老人很高兴，去了儿子的王国。

荆棘丛中跳舞的犹太人

　　古时候，一个有钱人有一名伙计，这家伙干起活来可勤快了，干了一年活后，主人一分钱也没给他，心想：这是聪明招儿，可省下一笔钱，反正他也不会走，还得为我干活。这伙计没说什么，到了第二年仍勤勤恳恳地干活，年终，他依旧没拿到一分钱，他还是没说话，继续留下来为有钱人干活。第三年岁末，有钱人想了一下，摸了摸口袋，还是没拿出一个钱来。伙计终于说话了："老爷，我辛辛苦苦地给你干了三年活，你就行行好，付我工钱吧！我想出去闯天下，就要走了。"有钱人把手放进口袋，最后摸出来三块银币，"你看，一年付你一枚银币，这么高的酬劳，你还想上哪儿去？"伙计没心机，也不太懂得钱，收下了三枚银币，他想：这回我有钱了，还愁什么，也不必再受苦受累了。

　　他出发了，又唱又跳。当他路经一片小树林时，树后出来个小矮人，问他："您去哪儿，快乐的大哥？我看您很快活的嘛！""我才不发愁呢，我有钱，三年的工钱一分不少地在兜里响着呢！"小矮人又问："你到底有多少钱？""多少？三枚银币，够多的吧？""那么，听好了，"小矮人说，"我很可怜也很穷，你把三枚银币送给我。我没法再干活了，可你年轻力壮，可以很容易地挣面包吃。一枚银币换一个愿望，你说吧！""哇！"伙计说："你是个神仙呀！我三个愿望是：第一要有支鸟枪，一打一个准儿；第二我要一把琴，只要一拉它，听到的人都跟着跳舞；第三我向谁请求都能得到满足。"小矮人说："可以，我这就满足你的三个愿望。"接着他在树丛中用手抓了一下，提琴和鸟枪已到手中，好像早就放好了似的，他把二者交给伙计说："不管你要求什么，都会得到满足。"

"我还想得到什么呢?"伙计对自己说,接着又上路了。不一会儿,他遇到一个留着长长的山羊胡子的犹太人,他正站着听一只大树顶上的鸟儿在唱歌。"上帝造物真是奇怪,一只小鸟竟能发出如此动听的嗓音,它如果是我的该多好! 要能逮住它该多好!"犹太人说。"就这个要求呀,鸟立刻就能打下来。"伙计边说边举枪射击,鸟应声掉进荆棘丛中。犹太人弓着身子朝荆棘丛中钻,他钻到荆棘丛中间时,伙计心血来潮,禁不住拉起了提琴,这时犹太人抬腿向上跳,他拉得越欢,犹太人跳得越起劲儿,结果,荆棘拉破了他寒酸的袍子,拉住了他的长胡子,刺得他浑身是伤。"天啊,"犹太人叫道,"我受不了了,求你别再拉了,我甚至愿给你一袋金子!""你肯出这么多钱,我就不拉了,不过我说,你的舞跳得还不错!"他拿了钱扬长而去。

犹太人后来去了城里的法官那儿。"法官大人!"他叫了两声哎咛又说:"我被一个坏蛋大白天的给抢了,还把我打成这个样子,您把他抓起来吧!"法官问:"是士兵用剑刺的你吗?""他没有剑,他背着支枪,脖子上挂着把提琴,很好认出来的。"法官便命人去追那个伙计,追到时,他正慢慢赶路呢。从他身上找到了那袋金币,他被带到法官那儿。他说:"我没打他,也没抢钱,是他自己送给我的,因为他受不了我的音乐,求我停下来。""上帝保佑!"犹太人叫道:"他撒谎像逮墙上的苍蝇一样容易。"法官也不信伙计的辩解,说:"荒唐,没有犹太人会那么做。"然后,给他冠上抢劫的罪名,判他受绞刑。他被押走时,犹太人还喊:"懒惰的家伙,受到报应了吧!"伙计跟着刽子手爬上绞架,在最后一级梯子处他才转身向法官说:"临受刑前,答应我一个请求。"法官同意了,"我不求你饶我,只希望能最后再拉拉我的提琴!"伙计说。犹太人听了赶紧叫道:"看在上帝分上,不让他拉,不让他拉!""为什么不准,给他最后的快乐呗! 我同意了。"法官说。其实他根本无法拒绝伙计的请求,因为小矮人满足了他第三个愿望。犹太人大叫道:"天哪,快把我绑起来!"这时,伙计取下提琴,刚拉了一下,大家一起跳起来,来到广场瞧热闹的人,老幼、瘦子、胖子全跳起舞来,甚至狗也不例外。伙计越拉得厉害,大家跳得越高,脑袋相互碰在一起,响起一片痛叫声。最后,法官累得气喘吁吁,说:"我饶你一命,不要拉了!"伙计把提琴挂到脖子上,从绞架上走了下来。犹太人还在地上喘气呢,伙计问他:"狡猾的家伙,坦白吧,那些钱是怎么来的?否则我还拉琴。""是我偷的,是我偷的,"犹太人说,"你的钱是老实赚的。"于是,最后法官给犹太人定了盗窃罪,把他送上了绞架。

百发百中的猎人

古时候,有个年轻人学会了钳工手艺后,对父亲说想去闯世界,碰碰运气。父亲支持他的想法,给了点钱做他的旅费,小伙子从此开始四处流浪。他对打猎来了兴趣,希望猎人收他做徒弟,猎人同意了,他便跟着师父当了几年的伙计。出师时,年轻人想自个儿去闯世界。猎人给了他一只可以百发百中的神枪。年轻人继续赶路,来到一片走一天也走不出去的大森林。夜幕降临时,他为防止野兽的攻击,爬上一棵大树。临近午夜时分,他看见远处好像有点点亮光,便沿着亮光向前走去。光越来越大,最后看清亮着光的是个巨大的火堆,三个巨人围坐在地上正叉着牛在火上烤呢,一个巨人说:"我尝尝肉是否可以吃了。"边说边撕下块肉,正要扔进嘴中,不料年轻的猎人一枪射飞了他手中的肉,他说:"从哪儿来的风把肉刮跑了。"他又撕下块肉,正准备吃,又被射飞了,他给了旁边人一个耳光,训斥道:"为什么抢肉吃?"同伴说:"我可没抢,说不定让个神枪手给射的吧!"巨人撕下第三块肉,可还没抓牢又被射飞了,巨人说:"可以把到嘴的东西射掉的人,肯定是个神枪手,这人对咱们有用处。"他喊道:"出来吧,神枪手,出来一起烤火吃肉吧!我们不会伤害你的,你若不出来,被我们逮到了就麻烦了!"年轻人现了身,介绍自己是个能干的猎人,只要用枪瞄准,准会打中的。巨人们告诉他,只要跟他们在一起,不会亏待他的,并说森林前边有很大的一个湖,湖对岸的城堡中有位美丽的公主,他们想抢走她。年轻人说:"好,我去把她弄来。""等一下,"巨人说,"城堡中有只小狗,一有人靠近它就会叫起来,所以我们一直进不去。你能一枪结果了那只狗吗?"猎人说可以。他们上了船,刚靠近湖岸,小狗看见他,张开嘴巴刚要叫,他一枪便把它打死了。巨人们看见这一幕，认为可以得到公主了。猎人建议自己先去查探一下。他仔细看了一下，发现床下有双拖鞋，右边一只上绣着国王的名字，以一颗星做饰品，左边一只上绣着公主的名字，也以一颗星做饰品。公主围着条金丝织成的绸围巾，右端缀着国王的名字，左端缀着公主的名字，名字闪着金光。年轻人用剪刀剪下围巾的右端，捡起右拖鞋，把二者放进了背包中，他看到公主睡得正熟，又剪下一小块睡衣，也放进背包中，然后他就向前走了。到门口时，巨人们在门外等他呢，他大声叫他们进来，说公主已经到手，不过他没法打开门，门上有个大洞，叫他们一个个钻进来。第一个巨人走上来，猎人把他的头发挽在手上，等巨人脑袋一钻进洞，手起刀落砍掉了他的头，同时把他的身子拽了进来。第二个、第三个巨人以同样的手法被砍死了。猎人为自己救了美丽的公主而暗自高兴，他把巨人们的舌头也割下来放进了背包中。做完这一切，他想：该是回去找父亲的时候了，让他看看我做的事，接着再继续流浪。

国王一觉醒来，发现宫中躺着三个被杀死的巨人，他连忙进入女儿房间，叫醒她问她是谁杀了这三个巨人。公主说自己睡着了不知道。然后她准备穿拖鞋，发现右边一只没了，接着发现围巾的右端和睡衣的一块都被剪去了。国王把宫中所有人召集起来，询问谁救了公主并杀了三个巨人。一个长得很丑的一只眼的军官站起来说："是我。"国王宣布要把公主嫁给他。公主反对说："不行，父亲，我宁愿流浪也不愿嫁给他。"国王便说："我会让人在森林中建一间屋子，你以后永远待在里面吧，为过路人做饭，但不许收钱。"小屋造好后，门上挂了张木板，上写着："今日不收钱，明天收。"然后公主便搬进去住了。不久，很多人都知道了森林中的小屋内有个漂亮的女孩，专门为路人做饭并且不要钱。猎人听到消息后心想：这倒不错，反正我也没钱。他背着枪和包袱去森林了，他的包袱中还放着那天的战利品。他找到木板上写有"今日不收钱，明日收"的小屋，进了屋。他的腰间除了挂着一把气枪外，什么也没有，不过这支枪是神枪，可以百发百中。他问可不可以给自己一些吃的。公主问猎人从哪里来要到哪里去,他回答在世界上流浪,公主又问他怎么拿到这把刀,那上面还刻有父王的名字呢,他便问她是不是公主,公主答是。他说:"我用这把刀砍下了三个巨人的头。"然后给她看了包袱中的舌头、拖鞋、围巾和那块睡衣。公主高兴极了,因为终于找到了真正救了自己的人。然后两人找到国王,请他来到小屋,公主告诉他,真正的恩人是这位猎人。国王说他很高兴知道了事情的真相,还说要把公主嫁给猎人。公主这次很愿意,他们接着把猎人装扮成外国贵族的模样。国王在宫中举行宴会,大家都落座了,公主的左边坐着那个独眼军官,右边坐着猎人,那军官还以为猎人是名外国贵族呢。大家吃喝完毕后,老国王让军官猜谜,说有个人称自己杀了三个巨人,却不知道巨人头里没舌头,怎么回事呢? 军官不在意地答:"可能本来就没有舌头。"国王斥责他胡说八道,因为每个动物都长有舌头。又问他该如何惩罚一个欺骗国王的人,军官说该碎尸万段,国王宣布说他说了对自己的判决。接着军官被投入监牢,后来被碎尸万段。公主嫁给了猎人,不久后,猎人的父母被接进宫中,一家人幸福地生活在一起。猎人在国王死后继承了王位。

从天上带来的连枷

有个农夫,牵着两头牛去地里耕田。到了田里,忽然发现两头牛的角长起来,而且越来越长,等到耕完田回家,牛角太长了,进不了门。这时走过来一个屠夫,农夫把牛卖给了他,二人达成的协议是:农夫量一升萝卜籽给屠夫,萝卜籽的粒数就是屠夫该付的银币数。换句话说,农夫发了一笔小财。农夫到家中量了一升萝卜籽,把它背到屠夫那儿时,从口袋中掉出了一粒种子,否则农夫还能多得一个银币呢。当农夫拿到钱往回走时,发现那粒籽已经长成一棵大树,树一直长到天上。农夫想:正好乘机上天看看天使们在做什么,还可看看天使是什么样儿。他爬了上去,看见天使们正收燕麦呢,他仔细看着,没想到脚下的树摇晃起来,向下一瞅,有人正砍树呢。他忙抓了一些堆在身边的燕麦秆,搓了条草绳,又拿了一把扔着的镢头和连枷,便开始顺着绳子向下滑,滑到地上后,自己又掉入了一个很深的洞中。幸亏他拿着镢头,用它为自己挖了泥梯子,重新回到了地面。连枷则成了他到过天上的证据,谁也没法不相信他的故事。

两个国王的儿子

古时候，一个国王有了个小儿子，十六岁时，那孩子常和猎人们一起去打猎。有一次，在森林中打猎，王子被落下了，突然，他看见一头大鹿，便去射它，可没射中，他去追鹿。一直追出了森林，鹿忽然消失了，一个高大的巨人站在王子面前，说："终于找到你了，为了你我跑坏了六双玻璃做的冰鞋。"他把王子领过一条大河，来到一座宏伟的宫殿前。国王对他说："我有三个女儿，今夜你去我大女儿房中守着，从晚上九点到明早六点，其间每一次钟响时，我就来叫你一声，你若不答应，明天一早就得死，若每次都答应，就要娶大女儿做妻子。"少年走进卧室，见里面立了个石头人，大公主对石头人说："九点钟时开始到明晨六点，每个时辰我父王都来叫一声，你代王子回答吧！"石头人迅速点头答应。第二天一早，国王对王子说："干得不错，不过还不能把大女儿嫁给你，你还要到二女儿房中守一夜，我再考虑你娶我大女儿的事。夜里每隔一个时辰我就亲自叫你，你若不回答，就得流血。"年轻的王子进入卧房，二女儿房中有个更高更大的石头人，公主交代它若父王来叫，它就代答。石人点头答应下来。王子把手放在头上，卧在门槛上睡着了。第二天早上，国王又说："做得好，但仍不能把公主嫁给你，你还得在我小女儿房中守一夜。每个钟点我都来叫你一声，若不回答，就没命了。"年轻人走进小公主的卧室，那里的石头人更加高大，小公主叮嘱它若父亲来叫，由它来代答。石头人也答应了。王子像先前一样睡去了。第二天一早，国王说："守夜的活做得还不错，但还不能娶到我女儿。今天早六点到晚六点，你必须把我的那片大森林伐光，我才能考虑婚事。"他给了王子一把玻璃斧头，一把玻璃楔子，一把玻璃板斧。王子进入森林，用斧头砍了一下树,斧头断了,他把楔子放在地上,板斧只敲了一下就粉碎了。他以为这次必死无疑了,哭了起来。正午时,国王说:"女儿们,谁去给他送点食物?"两个大一点的女儿说小公主该去送饭。小公主只得去了,小公主让他先过来吃饭,他说自己反正快死了,吃什么都没意思了。小公主不断劝他直到他肯吃一点儿食物。吃完后,小公主说:"我帮你捉捉虱子吧,说不定过一会儿你会改变想法的。"她帮他捉虱子,他累得睡着了。这时,小公主急忙取下围巾,把它打成结,并敲了三下地面,说:"出来吧,地下小精灵们!"瞬时,很多地下小精灵冒了出来问候公主。公主说:"三个小时内,把这森林全部伐掉,把木柴也都堆好。"小精灵一起干起来,三小时内,他们把活儿就全做好了。他们向公主汇报后,公主拾起围巾说:"回去吧,地下的小精灵们!"他们又消失了。王子醒后,很开心,小公主对他说:"六点时回王宫来。"他回来后,国王问:"把森林伐光了吗?"他答是的。大家一起坐上桌吃饭时,国王说还不能让他娶女儿,他还得做件事,他说:"你明天得去掏光我池塘中的所有淤泥,不仅让池塘中的水清亮得像面镜子,水中还得有各种各样的鱼。"第二天早晨,国王给他一把玻璃铲子说:"晚六点前,必须干完活儿。"王子去了池塘那儿,刚把铲子插入泥中,铲柄断了,他又用铲头挖土,结果它也坏了。他难受得要命。正午时分,小公主又来送饭,他告诉公主情况太不妙了,这次肯定没命了,他说:"工具真没用!"公主便又借口替他捉虱子,乘他睡着时解下脖子上的围巾,把它打成结,用结敲地三下,说:"出来吧,地下的小精灵们!"霎时,地面上出现了很多小精灵,公主让他们用三个小时的时间掏干净池塘,让满池塘水清澈可照人影且水中有各种鱼。小精灵请来所有亲人帮忙,结果两小时不到活就干完了。公主得到任务完成的报告后,又拿起围巾,敲了三下地,说:"回去吧,地下的小精灵们!"小精灵们立刻没了踪影。王子醒后发现池塘变干净了,公主临走时嘱咐他六点回宫去。回宫后,国王问:"事干完了吗?""干完了!"王子答。共进晚餐时,国王说:"虽然池塘掏干净了,可还不能让你娶我女儿,你还得做件事。"这件事就是王子必须把山上的荆棘全部砍掉,然后在山上建幢王宫,王宫要豪华壮丽,其中的家具、用具都要齐全。第二天早晨,国王给他一把玻璃制的斧头和钻子,让他晚六点前全部做完。王子用斧头砍山上的荆棘,玻璃斧头立刻碎了,钻子也坏了。他伤心得很,盼着小公主赶快来帮他。正午时分,小公主来了,他忙向她说了自己的经历。吃过饭后,他又在她帮忙捉虱子时睡着了。公主第三次取下围巾,打成结后敲地三下,叫出地下小精灵,把王子该干的活交给他们,让他们在三小时内完成。地下的小精灵在三个小时内收了工,向公主报告后,公主又拿起围巾敲地三下,说:"回去吧!地下的小精灵们!"他们走后,王子醒来发现一切事情都解决了,快活极了。六点时,两人一起回到宫中,国王问:"王宫建好了吗?""完工了。"王子答。但在饭桌上,国王又说:"我大女儿二女儿出嫁后,小女儿才能与你结婚。"王子和小公主听后都很伤心。有一天午夜时,他找到小公主,两人一起逃出了王宫。跑了不久,小公主回头见父王追来了,她说:"怎么办呢?父王追上来会抓咱俩回去的。这样吧,我把你变成一丛荆棘,我变成玫瑰花长在荆棘中。"国王追上来,只见眼前有丛荆棘和一朵玫瑰花,他去摘玫瑰花,荆棘就刺他的手。他只得回到王宫,王后问怎么没抓回来,国主说快追上时,二人却不见了,只有荆棘和玫瑰花。王后说:"你摘下花,荆棘会跟回来的。"国王便返回去摘花,到地方一看,早没影儿了。国王就又向前追,公主见父亲快追上了,说:"我把你变成教堂吧,我就是那在祭坛上布道的牧师。"国王追来后只看到一座教堂和一位布道的牧师,他回宫去了。他向王后说明了情况,王后说:"如果你把牧师带回来,教堂也会跟着来的。你去追没用,还是我自己去吧!"她亲自追去,远远地看见了二人。公主见母亲亲自追来了,便把王子变成池塘,自己变成了一条鱼。王后追到时看到一个大池塘以及塘中那不时跃上跳下的快活的小鱼。王后伸手抓鱼,可老抓不着。王后生气了,想喝干池塘的水来捉鱼,但喝了许多脏水,又呕吐了出来。她说:"我知道,这是没法儿的事了。"她交给女儿三个胡桃,说:"当你身处困境时,它们可以救你。"接着,二人来到一座村庄,过了村子就是王子的王宫了。进村后,王子说:"我的爱人,请在这儿等些时候,我先回宫去派车并带人来接你。"他回到宫中,大家都很高兴见到他,他宣告说他已订婚了,未婚妻就在村子中,让人驾车去迎接她。车弄好后,仆人已坐进去,王子正准备上车,王后吻了他一下,结果王子立刻忘记了一切,不知道自己要去做什么。王后便命令把马牵回去并遣散了仆人们。而小公主呢,在村中等了许久不见王子来接自己,她只好去磨坊中打下手。磨坊也是王宫的,她天天下午都需要去河边洗罐子。有一天,王后到河边散步,看到她大为惊讶,她叫别人来认公主,可谁也不认识她。公主在磨坊中干了很久的活,这时候,王后给儿子选了位妻子,那女孩来自遥远的地方。王后让二人去教堂举行婚礼,很多人去看热闹,公主也想去看一下,磨坊主同意了。临走时,她敲开一只胡桃,里面是件非常美丽的裙子,她穿上它进入教堂,站在祭坛的对面。新人走进教堂,坐在祭坛前,牧师正准备给予祝福,新娘回头看见了公主,她跳起来说除非她有那么漂亮的裙子否则不结婚。两个新人回宫后,派人找来公主,要买她的裙子。她说不卖裙子,但可以换,条件就是让她夜里睡在王子卧室门前。新娘同意了。于是,当夜公主在王子卧室门前开始哭泣,可惜王子睡前被灌了安眠水,他睡得很熟,一个字儿也听不见,倒是侍卫被弄醒了,听了个不明不白。第二天一早,大家都起床后,一对新人又准备去教堂,当然新娘穿上了公主的那套漂亮裙子,公主这次敲碎了第二个胡桃,里面是套更漂亮的裙子,她穿上后再次站在祭坛对面,以后发生的事和上次一样。夜里,公主又睡在了王子卧室门前,不过这次侍卫给王子喝的不是安眠水而是提神的水。公主再次哭诉起来,王子听了个一清二楚,他恢复了记忆。第二天一早,他忙找到所爱的公主,讲了自己身上发生的事,请求公主的原谅。公主敲碎了第三个胡桃,里面的裙子更加漂亮,她穿上后随王子去教堂举行了婚礼,很多孩子向他们献花,还为他们牵起彩带,牧师为二人做了真诚的祝福。虚伪的王后和她弄来的女子只得灰溜溜地走了。讲这个童话的人,现在还活着呢!

有头脑的裁缝

古时候,有个骄傲的公主,她向全国宣告说,猜中她谜语的人,无论是谁,皆可和她成亲。有一天,三个裁缝想结伴来试试。两个大一点的裁缝想,自己做的活都很好,这求婚的事应该成功。最小的裁缝是个没用的小粗心鬼,本身的学艺尚未学精,还幻想着能好运相伴,不过这的确是个难得的好机会。两个大裁缝对他说:"老弟,看家吧,你不会成功的。"小裁缝说自己既然长了个脑袋在肩膀上,就有它的用处,说完就走了,好像拥有全世界。

三人一起到公主跟前报到,请她出谜,自称是聪明人。公主说:"我的头发是两种色调的,猜猜各是什么颜色?""那一定是黑色和白色喽。"第一个回答,"正如我们黑底白花的布。"公主说错了。请第二个猜,他答:"不是黑白两色,就是褐、红两色吧!就像家父身上的礼服。"公主说错了。请第三个回答,小裁缝鼓足勇气上前说:"银色和金色,就这两种头发吧。"他猜中了。公主冷静地说:"你还不能娶我,再去做件事,下面的厩舍里有头熊,你若能安全地和它待一夜,第二天早上,我就嫁给你。"

晚上,他被带进厩舍,熊一见他便准备扑过来,用爪子打发他上路。"等一下,"他说,"我会让你静下来的。"他很镇定地从兜里拿出些胡桃,咬开壳儿开始吃核,贪吃的熊也想吃,他从兜中又拿出些胡桃扔给熊,这东西可不是胡桃而是石头,熊咬啊咬啊就是咬不开。它想自己真笨,连胡桃都咬不开,说:"朋友,帮我咬开它。""哎呀,你真是没用。"说着他接过石头一甩手,石头变成了胡桃,其实是被他换了,他一子就把胡桃咬成了两半。熊见他毫不费力便咬开了,想自己再试试,接过小裁缝的石头,它又拼命咬可还是咬不开。过了一会儿,小裁缝从外衣下拿出一把小提琴,快活地拉起来,熊踏着节拍跳起舞来。熊跳了一会儿,爱上了这乐器,问他:"你说,拉起来难吗?""很容易,看,用左手指按弦,用右手指拿弓在上面滑,啦啦啦,真是好玩儿。""这么容易,我要学,"熊说,"如果学会拉了,我随时都可以跳舞了。您教我好吗?"小裁缝说:"当然愿意,不过先把爪子给我看一下它是不是太长。"看后又说:"太长了,得把你的指甲剪短。"说完他就拿来老虎钳,等熊放上爪子,他立刻拧紧螺丝,说:"等我把剪刀拿来。"熊痛得要命,它大声吼叫,小裁缝不理会它,自个儿在屋角的草堆上睡去了。

公主听到熊的吼叫,以为是熊把他吃了后痛快的叫声。早上,她去了熊舍,小裁缝不仅没死,而且快活地像鸟儿似的站在她面前。她曾公开允诺过,所以国王调了马车过来,送她和小裁缝一起去教堂举行婚礼。他们走后,两个大裁缝放掉了被老虎钳夹住的熊,熊怒气冲冲地在后面追着,公主听到熊低沉的喘息声和怒吼声,吓得叫道:"坏了,熊追你来了!"小裁缝很聪明,他忙倒立着,把两腿叉开伸出车窗,喊:"看见老虎钳了吗? 再不滚开,还用它夹你!"熊吓坏了,立刻转身跑掉了。小裁缝与公主安全地走到教堂举行了婚礼,二人从此过着快活的日子。你若不信这个童话,就付我一个银圆吧!

光明的太阳会揭露此事

有个裁缝闯荡世界,有一段时间他没找着活儿,很穷苦,后来他连饭都没得吃了。一天,他遇上一个犹太人,他知道犹太人都很有钱,迎上去说:"快把钱拿出来,否则我打死你。"犹太人说:"饶命啊!我只有八块银币。"裁缝说:"八块银币也是钱,快拿出来。"说完就开始打他,直打得他一命呜呼,临死前他说:"光明的太阳会揭露此事。"裁缝掏了他的口袋,果真只有八块银币。他把犹太人的尸体拖到灌木丛后面藏起来,然后继续闯荡世界。不久,他到了一座城中给一位师傅当帮工,这期间,他爱上了师傅的漂亮女儿。二人后来结了婚,过着幸福的生活。

不久,二人有了两个孩子,在师傅夫妇去世后,夫妻俩便自立门户了。一天早晨,裁缝在桌旁靠窗坐着,妻子端来咖啡,他把咖啡倒进杯中,正想喝,突然看到阳光射进杯中,然后折射到墙上,光线在墙上晃着,晃出一个个圈儿来。他看看墙说:"你想揭露吗?不能吧!"妻子听到问:"亲爱的,这话什么意思?"裁缝答:"不能说出来。"妻子说:"你不说表示你不爱我。"然后她保证自己不会告诉外人。他被搅得心烦,便说在许多年前,他曾因抢钱打死了一个犹太人,他临死前说光明的太阳会揭露此事。现在太阳一遍遍地画圈儿,可也没能力揭露。讲完后他请求妻子不要说出去,否则他就得死,妻子答应了。但在裁缝干活时,她找到教母告诉了教母此事,并让教母保密。结果,三天后,全城的人都知道了裁缝曾杀过人,他被押上法庭,处以死刑。光明的太阳最终揭露了事情,不是吗?

蓝色的灯

古时候，有个士兵为国王服务了很多年，等到战事一完，他由于身体受伤不能再当兵了，国王把他赶走了。他走了一天的路，黄昏时他进入森林中，天已经黑下来，他迎着一束光走去，来到了一所房子前，里面住着个巫婆。

士兵说："让我在这儿睡一觉，再给我点食物吧，我快渴死饿死了。"

"哎哟!"巫婆说，"谁愿给一个流浪的士兵东西呢? 不过，我比较仁慈，愿收留你住下，但你得为我做事。"

"我需要做什么?"士兵问。

"明天为我把园中的土松一下。"

士兵同意了，第二天他干了一天，但到了晚上还没把土全部松好。

"我看哪，"巫婆说，"今天就干这么多吧，我再留你一宿，但你明天得把一车柴劈成小块。"

第二天士兵又干了一天，晚上时巫婆又留他住一宿，说："明天再为我做件事。这屋后是一口枯井，我有盏灯掉到里面了，它能发出蓝色的光并且永远不会熄灭。你得替我拾上来。"

第二天，二人来到井边，士兵被放进井中，他找到那盏灯，便让巫婆拉他上去，快被拉到井口时，巫婆伸手去夺灯，士兵把灯抱紧说："先把我拉出来，才能把灯给你。"巫婆发怒了，松开了手，士兵掉下了井底，她自个儿走了。

不过，可怜的士兵没受伤，在湿湿的井底他看见灯仍泛着蓝光。他想自己完了，出不去了，会死的。他伸手去拿烟斗，发现里面还剩有半斗烟丝。他想就最后再享受一次吧,便把烟斗就着灯焰点了一下,抽起烟斗来。烟雾萦绕在井中,突然出现了一个黑色小矮人,说:"主人,您的命令是什么?"士兵让他把自己弄出井去。

黑色矮人牵着他的手穿过地道把他带出了枯井,当然他没忘带着那盏灯。这一路上,小矮人指着巫婆收藏的宝贝给士兵看,让士兵带走能带走的财宝。出井后,士兵命令小矮人:"把巫婆捆起来,让她受罚。"不久后听到可怕的叫声,接着巫婆骑着野猫从眼前飞过去了。然后矮人回来说:"命令已执行,她被带上绞架了。您还有命令吗?"士兵回答没有,让他先回去,不过一叫他他就得出现。矮人说:"这容易,你把烟斗就着灯焰点燃,我就会出现。"然后就不见了。

士兵回到京城,住进城中最高级的旅店,买了很多好衣服,然后他告诉店主,尽可能豪华地给他布置房间。房间装饰好后,他召来小矮人,命令道:"夜里,公主睡熟后,你背她出来,要她做我的仆人。"矮人说:"这简单,可你要冒点险,若被发现你就完了。"

午夜,士兵的房门自动开了,原来公主已被背来。士兵叫道:"来了是吧,干活去,把房间打扫干净。"公主打扫完,他又命她到他面前,他把脱下的靴子扔向公主,公主把靴子捡起来擦,直到把靴子擦得很亮。这一夜,士兵让她做什么她就做什么,非常顺从。黎明时分,公鸡叫了,小矮人又把她背回王宫的床上。

第二天一早,公主醒后找到国王,告诉她昨夜做了很奇怪的梦,梦中她被背着经过很多街道,来到一个士兵房中,在那儿她被当成女仆,扫地、擦靴子等干了不少脏活。虽说是梦,可现在感觉很累,像真干了活儿。国王说:"有可能是真的。你今晚睡时把豌豆装进兜,兜底戳个洞,若你再被背走,豌豆会沿路掉下来。"小矮人隐身站在他旁边,听到了。晚上,当熟睡的公主被小矮人背到士兵房中时,豌豆一颗颗从兜中掉到路上,聪明的小矮人在沿途街道上都撒上了豌豆。公主只得又做了一夜活儿。

第二天一早,国王派人照豌豆搜寻,街上尽是正捡豌豆的穷孩子,边捡边说:

"昨夜下了场豌豆雨。"

"再想个法子吧！今夜你睡时别脱鞋子,从那房间临回来之前,你把一只鞋子藏到那房间中,我派人去搜。"黑色小矮人听到了。当士兵晚上又让他去背公主时,他劝士兵放弃算了,说他没法对付这事,万一鞋被发现了,士兵就会被砍头。士兵让他执行命令。于是,公主第三次做了苦工,在离开房间前,她把一只鞋子藏在了士兵的床下。

第二天一早,国王下令在全城搜公主的鞋子,最后在士兵屋中搜到了那只鞋。士兵被捉住了,进了牢房。他的蓝灯和金子落在了旅馆,他只随身带着一个金币。当他身戴镣铐时,透过窗口,他看到当兵时军中的伙伴经过,叫住他说:"帮个忙吧,去旅馆把我的包裹取来,我会给你一个金币。"伙伴取来了包裹。当牢房中只有他一人时,他点着了烟斗,小矮人出现了,安慰他说:"不要怕,不论你被押到哪儿,都别担心,只要别再忘了带那盏灯。"

第二天,士兵被法官判以死刑。即将被处决时,他要求国王答应他最后一件事。国王同意了,问要求什么。他答:"求你让我在路上抽斗烟。""你可以抽三斗烟,"国王说,"但别想我会饶了你。"士兵便拿出烟斗就着蓝色的灯焰点着了。当烟雾升起后,小矮人出来了,手中握着根小棒,说:"命令是什么?""打那些虚伪的法官以及那些仆役,把他们都打趴在地,尤其是那个国王,他对我太不好了!"

小矮人冲过去,挥舞着手中的小棒,谁挨着那小棒谁就会立刻摔到地上,动也动不得了。国王傻了眼,立刻跪下讨饶,说为保老命,情愿让士兵当国王并把公主嫁给他。

世界经典文库

世界二十大名著

格林童话

图文珍藏版

三个流浪医生

有三个自称手艺高强的外科医生在世界上流浪。有一天,他们住在一家旅店,老板说:"展示一下你们的技艺,好吗?"他们同意了,第一个说他将剁掉一只手,第二天一早再把它接上;第二个说将挖出心来第二天再安上;第三个说他会剜掉双眼,第二天再放进眼窝中。老板说:"果真是这样的话,你们技艺就太高超了。"这三人有种膏药,用它一涂伤口就能愈合。接着三人各自割下了手、心和眼,把这三样放进一个盘子中,把盘子递给了店主,店主将盘子交给女用人,让她把盘子放进柜中锁好。晚上,店中所有人都睡着时,女用人的情人来了,他向她要吃的。用人打开柜子,取出吃的。她忘了关上柜门,结果一只猫溜进来,见了开着的柜子,叼走了三个医生的手、心和眼。这时候,用人坐在情人旁边正聊天呢,士兵吃完了东西,用人收拾餐具时想起柜子没关,到那儿一看,才发现手、心和眼都不见了。她吓坏了,对情人说:"这可怎么是好!手、心、眼都没了,明早怎么办啊!"情人说:"别说出去,我帮你过这一关。"他说外面的绞架上有个小偷的尸体,问用人是哪只手,她答右手,他说自己会去割下小偷的右手。姑娘把一把快刀给他,他便把小偷的右手割下带回来了。接着他捉了只猫,挖出了猫眼。现在只剩心的问题了。"你们宰了只猪,对吧?肉在地窖里是不是?"女用人答是。情人从地窖里把猪心拿了来。用人把这些东西放在盘子中,重新锁好了柜子。送走了自己的情人,她睡了个安稳觉。

次日早晨,医生们让女用人端来盘子,第一个医生拿过小偷的手接到身体上,抹上膏药,手和臂就合上了。第二个拿过猫眼放进眼窝。第三个把猪心装上。店主惊讶极了,赞不绝口,说第一次遇上这种事,一定会为他们宣传。接着三人付了旅费,继续前行。

　　三个人走得很慢,安上猪心的那个家伙老是掉队,遇上角落他便跑上去用鼻子嗅来嗅去,像猪一样,另两人拉也拉不住,他总是跑到又臭又脏的垃圾中去躺着。装上猫眼的那个更糟,他揉揉眼睛说:"怎么回事?我怎么什么也看不见,这不是我的眼睛吧,你们谁拉我一把,省得我摔倒。"这样走下去,三人一直走到天都黑了,才到了另一家旅店。三人走到吃饭的地方,靠墙角的桌旁有位财主正数钱呢,拥有小偷的手的那个医生绕着他转,手忍不住动了几下,终于,那财主转了下头,他立刻把手伸去抓了把钱。另一个医生看见说:"老弟,做什么?偷东西可是犯法的。"他说:"我没有办法嘛!这只手老是动,又不是我非去抓。"后来他们就上床睡觉了,夜很黑,伸手不见五指,有猫眼的医生忽然醒了,推醒同伴说:"兄弟们,有没有看到有白色的老鼠在晃动?"同伴们坐起来看了半天,结果什么也没看到。他说:"事情肯定出了差错,店主欺骗了咱们,手、心和眼不是咱们自己的。明天找他去!"次日一早,他们返回了原来的旅馆,对店主说,那手是个贼手,眼是猫眼,心是猪心。三个医生要店主赔钱。店主只好把自己所有的钱全赔了出去。

七位施瓦本男子的故事

很久以前,七个来自施瓦本的人聚在一起,他们是:舒尔茨、雅可利、马尔利、野格理、米歇尔、汉斯、怀特理。七人都喜欢冒险,成就伟业,决心去闯世界。七人共同定做了一支又粗又大的矛。七个人一起拎着矛,舒尔茨老兄是其中最壮最有勇气的家伙,他走在前头,排队似的,另六人紧跟在他后面,最后那人是怀特理。

在七月的一天,他们已走了不少路,但距离可以借宿的村子,还有一大截路。天色渐渐黑下来,忽然,有只黄蜂发出嗡嗡的恐怖声音,从距离他们很近的一片树林中飞出来。舒尔茨吓得直冒冷汗,几乎扔了手中的矛,他叫道:"上帝,我听到有战鼓在擂着呢!"他后面的雅可利不知嗅到了什么,也叫道:"是有情况,我闻到火药味,好像还有引信的感觉。"听到有人论证了他的话,舒尔茨撒腿就逃,跳过栅栏,刚好落到农夫晒草用的耙梳上,脚踩着了耙齿,他的脸被竖起的耙柄打个正着。"哎唷唷!"他叫起痛来,"我投降,我投降!"其余六个也抢着跳进院中,高呼着投降,可好长时间过去了,并没人来捆绑他们,这才知道受了骗。七人怕被别人讥讽,他们约定共同保密。

几天之后,七人来到一片荒野,太阳下,有只兔子正在打盹,它那双耳朵竖得高高的,瞪着红玻璃似的眼睛,他们见到它全给吓住了,最后,他们说:"我们要同它战斗,勇气意味着成功的一半!"说完,七人同时抓紧了矛,舒尔茨冲在最前面,怀特理在最后。舒尔茨还没出手,最末的怀特理鼓起勇气,想赶紧刺出去,喊道;

看在全体施瓦本人分上,刺呀!

否则我诅咒你们像瘫子一样趴着!

汉斯清楚他的底细,说:

和你打赌,你就知道说大话,

哪次和龙斗时,你不在最后面?

米歇尔则说:

没错! 没错!

这小子是个魔鬼!

到了野格理,他说:

如果他不是魔鬼,就是魔鬼他妈,

或是魔鬼同父异母的兄弟。

马尔利灵感奇现,他对怀特理说:

冲,怀特理,冲到前头去。

我会在你身后做坚强的后盾!

怀特理不理会,雅可利说:

世界经典文库

世界二十大名著

格林童话

图文珍藏版

亲爱的舒尔茨应做榜样。

光荣属于你！

好半天之后,舒尔茨终于有了勇气,说:

让我们勇敢地投入战斗吧!

显现英雄气概,打得恶魔求饶!

七个人便一齐冲向前去。舒尔茨一直在求上帝庇护,可他还是越来越靠近敌人了,最终害怕地大叫:"嗬! 嗬嗬! 嗬! 嗬嗬!"这叫声惊醒了兔子,吓得它仓皇逃窜。舒尔茨兴奋地叫道:

嗨,怀特里! 看那是什么?

那魔鬼可是只兔子啊!

七人继续探险,走到摩塞尔河岸边。这河是绿色的,很宁静,水也挺深的。他们大声问对岸一个正干活的人如何过河,河太宽了,对岸的人听不清也听不明白他们想怎么样,就用当地土话问:"做什么? 做什么?"舒尔茨听不清,理解为:"蹚过来,蹚过来。"他便迈开双脚,率先冲入摩塞尔河中,不久,他就陷入了河底的淤泥中,帽子却被风刮落岸边,正好一只青蛙跳上去"呱呱呱"地叫起来。剩下的六人听到叫声,说:"伙伴们,榜样舒尔茨在叫咱们快点过去呢! 咱们赶紧蹚水过去。"然后六人走进河中,他们都被水淹没了。

三个艺人

古时候,三个艺人相互讲好一起闯世界,仔细商讨一番后,他们一起前行。半路上遇见一个魔鬼问他们的职业。"我们都是艺人,现在还没工作。我们没分开过,但若再没活儿干,就得分手了。""你们可以不分开,"那人说,"如果你们按我说的去做,我会让你们有钱,你们还能像有钱人那样出门就坐车呢。"三人同意跟他合作。魔鬼的条件是:对别人的问话,第一个要答:"我们三个一起。"第二个答:"要钱。"第三个则答:"对的。"他要求三人每次都按顺序答,此外不能说其他话。如果违反了条件,给三人的钱就立刻消失,而如果按条件做,三人会随时有花不完的钱。接着,魔鬼把他们能带走的钱都给了他们,让他们去城中的某个旅店。三人走进店中,店主忙招呼说:"三位想吃点什么?"第一个答:"我们三个一起。"第二个说:"要钱。"第三个说:"对的。"店主便派人端来饭菜。吃完饭,店主把账单递给第一个人,他说:"我们三个一起。"第二个说:"要钱。"第三个说:"对的。"店主说:"当然是对的,三人一块儿出钱,否则我可不会白送吃的。"三人付的价钱高出账单的总数,其他住店的人说这三人肯定有毛病。"对,就是这样,"店主说,"他们智商有问题。"三人在旅店中住了很长时间,却一直只说魔鬼教他们说的三句话,但旅店中发生的事情逃不过他们的眼睛。有天,一个富商带着很多钱来住店,说:"店主,请帮我把钱保管好,您这儿的那三个愚蠢的艺人说不定会偷我的钱。"店主答应了,他把富商的旅行包提到卧室时,觉得沉甸甸的,便猜想里面肯定是金子。午夜时分,等到别人睡着后,店主和妻子一起潜入富商房中,用斧头把他劈死了,做完这些事,二人又回屋继续睡觉去了。第二天一早,店里可热闹了,大家都知道了富商被劈死在床上。人们聚集起来,店主说:"一定是那三个装疯卖傻的艺人干的。"其他人也都这么认为。店主便把他们叫来问:"那商人,是你们杀的吗?"第一个说:"我们三个一起。"第二个说:"要钱。"第三个接着说:"对的。"店主便说:"大家都听到了吧!他们已承认了罪行。"三人被关进牢中,判处了死刑。三人害怕极了。到了夜间魔鬼现身说:"再等一天,不要因为害怕而失掉将到手的幸福,你们不会受到伤害的。"次日上午,三人被带到法庭上,法官问:"你们杀人了吗?""我们三个一起。""你们为何置人于死地?""要钱。""三个坏蛋,"法官说,"难道就不怕法律的惩罚吗?""对的。""他们承认了,且不愿改过,"法官说,"押出去执行判决。"三人被押了出去,店主也跑出去看热闹。三人被推上断头台,当剑子手举起泛着亮光的刀时,一辆四匹红马拉着的马车疾驶而来,马蹄子踏得连路上的石头都迸出了火星,车窗中有人伸出条白手巾来回晃动。法官说:"赦免令来了。"同时"赦免,赦免"的声音从马车里传来,魔鬼从马车中走下,他变成了地位高贵、身着华服的大官。他说:"这三人没罪,现在你们随意愿说话吧,把该说的全说出来。"最大的那个艺人说:"商人不是我们杀的,真正的凶手在人群中。"

他指着旅店店主:"去他的地窖中找证据吧,那儿还有其他被害的人。"法官立即命令公差去查验,果然是真的,公差向法官汇报后,店主被送上断头台处以死刑。最后,魔鬼对三个艺人说:"他就是我所要的灵魂的主人,你们自由了,一生都不用发愁吃喝了。"

勇敢的王子

　　古时候,一位王子厌烦了宫中的生活,决定闯荡世界去,辞别父母后,他天天赶路,从不担心自己会到哪儿。有一天,他来到一所巨人的房前,由于疲劳就坐在门前休息了一会儿。他随意打量了一下四周,发现了院中巨人的玩意儿:一些巨大的木球以及几根一人高的柱子。他把柱子竖起来,然后用球去撞柱子,柱子被撞倒了,他高兴得又蹦又跳又叫。巨人听到声音,把头伸出窗户,看见王子在玩自己的玩意儿,吼道:"兔崽子,谁允许你玩我的东西?谁让你那么有劲的?"王子仰起头说:"你这个大家伙,只要我愿意,随时可以玩!"巨人走到院中,看着王子玩了一会儿,惊奇地说:"小子,你如果有勇气,去生命树上给我摘个苹果吧!""要它做什么?""我自个儿不需要,"巨人说,"但我未婚妻想要,我走了很多地方也没找到那棵树。"

　　告别了巨人,王子沿途经过很多崇山峻岭、田野及森林,最后发现了长有苹果树的园子。生命树在园子中间长着,苹果在它上面发出红光,他爬上树,正准备摘苹果时发现了前面的环儿,他把手伸进环中顺利地摘到了苹果。突然环儿越收越紧,王子感到胳膊的血管里好像被输入了巨大的力量。他带着苹果爬下树后,没去翻栅栏,而是摇了一下门,门开了,他走了出去。躺在门前的雄狮被声音惊醒了,向他走来,但它好像是王子的仆人。

　　他遵守承诺,把苹果交给巨人说:"看,我把它摘了下来。"巨人兴奋地带着苹果去见未婚妻。姑娘很漂亮也很聪明,她见巨人胳膊上没环,说:"不是你摘的苹果,因为你胳膊上没环儿。"巨人要求王子给他环,王子不答应。巨人说:"苹果和环是配套的,你若不交出来,就得与我决斗。"

两人搏斗了很长时间,王子的环使他很有力量,他与巨人战了个平手。巨人忽然说:"我热了,你也是吧?咱们一起下河洗个凉水澡再打架吧!"王子没想太多,与巨人来到河边后,把衣服和环全脱下,然后率先跳到河中。巨人抓起环就跑,雄狮发现他拿了主人的东西,追上去夺下宝环交给了王子。巨人则趁机隐身在橡树后,在王子穿衣服时冲上来剜掉了王子的双眼。

可怜的王子没了双眼,不知道该怎么办,巨人假装是个过路人,过来给他领路,他把王子领到了悬崖峭壁上,他让王子站在那儿,以为王子只要再向前走几步定会粉身碎骨,到时他就会得到环儿了。但雄狮跟了过来,它用嘴咬住王子的衣服把他拉了回来。雄狮知道巨人没安好心,在当巨人松开王子的手让他一个人待在那儿时,雄狮冲过来把巨人撞下深渊,跌成了碎片。

雄狮躺在地上用爪子抓了点溪水浇到王子脸上。当时王子被狮子领到一棵树下,树旁有条清澈照人的小溪呢。雄狮浇下的水有几滴掉入了王子的眼窝,再起身时,王子的双眼变得比以前更明亮、更有神。

王子谢过上帝的宠幸后,带着雄狮继续流浪。有一天,他来到一座王宫前,这王宫已中了魔法,王宫前站着一位美丽的女孩,姑娘迎上去说:"你能救我脱离魔法的约束吗?"王子反问:"我该怎么做?"女孩说:"你必须在宫中的大厅里待三个晚上。你每晚都会被折磨,但只要你能挺住,沉默不语,我就能得救,你不会因此失去性命的。"王子说:"我有勇气,上帝保佑,我愿试一试。"他进了宫。当夜,他坐在厅中等着。刚开始一点声音也没有,但午夜时,厅里热闹起来,许多魔鬼从各种角落中跑出来,他们似乎没发觉他的存在,自个儿在大厅中央升了堆火,然后坐下来开始赌钱。一个魔鬼输后说:"肯定是屋中的这个生人使我输了!"又一个说:"你去烤火吧,我来赌。"魔鬼的叫声凄厉,任谁听到都会害怕,王子默默地坐着。魔鬼们忍不住,最后一跃而起扑向王子,鬼太多了,王子没法子反抗,他在地上被拖着,被打被掐被刺,受尽了折磨,王子始终保持沉默。黎明时分,魔鬼们全部消失了,王子用尽了力气,动都不能动了。天明后,黑皮肤的女孩拿着盛有生命水的小瓶走进来,用水给王子洗了一下,他全身的痛感立即消失了,女孩说:"前一夜已成功地度过了,还有两夜,要挺住。"然后就走了,王子发现她脚上的皮肤已发白了。第二夜,魔鬼们下手更狠了,打得王子皮开肉绽,他忍受着。天亮时,女孩又来了,用生命水使他恢复生机,临走前,王子高兴地看到她除了指尖,全身都已变白了。最后的一夜是最困难的,这晚,魔鬼们大有不整死他不罢手的势头。他忍受着身体被撕碎的痛苦,坚持到最后一刻,当魔鬼们终于消失时,他已晕过去了,动也不能动一下,甚至没了力气抬下眼皮。女孩进来后,用生命水仔细地替他擦洗,他的一切疼痛都消失了,觉得特别精神,像刚刚做了个梦似的。他睁开眼睛,女孩全身雪白的皮肤美丽极了,她站在他面前。"站起身,用你的剑在楼梯上舞三下,一切就得救了!"她说。王子照办了,惊喜地发现王宫从魔法中解脱了,女孩本是位公主。仆人们进来说宴席已备好,山珍海味都已摆上了桌,二人便一起去吃了饭。当夜,他们高高兴兴地结为了夫妇。

年老的母驴子

有一天,一个年轻猎人到森林中打猎,突然,一个很丑的老婆婆进入了他的视野。老婆婆迎着他说:"给一点东西吧!"善良的猎人很同情她,便尽可能地给了她随身带的东西。给完后,他继续前行,却被老婆婆拦住说:"听我说,猎人,由于你的善良,我送你件东西。待会儿你经过一棵大树时,会看到树上有九只鸟,它们正争抢一件斗篷。你就举枪向它们射去,斗篷自会掉下来给你,同时会有只死鸟掉下来。那可是件如意斗篷,只要披在肩上,就可以去心中想去的任何地方。死鸟的心你要吃掉,这样你每天早晨起床后,都会在枕头下找到一块金子。"

他谢过女先知,走出差不多一百步的距离时,他遇到了跟老婆婆讲的一样的情况。猎人取下枪瞄准鸟群射了一枪,鸟儿们的羽毛被打得飘起来。小鸟们惊叫着飞了,有一只被射中掉下来。斗篷也掉在地上。依照老婆婆交代的,猎人挖出死去鸟儿的心吃了,然后带着斗篷回家去了。

第二天早晨起床后,掀开枕头,果然发现了一块闪亮的金子,第二天早上也是这样,从此每天早晨他都能得到一块金子。后来他有了不少金子,便想如果只是待在家中,再多的金子又有何用?我还是出门漫游世界吧!

他辞别了双亲,带着猎枪和一个包袱去闯世界了。这天,他路经一片繁茂的森林,森林的尽头耸立着一座华美的王宫。一个老婆子站在窗户前向远处望,她旁边是个非常漂亮的姑娘,老婆子其实是个位巫帅,她告诉姑娘:"森林里出来个猎人,有件珍宝在他体内,亲爱的女儿,咱们一定要得到宝贝,宝贝就是肚子里的鸟心,有了它,每天早上都能在枕头下找到块金子。"然后,她教给女儿计策,并狠瞪着女儿说："你得听我的,否则有你受的。"这时候,猎人来了,他看中了那美丽姑娘。

　　他进入王宫中,受到了热情的接待。不久,他就爱上了巫婆的女儿,无论她要求什么,他都尽力去满足她。巫婆对女儿说:"咱们现在就动手取鸟心,他会在毫无感觉的情况下失去它的。"然后,她制造了一种药,猎人接过来一饮而尽,鸟心被他吐了出来。女孩捡起鸟心,照母亲的吩咐把它吃进了肚中。此后,猎人枕头下应该有的金子全移到了巫婆女儿那儿,每天女巫都来取金子,猎人痴爱着女孩,没想太多,只愿和她相守。

　　这天,女巫说:"咱们有了鸟心,还要有那件如意斗篷。"女孩只能照做,她走到窗前向外眺望,看上去很忧伤。猎人问:"怎么愁眉不展的?"女孩答:"唉,亲爱的,王宫对面是座宝石山,山上出产美丽的红色宝石。我很想拥有红宝石,但没人能替我取,所以我难过。"猎人说:"若你只是为这事,那我很容易就能办到。"说完,他披上斗篷,把女孩拉过来,心中想着去那座山,瞬间两人已到了山顶。四周的红宝石闪闪发光,他们挑了一些最美丽的宝石。猎人说:"歇会儿吧,我有点累,站都站不稳了。"两人坐下来,猎人躺在爱人怀中睡去了。他熟睡后,女孩解下斗篷,披在自己肩上,一个人悄悄地回去了。

　　猎人醒后不见了心爱的姑娘,他知道上当了,说:"唉,竟还有这样的骗子!"他心里难受极了,不知如何是好。在那儿坐了不久,突然飘来一朵白云,把他卷起来在天空中飞了一会儿,把他扔进一座很大的菜园子。

　　猎人四下里看了看说:"吃点什么吧,肚子都瘪了,再走路会累的,这儿没有水果,只有莴苣。"刚吃几口,他便觉得怪怪的好像自己变化了。他惊恐地发现自己长着四条腿、一个大脑袋、两只长耳朵,原来他变成了一头驴子。饥饿再加上驴子的天性,莴苣在他口里已很好吃,他吃了不少,吃到最后,他又恢复了人身,原来有另一种莴苣让人恢复原形。猎人躺在菜园中睡了一觉。次日早晨醒来,他各摘了一棵两种变化的莴苣,想依靠它们拿回属于自己的东西,惩罚恶人。他带着莴苣翻出菜园子,开始出发寻找爱人的住处。他找了很久,终于找到了,他把脸抹黑,让任何人都认不出来,然后去宫中求宿。他说:"我没法再走了,都累坏了。"女巫问:"兄弟,你是干什么的?"他答:"我是国王派出来寻找天下最美味莴苣的差人,还好被我找到了,我现在正带着它呢。太阳光很强,莴苣的菜叶只怕会蔫的,不知还能否送它到国王那儿呢。"

女巫一听有美味莴苣就馋了,说:"亲爱的兄弟,能让我也尝一下莴苣吗?"猎人说行,说他有两棵还可送她一棵,然后便把能变成驴的莴苣给了她。女巫一点儿也没有怀疑,只想尽快吃到天下最可口的莴苣,便忙到厨房做起来。做好后,她迫不及待地抓起几片菜叶便吃,结果一下变成一头母驴跑进了院中。女用人进厨房想把莴苣端上桌,半路上口馋,偷吃了一点,结果她也变成头母驴跑进院中,装莴苣的碗则掉在了地上。猎人动手捡起些菜叶放进碗中给女孩端过去,说:"我来给你端菜,省得你久等。"女孩吃起来,她也成了头母驴跑进院中。

猎人洗了脸,走进院中,说:"这就是你们背弃我的下场。"边说边用条绳子把三头驴拴起来,他把它们赶到磨坊前,交给了磨坊主,说老一些的驴是个女巫变的,每天只需让她吃一次饭同时打她三次;稍小一些的驴子是女用人变的,每天给她吃三顿饭也打她三次;最小的那头驴是个美丽的女孩变的,不用打它,每天给它吃三顿饭就行了。猎人到现在仍然不忍心让爱人受苦。然后他回宫中去找他需要的东西。

过了几天,磨坊主找到他说最老的母驴死了,另两头驴虽活着,却显得很难过,好像活不太久了。猎人心软了,他不再想报仇的事儿了,让磨坊主把它们牵回来。他让二人吃了能恢复人形的莴苣。恢复成人后,女孩跑到他面前说:"亲爱的,请原谅我以前的行为。我本不愿做的,可被逼着没办法啊!我是爱你的。那斗篷在我衣柜中放着,至于鸟心,我愿吃药把它吐出来。"猎人听后说:"算了,你留着吧!我会娶你的。"二人结了婚,从此过着幸福快乐的生活。

森林里的老婆婆

　　有个穷女佣由主人带着坐车经过一个大森林时,从树丛中突然杀出一伙盗匪,他们见人便杀,除了女佣藏在一棵树后而活着外,其余的人全死掉了。盗匪掠走所有财物后,她悲痛地哭着说:"谁来可怜我啊,以后可怎么办呢? 我不知道路,森林中又没个人家,肯定得饿死在里面。"她走了很久,也没找到出森林的路。黄昏时,她来到树下坐着。坐了不一会儿,飞来一只白鸽,嘴中衔着把很小的金钥匙,它把钥匙放进女佣手中,说:"看见那边的大树了吗? 用这钥匙开一下树上的锁,你就会有食物可吃,不会饿的。"女佣走到树前,打开锁后发现里面有一小碗牛奶和一个白面包,她取出来吃了。吃完她说:"现在该是休息的时候了,我很疲倦,如果有张床该多好!"刚说完,白鸽又衔着把金钥匙飞过来说:"去开一下那边那棵树上的锁,你就会发现一张床的。"姑娘开了锁发现一张又美又舒适的床。她先祈祷上帝保佑自己今夜无事,这才上床睡觉。次日一早,白鸽第三次飞来,又衔给她一把小金钥匙,说:"打开那棵树上的锁,你会得到几件衣服。"结果穷女孩发现了几件镶金嵌银的衣服,公主都不一定穿过这么漂亮的衣服呢。女孩就这样在森林中无忧无虑地生活着,白鸽每天都把她的生活照顾得很好,让她平静快乐地生活着。

　　有一天,白鸽飞来时说:"你愿为我做件事吗?""我愿意。"女孩说。白鸽告诉她:"我会把你领到一座小房子前,你进屋去,屋子中间的炉火边坐着个老婆婆,你别理她。然后不论她做什么你都得径直向她右手边走去,那儿是扇门,进了门是个小房间,里边桌子上放着好多戒指,有的戒指上镶着晶莹剔透的钻石,但你不能拿它们,而要尽快找到一枚很朴素的戒指,把它给我带回来。"女孩照它说地走进小屋,老婆婆一见到她惊讶地说:"你好,孩子。"女孩不理她,直走向她右手边。老婆婆叫道:"你去哪里?"边说边抓住女孩的裙子要阻止她,"没经我同意,你不能进去。"女孩挣开她进了小房间,房里的桌上确实摆着不少戒指,个个都很漂亮,女孩找了半天也没找到那枚朴素的戒指,这时她见老婆婆提着只鸟笼想偷偷地逃走,便立刻跑过去夺下鸟笼,这才看到鸟嘴中衔的正是那枚朴素的戒指,她抠出戒指攥在手心中跑出小屋,她便靠着棵大树等白鸽前来,站着站着,背后的树突然软了,弯曲了,树枝垂下来变成两只胳膊搂住她,女孩忙回头一看,一个英俊的男子正抱着自己。他说:"谢谢你把我从女巫手中救出来,是她把我变成了一棵树,每天有几小时我会变成白鸽,直到她没了戒指,我才能恢复成人。"这时候,他的侍卫、马都摆脱了魔法,恢复了人形。他们动身回到他的国家,他是位王子。女孩与他举行了婚礼,二人幸福地生活着。

兄弟三人的故事

有个男子有三个儿子,他的全部财产就是现在住的那幢房子。三个儿子都想继承这幢房子,父亲很爱这三个孩子,不想亏待他们,因此不知该把房子留给谁。他也不想把房子卖掉分钱给三人,因为这房子是祖宗留下来的。最后他想了个方法,对三个儿子说:"你们都去闯世界去吧,每人学身技艺回来,谁学得最好,房子就归谁。"

三个儿子同意了,大儿子想当个铁匠,二儿子要做理发师,三儿子想做剑师。三人约定了学成归来的日子便分手去闯世界了。很巧的是,三人都拜了技艺高超的人为师,也都学了身真本领。约定的日期到了,三个儿子回到了家中,都想着该怎么利用最佳时机展示本领,正商议着,一只兔子从地里跑过来,理发师说:"来得正好!"说完立刻端来脸盆和肥皂,刷了许多泡沫,兔子挨近时,把许多肥皂沫涂在它身上并快速地给它剃成一撮小胡子,整个动作如此迅速,一点儿也没伤到兔子。父亲很满意并说另两个没他能干的话,房子归他。不一会儿,一个大老爷乘马车急驰而来,铁匠说:"来看看我的本领,爸爸。"边说边追上马车,迅速把飞驰中的马的四块马蹄铁取下,重新钉上四块新的。"不错!"父亲说,"你和老二一样出色,我还是不知把房子给谁。""父亲,"老三说:"我来露一手吧!"正好天上下起雨来,他拔出剑让它在头顶舞动,一滴雨也没落在他身上。雨下大了,变成了倾盆大雨,他舞剑的速度也加快了,最后身上的衣服一点也没有湿。父亲惊道:"你的本领最高,房子归你吧!"

　　两个哥哥谨守承诺，都愿把房子给三弟。但三兄弟感情很深，因此三人都住在这幢房中，凭各自的技艺谋生。他们赚了很多钱。三个兄弟相亲相爱地生活着，三人都老了后，其中一个病死了，另外两个很忧伤，不久都死了。由于三人都能干又相互关爱，便被埋在了一个坟墓里。

魔鬼和他的奶奶

　　从前,国王统率着他的军队作战,士兵们的薪饷却少得可怜,难以维持生活。有三个士兵便在一起商量逃跑。一个说:"如果被逮住就会死的,怎么办?"一条火龙飞到他们身旁,问三个人干吗躲在这儿。他们说:"我们都是士兵,因薪饷太少就逃跑了。现在倒好,躺在这儿会饿死,出去会被绞死。"火龙说:"你们若愿意当我七年的仆人,任何人都不能捉住你们。"三个人答应了。火龙用爪子抓住三个人,飞了起来,把三个人带到了安全的地方,这火龙原本是个魔鬼。他把一条小鞭子递给三个人,说:"只要甩响鞭子,想要多少钱就有多少钱,你们可以去过大老爷们的生活,有马有车,七年期限一到,你们的灵魂就归我。"然后把字据拿出来,让他们签上名字。"但是,到时我会出个谜语,你们若猜得到,就自由了。"魔鬼走后,三个人带着小鞭子在世界上流浪。他们花钱为自己做了许多漂亮衣服,穿着它炫耀,无论在哪里,三个人都过着富人的生活,但三个人没干任何坏事。不知不觉间,七年的期限满了,三个人来到野外,有两个坐在地上,有一个老婆子问他们为什么不开心。"唉,不关你的事,反正你也帮不了。""那可不一定,说出来吧!"三个人告诉她,他们为魔鬼当差当了七年,魔鬼给了他们很多钱,条件则是七年后三个人若猜不出谜语就得把灵魂交给他。老婆子说:"我有办法,你们出一个人去森林里找座像房子一样的垮塌的石壁,跨进去,就会得到帮助。"生性乐观的一个士兵站起身走进了森林,他向前走了很久,终于找到了那屋子,屋中生活着一位老奶奶。她是魔鬼的奶奶,士兵把事情讲给她听,奶奶很喜欢他,便决定帮他的忙。她把盖住地窖的大石板挪开说:"你待在里面别动,从这儿能听到外面人说的话。魔鬼来后我会问他谜底,你要认真听。"午夜十二点,魔鬼来要食物,他奶奶把饭桌收拾好,端上酒菜,两人很高兴地边吃边说些家常事,奶奶问孙子这一天收获了多少灵魂。"今天不行,"孙子说,"还好我已逮到三个士兵,他们肯定逃不出我的手心。""当兵的可不一定容易摆平,说不定能逃出你的手心呢。"魔鬼不屑地答:"他们一定会属于我的,我出谜语让他们猜,他们猜不出来的。"奶奶问是什么谜语。"我让你知道没事,谜语是:'宽阔的北海里面有只死长尾猴,它是那三个人的烤肉,他们用的银勺子是鲸鱼的肋骨,望远镜是用条空心的老马的腿做成的。'"孙子上床睡后,奶奶把士兵放出来问:"记好了吗?""记好了,"士兵回答,"知道的这些已足够了。"接着他从窗口爬出去回到同伴那里,向他们说了魔鬼上了他奶奶的当,把谜语和谜底全说了出来,被自己听到了。三个人都高兴极了,用鞭子又抽了许多钱来放好。期限满的最后时刻,魔鬼出现了,先让三个人看了字据,说:"我会在地狱带你们吃顿饭,如果能猜出吃的烤肉是什么,你们就自由了,鞭子也给你们。"第一个士兵立刻说:"宽阔的北海中有只死长尾猴将是烤肉。"魔鬼气得哼了一下,问第二个:"将用什么做的银勺子?""鲸鱼的肋骨做成的勺子。"魔鬼气得脸都变形了,问最后一个士兵:"那望远镜呢?""一条空心的老马的腿。"魔鬼气呼呼地走了。三个人于是继续使用那条鞭子,随心所欲地用它抽打了许多钱,并幸福地生活,直到老死。

忠诚的斐文南和不忠诚的斐文南

古时候，有夫妇两人，他们富足时没有小孩，最后破落了，却生了个儿子。两人无法给儿子请教父，丈夫便决定到别的地方去，希望在那儿能找到一个。半路上，他遇见一位穷人，那人说："我也很穷，我愿做你儿子的教父，只是我没有礼物给孩子，你把儿子带到教堂去吧！"夫妇俩把孩子带到教堂，那人已等了半天了，他给孩子取名为：忠诚的斐文南。

走出教堂后，那人把一串钥匙给了夫人，让她把钥匙交给孩子的父亲保管，说等小孩十四岁时，让他到原野上的宫殿去，用这串钥匙打开宫门后，宫中的东西就全送给他了。小孩长到十四岁时，真的去了原野，确实有座宫殿，他打开宫门，只发现里面关着一匹白马，马很漂亮。他为自己有这匹骏马感到高兴，便骑着它对父亲说："现在我有马了，我要去外面闯荡。"

半路上，他看到地上有支鹅毛笔，就拿了起来。骑马又走了一会儿，他看见河岸上有条鱼正张大嘴巴呼吸呢，便走过去帮它，用手抓着鱼的尾巴把它扔进河中，鱼把头伸出水面说："为答谢救命之恩，我送你一支笛子，危急时吹响它，我就会来帮助你，若有东西掉进水中，我也会帮你捞上来。"他又向前走，一个人迎面走来，这个人问他去哪里，他答去最近的地方。两人互通了姓名，那人叫不忠诚的斐文南，由于差不多同名，两人结伴而行，住进了最近的旅店。

不幸的是，不忠诚的斐文南会各种巫术，还晓得别人的想法以及准备去做的一切。旅店中有位可爱的姑娘，她长得很漂亮，衣着也华丽，她看到忠诚的斐文南便爱上了他。她问他将去哪里，他说要继续流浪，姑娘就劝他别走，让他去国王那儿应征当个侍从或者当个驾马人。国王同意了。不忠诚的斐文南知道了这件事,问姑娘:"你只帮他不帮我吗?"姑娘不知道他是个不可靠的人,便答应帮他。她向国王推荐他当侍从,国王同意了。

每天早上,当不忠诚的斐文南侍候国王穿衣服时,总听国王叹道:"要是爱人在身边该多好!"他一直嫉恨忠诚的斐文南,有次乘机说:"您让您的骑马开路者去接她来不就行了?他如果不愿去,让他以生命为代价。"国王召见了忠诚的斐文南,对他说了爱人的住处让他去接,如果不愿去就会没命的。

忠诚的斐文南走到白马身边哭道:"我真是不幸!"这时,背后有声音说:"你为什么哭呢?"他回过头去,看不到有人,就又说:"亲爱的白马,我将和你分离,我快没命了!"又有声音说:"为什么事哭呢?"他这才发现,说话的是白马。"白马,是你在说话吗?你会说话?"停了一下,他说:"国王让我把他的爱人接过来,我应该怎么做?"白马说:"去跟国王说给你必需的东西,你才去接他的爱人。必需的东西是:一船肉、一船面包。肉是给河上的巨人预备的,免得他把你给吃了;面包是留给天上的大鸟吃的,免得它们啄掉你的眼睛。"国王听到忠诚的斐文南的请求后,下令全国的屠夫杀猪杀羊,全国所有的面包师制作面包,用这些把船装满后。白马对主人说:"骑上我的背,我们一起上船吧!要是看到巨人,你就说:

　　'静一下,静下来,巨人们,

　　　我为你们安排好了,

　　　我带着好多好东西给你们吃。'

"若看到大鸟飞来,你就说:

　　'静一下,静下来,鸟儿,

我为你们安排好了,

我带了许多好吃的给你们。'

"这样说了,他们就不伤害你。当你走进王宫时,巨人们可以为你开门,你带几个巨人进去,那时公主正熟睡呢,你千万别弄醒她,你要让巨人把她连床抬起来放上船。"

忠诚的斐文南照白马说的做了,肉和面包喂饱了巨人和大鸟,巨人帮他把公主连床送上船,运到了国王那儿。公主和国王结了婚。

王后却并不爱国王,她爱的是忠诚的斐文南。有一天,当宫中所有男士都在场时,王后说自己会玩魔术,能把一个被砍下的头再安在脖子上,让人自愿一试。没有人愿试,在不忠诚的斐文南的建议下,忠诚的斐文南第一个被试验。他的头被砍下后,果真被王后又安了上去,脖子上除了留下一圈红疤痕外,他完好无损。国王问:"亲爱的,你真有这种本事?"王后说:"对啊,你要不要也试一下?"国王说:"好的,好的!"王后砍下了国王的头,却没有把他安上去。国王死了,忠诚的斐文南娶了王后做妻子。

忠诚的斐文南依然经常骑白马。有一天,白马让他骑着自己去过去的那片田野。到了之后,让他骑它跑三圈。他依话做后,白马的后腿直立起来,恢复了人形,变成了王子。

铁火炉的传说

古时候，一个老巫婆诅咒王子，使他困在了森林中的一个铁火炉中。王子在炉中度过了很多年，一直没有人救他出来。一天，一位公主在森林中迷了路，她转悠了九天后，来到了铁火炉前，里面突然传出个声音说："你要到哪里去？"她说："我不知该如何才能回到我的王宫。"炉中的声音说："我可以帮你，让你回国，但有个条件，你要嫁给我，要知道，我可是位王子啊！"公主听了大吃一惊，但她实在想回到父亲身边就同意了。铁炉子中又有声音说："你下次再来时带把刀子把铁炉壁戳个洞。"说完出现一个领路人，领路人把她送回宫中。公主回来后，宫中的人都很高兴。父亲也拥抱和吻她，她却闷闷不乐，说："亲爱的父亲，我的遭遇太糟糕了。如果不是靠一座铁火炉，我就出不了大森林了，但我保证会再回到它身边，救它并嫁给它。"公主辞别了父亲，带着刀去了铁火炉那里。她到那儿后就开始用刀刮铁炉，挖洞，铁屑一直向下掉。两个时辰之后，一个小洞被刮出来了，她透过小洞看到里面有一位王子，她很高兴，加快了速度，最后王子从炉中钻了出来。王子出来后说："你是我的未婚妻，我也是你的，你救了我。"他想把公主带回自己的国家，公主要他允许自己去与父亲道别，王子答应了，但让她与父亲说话别超过三句。公主回到家中，由于激动话说多了，铁火炉和王子都不见了，他们飞上了遥远的玻璃山，公主与父亲辞别后，带上不多的钱回到了森林中，但已见不到王子和铁火炉。她找了九天，把带的东西都吃光了，还是没找到王子。天黑时，她来到一幢古老的屋子前，屋子四周全是野草，只有门口有一小堆柴火。她透过小屋的窗口，看到屋中全是或大或小的蛤蟆，屋中还摆着一张饭桌，桌上放的是山珍海味，杯子盘子都是银制的。

公主勇敢地敲了下门，一只又肥又大的蛤蟆说：

> 绿色的小女孩，
>
> 盘腿儿的小丫头，
>
> 盘腿儿的小家伙，
>
> 跳来跳去，
>
> 去看看，谁在敲门？

　　一只小蛤蟆打开了门，她走进来时，蛤蟆们表示欢迎，招呼她坐下来并问道："你从哪里来，要到哪里去？"她便把经历讲了，并说因自己多说了话，使王子和铁炉子消失了，她决定即使走到天涯海角也要找到王子。那只又肥又大的蛤蟆说：

> 绿色的小女孩，
>
> 盘腿儿的小丫头，
>
> 盘腿儿的小家伙，
>
> 跳来跳去，
>
> 去把大匣子拿来！

　　开门的小蛤蟆取来匣子，然后它们用食物招待公主，安排她睡一张用绸缎和天鹅绒铺的床，公主美美地睡了一觉。第二天一早，她要走，大蛤蟆交给她三根针，让她带上，大蛤蟆又把一个犁铧的轮子、三个胡桃交给她。公主来到玻璃山下，山很滑，她把针插在脚后面，踩着它向上爬，最后翻了过去。在山的另一面，她把针插在一个易记住的地方。接下来是过三把利剑，公主站在犁铧轮上滚过剑锋，这一关也过了。接着出现的是条大河，过了河后，她来到一座宫殿前。她走进宫，装作是个贫穷的用人想找个活儿干,她知道自己的爱人就在这宫中。后来她当了厨房的丫头,薪水很少。这时,王子正准备和另一女子结婚,他以为公主死了。晚上干完活儿,公主掏出了大蛤蟆送给她的三个胡桃。她打开第一个胡桃,发现里边放着件王族的服饰。王子的新娘听说了,想买这套服饰,她觉得一个丫头不该有这么好的服饰,公主说只要新娘答应一个条件就可以送给她,条件是让她在王子房中睡一夜。新娘太想要那件衣服了,便答应了。当晚,新娘把装有安眠药水的酒给王子喝了。当公主走进王子房中时,他已睡着了,叫都叫不醒。公主哭诉说:"我把你从铁火炉和森林中救出来,为找你我翻了一座玻璃山,三把利剑,还渡过一条大河,可现在你怎么不听我说话呢?"王子的仆人坐在卧室门前听到了哭诉,第二天一早便报告了王子。当晚,公主干完活后打开第二个胡桃,里面是件更漂亮的裙子,新娘也想得到这一件,公主提了同样的条件。新娘又让王子喝了安眠药水,王子仍是沉睡不醒。公主又哭诉了一夜,仆人把她的哭诉告诉了王子。第三个晚上,公主干完活后打开第三个胡桃,里面的衣服美丽极了,像是金子做的。新娘也想要这一件,公主再次提了同样的条件。不过这次王子没喝安眠药水,公主刚开始哭诉,他就知道自己真正的未婚妻来了。当天夜里,两个人乘上马车逃出了宫殿。两个人乘船过了河,坐在犁铧轮上过了剑锋,又用针过了玻璃山,最后,他们来到了原来的小屋,两个人一进小屋,小屋就变成一座雄伟的宫殿,蛤蟆们也都恢复了公主或者王子的原形。大家都很高兴,为两个人举行了婚礼。两人留在这个宫中过日子,后来公主的父亲觉得一个人太孤单,两个人便把他也接进了这座宫中,从此两个人拥有着两个王国,过着快乐无忧的生活。

图文珍藏版

一个懒纺纱女

有座村庄中住着一对夫妇。妻子很懒,老不想做事儿,丈夫吩咐她纺纱她总是纺不完,偶尔纺完了,她就让纱留在纺车上而不是绕成线团。丈夫批评她,她说:"我没绞盘没法缠绕,你去森林中给我做一个吧!"丈夫说:"好吧!"她偷偷跟在丈夫身后进了森林,丈夫爬上了一棵树,砍起木料来,她躲到丈夫看不见的灌木丛中喊:

　　　　砍绞盘木料的人,会死掉,

　　　　用绞盘绕线的人,会没命!

丈夫听到后把斧头放下,不知这是怎么一回事,最后以为是耳鸣的幻觉,便又拿起斧头砍起来。树下的妻子又喊:

　　　　砍绞盘木料的人,会死掉,

　　　　用绞盘绕线的人,会没命!

丈夫停下来,有点儿怕了,使劲想这是怎么一回事,不一会儿他鼓足了勇气,可刚抓起斧头要砍,就又听到:

　　　　砍绞盘木料的人,会死掉,

用绞盘绕线的人，会没命！

这时他忍受不了了，忙爬下树，向家中逃去。妻子从另一条路更快地回到家中，等他一进门，妻子没事人似的问："做绞盘的好料子砍了吗？"丈夫说没有，并说这线也绕不得了，然后说了森林中的经历，从此不再让她纺纱线。

过了一段时间，丈夫说："老婆，把纺好的线就这么老留在纺车上，太不好了。"妻子说："你晓不晓得，我没有绞盘，如果绕线就得站在阁楼上，我在下边把线轴抛给你，你再扔下来，如此反反复复才成得了线团。""好，也行吧！"丈夫说。于是夫妻俩干了起来。干完了，丈夫说："线绕成了，线团还得蒸。"妻子又害怕起来，嘴里尽管讲："好的，明早咱们就煮。"脑子里却想出一个新办法。她第二天早上起来，生好火，摆上锅，却没放进线团，而是扔了一团麻疙瘩在锅中，煮啊煮，然后去找还睡在床上的丈夫，对他说："我得出去一会儿，现在你起来，去看看煮在炉子上锅里的纱线。可你得及时去，注意啊，如果鸡叫了你还没去看，纱线就会变成麻团。"丈夫赶快爬起来，奔进厨房。可他走到锅边一看，惊奇地发现锅里只有一团乱麻，这个可怜的男子还以为自己做错了事，从那以后，再也不提纺纱煮线这回事。

本领无二的四弟兄

一个穷人有四个儿子,孩子长大的时候,父亲让他们去外面闯荡。于是,四个儿子各拿了一根随身的手杖,告别了自己的父亲,一块儿出了城门。当他们走到一个岔口时,面前有四条路通向不同的方向。这时,老大说:"咱们就在这儿分手吧,四年后的今天,咱们再在这儿相聚。在相聚之前,咱们各人寻找自己的幸福吧!"

于是,四个人各走各的路,老大走着走着碰到一个人,这个人问他从哪儿来,到哪儿去。他回答说:"我打算学一种手艺。"那人说:"那跟我去学做小偷吧!"老大动心了,跟那人学做了小偷,想要什么,就能得到什么。老二也碰到一个人,这个人向他问同样的问题,想知道他打算学什么手艺,老二说他还不知道。"那你就跟我学做星象家吧。这职业再好不过了,没什么可瞒过一个星象家的。"于是,老二成了一名很在行的星象家。

老三被一位猎人收为了徒弟,成了一名干练的猎手。临分别之时,师傅给他一支猎枪,说:"这支枪非常棒,它会使你百发百中的!"最后一个儿子,也同样碰到一个人,这个人问他想不想当一个裁缝,老四于是就跟他学了,把本领学得非常扎实。临别,师傅送给他一根针,说:"用它你可以缝就你想缝的一切,不管脆得像鸡蛋皮还是硬得像钢铁,而且,缝完可以完全成为一个整体,看不见任何接缝的。"

四年一晃而过,哥儿们在约定的那天相聚在十字路口,又是拥抱,又是亲吻,然后一同回去见父亲。没过多久,国内闹了大乱子:公主被一条龙带走了。国王非常着急,向全国宣布:谁能救回公主,公主就做谁的妻子。那四兄弟商量说:"咱们显身手的机会来了!"星象家一边用望远镜看,一边说,"已经看见了,她坐在离这儿很远的海中的一块礁石上,旁边有一条龙守着。"说完,他们去见国王,国王给了他们兄弟一艘船,他们乘船过海,一直来到礁石前面。公主坐在上边,那龙却躺在她怀里睡觉。小偷说:"那我倒想试一试自己的运气。"他溜上礁石,从龙的身体底下偷走了公主。那怪物一点没感觉,仍然呼呼大睡。他们高兴极了,赶快带着公主驶向大海边。那龙醒来不见了公主,立刻飞上天空,气急败坏地向他们追来。可正当它下降到船的上空时,猎人便举枪瞄准了它射击,那东西一命呜呼了。但他下落时却把船砸碎了。他们幸好抓住一块木板,情况十分危急。裁缝拿起他带来的宝针,先飞快地把身边的几块板缝起来,然后又站在板上,搜集起船的所有碎片,随后,他把船全部缝拢。不一会儿,船便扬帆起航了。他们很快地回到了公主的王国。

国王见到了女儿,特别高兴!他对四兄弟说:"你们中的一个可以娶她,究竟是哪一个,你们自己决定。"他们谁都说该自己娶到公主。星象家说:"要是我看不见她,你们的本领全都白搭,所以她归我!""看见又有什么用,要是我不把她从龙身下弄出来呢?所以她归我!"小偷说。猎人说:"我要不一枪打死龙,你们和公主早被它给咬死了,所以她归我。"裁缝说:"不是我凭自己的本事把船缝拢,你们会被淹死的。所以她归我!"听了他们的争论,国王宣布:"你们每个人都有同样的权利,可是又不能每个人娶姑娘做妻子,因此,我就谁也不让娶了。不过,为报答你们,我把半个王国分给你们。"兄弟们同意了,"这样也好,免得我们几个闹分裂。"于是,他们每个人得到王国的一部分,一起和父亲过着幸福的生活。

一只眼、两只眼和三只眼

一个妇人有三个女儿。大女儿叫一只眼，因为她只有一只眼，端端正正地长在额头中央；二女儿叫两只眼，因为她和普通人一样有两只眼睛；最小的叫三只眼，因为她有三只眼，第三只同样端正地长在额头中央。可是正因为二女儿两只眼跟普通人一样，姊妹们和母亲都讨厌她。

一天，两只眼被派到野外去放羊，她碰到一个女人。聪明的女人说："两只眼，我要教你一个办法，叫你不再被讨厌。你只需对你的羊说：

　　　　小羊儿，你要咩咩叫，

　　　　小桌儿，你请快摆好！

"这样你面前就会出现一张铺着干净桌布的桌子，桌上摆着诱人的食品，你想吃多少就可以吃多少。等你吃饱了，不再需要桌子，你只需说：

　　　　小羊儿，你要咩咩叫，

　　　　小桌儿，你好撤走了！

"这样，它又会在你眼前消失掉。"说完，聪明的女人就走了。两只眼半信半疑地嘀咕道："我得马上试一下，看她说的是否是真的，况且我也饿极了。"于是她说道：

小羊儿,你要咩咩叫,

小桌儿,你请快摆好!

话刚出口,面前就出现一张铺着白色台布的小桌子,桌上摆好了一套盘子、刀叉和银调羹,满桌的精美食物还冒着热气。两只眼看到这一切,惊呆了,于是念了她会的最简短祷词:"主啊,欢迎你随时光临做客,阿门!"接着便动手吃了起来,吃得津津有味。吃饱了,她又说:

小羊儿,你要咩咩叫,

小桌儿,你好撤走了!

刚说完,小桌子和上面的一切就不见了。

傍晚,她赶羊回家发现姐姐和妹妹递给她的陶碗里只有一点食物,她碰也没碰。第二天,她又出去放羊时,她把给她的几片小面包留在了原来的地方。她头几次这样做,她姐姐妹妹没怎么注意,可每次都这样,她们就警觉起来。

正当两只眼又要出去时,一只眼走过来对她说:"今天我和你一起去野外,看看羊是否在草多的地方。"两只眼明白一只眼的心意,于是把羊赶到深草中,说:"来,一只眼,咱们坐下,我给你唱歌吧。"于是,一只眼坐下了。她已经很困了,可两只眼一个劲儿地唱:

一只眼,你醒着吗?

一只眼,你睡了吗?

一只眼便渐渐合上眼,睡着了。两只眼见她睡得像个死猪似的,不再担心会泄

露什么秘密,才说:

　　　　小羊儿,你要咩咩叫,

　　　　小桌儿,你请快摆好!

接着坐到桌旁又吃又喝,直到再吃不下去了,才又叫道:

　　　　小羊儿,你要咩咩叫,

　　　　小桌儿,你好撤走了!

　　于是,一切马上消失。两只眼唤醒一只眼,说:"一只眼,你要来放羊却睡大觉,羊不跑十万八千里才怪哩! 走,咱们该回家了。"她们回到家,两只眼仍没碰家里的食物,一只眼却没法向母亲透露两只眼不想吃东西的原因,只得如实相告:"我在野外睡着了。"

　　第二天,三只眼同二只眼一同出发了。同样由于跑了长路,大气又干燥,她实在困得不行了。可两只眼又唱起上次的歌:

　　　　三只眼,你醒着吗?

　　　　两只眼,你睡了吗?

　　唱着唱着,三只眼的两只眼睛闭上了,睡着了。但那歌曲里没有提到的第三只眼却如何也睡不着。虽然它闭着,却是装睡。透过眼缝它能把外面的东西看得一清二楚。两只眼想三只眼该睡着了吧,于是她又说起来:

小羊儿,你要咩咩叫,

小桌子,你请快摆好!

她放开肚皮吃着,吃完又说:

小羊儿,你要咩咩叫,

小桌子,你好撤走了!

第三只眼把所有的都看在眼里记在心里。两只眼来到她身边说:"三只眼,醒醒呀,羊放得很好,咱们该回家了。"回到家,两只眼又没吃任何东西。三只眼把看到地对母亲说了。母亲生气了,她大叫起来:"我让你以后什么也吃不成。"她杀死了母羊。

两只眼看在眼里,痛在心里,她来到门外,坐在一个土丘上伤心地哭起来。这时,那个女人又梦一般地出现了,女人告诉她:"两只眼,我再教你个好办法,你去向你的姐妹要那只死羊的内脏,然后将它们埋在你家门前的地里。那么,幸福就会来到你身边了。"女人消失后,两只眼回家去求姐妹们:"我不想多要什么,你们把羊的下水给我吧!"姐妹俩笑着答应了她。她捧着羊的内脏,埋在了家门前。

第二天早上,大家醒来时见门前有一颗美丽的树,有着银色的叶子和金色的果子。它应该算是世界上最美丽珍贵的东西了吧!可大家都奇怪这棵树如何会在一夜间出现,只有两只眼明白,因为树的位置正是掩埋内脏的地方。母亲让一只眼上树去摘苹果,她摘不到一个苹果。母亲让三只眼去摘,因为她想她有三只眼,会看得更准,可三只眼抓不住苹果枝。母亲忍不住了,亲自上树,结果和她的两个女儿一模一样。两只眼在一旁说:"我试试吧,或许我能做到。"两只眼便爬上树去。金苹果纷纷掉进她的手里。她一口气摘了一围裙,母亲收了苹果,反而更嫉妒了,对两只眼更加恶毒。

有一天，一位年轻的骑士从远方而来。他被这美丽的果树深深吸引，便问树是谁的。他说："我若能得到这树的一根枝杈，我愿意付出任何东西。"姐俩忙说是自己的，也愿意为这个小伙子折枝。可无论她们如何下力气就是折不下来，情况和先前一样。小伙子奇怪地问，既然是她们的，为何连一个枝子都折不下来呢？这时，从树上掉下几个金苹果，一直滚到年轻人的脚下，这是两只眼因为她的姐妹撒谎而生气了。年轻人问这是为什么，姐俩终于说出还有个姊妹，可她不敢在众人面前出现，因为她长着两只眼睛，和常人一样。年轻人很想见她，便唤她出来。两只眼走了出来。年轻人见到她，一句话也说不出来。他告诉两只眼，她一定能把枝子折下来。两只眼也相信自己能，因为树本来就是她的嘛！她很快折了一支带着很多叶子和苹果的树枝给了小伙子。当被问到要什么报答时，姑娘说："我一直过得很苦，你要是报答我，就带我走吧！"小伙子把她抱上马背，回到了父亲的王宫里。在宫里，姑娘穿上美丽的衣服，有吃有喝。王子爱上了她，请牧师为他们配婚，再进行庆贺。

两只眼进宫之后，发现树已长在她的门前，啊！它原来跟着她来了。

两只眼过着快活的日子。一天，有两个老太婆来到宫外，求她给她们点施舍。她走到她们面前一看，噢！原来是一只眼和三只眼。她们俩陷入了穷困，不得不四处流浪。别人唾弃她们，两只眼却欢迎她们，善待她们，让她们吃饱穿暖，两个人感到悔恨，恨自己年轻时对自己的姊妹干了坏事。

狐狸和马

一个无情的农民却有一匹忠心的马。马老了，不能再劳动了。主人不想再给它东西吃，对它说："我现在用不着你了，你必须离开我的马厩！"他把马赶到了旷野中。马挺伤心的，慢悠悠地走到森林中寻找躲避风雨的地方。狐狸看见了它，便凑上前去问它："干吗你这么无精打采的，孤零零地走来走去呢？""唉，"马答道，"主人见我老了，不能再耕地了，就不再喂我，把我赶出了家门。"

狐狸说："我帮你试试。你只要躺在地上，伸开四肢，一动不动装死就行了。"马按狐狸的要求做了。狐狸走向不远处的狮穴，对狮子说："外边躺着一匹死马，快跟我去吧！你可以在那儿美美地吃一顿啊！"狮子禁不住诱惑，跟着去了。它俩站在马旁边，狐狸却说："在这儿吃你会觉得不舒服，我愿把他的尾巴绑在你身上，你把他拖回洞去，慢慢地享用，好不好？"狮子觉得这样做挺好的，便站了过去，让狐狸把马尾巴绑在他身上。可这狐狸却用马尾巴绑住了狮子的四条腿，捆得仔细极了，牢固极了，直到它无力挣脱。捆完后，狐狸拍拍马的肩膀，大声说："拉呀，伙计，拉呀！"马听到命令，一下子从地上跳起，拖起狮子就跑。这时的狮子知道被骗了，开始大声咆哮，吓得整个森林的鸟都惊飞起来。可马任凭狮子咆哮怒吼，一口气把它拖过田野拉到主人门前。主人见此情景，改变了想法，对马讲："你留下来吧！我会好好养着你。"他果然一直让它吃足草料，直到它老死。

跳舞跳破了的鞋子

一个国王有十二个女儿,都很漂亮。她们的床摆在一个大厅里,并排放着。每天晚上睡觉时,国王总会亲自把门锁好,并闩好杠子。一次,早上他开门时却发现各个公主的鞋全烂了,这是怎么回事呢?于是,国王下令:"谁要是能弄清她们夜里在哪里跳舞,谁就可以从她们中挑一个做妻子,并且在国王死后继承王位,可是,谁要是报名后三天三夜弄不出结果谁就要受死刑。"过了不久,有个士兵受了伤,不能再在军队里待了,便朝着国王所住的京城走去,走着走着,碰到一个老妇人,问他去哪儿,他说有兴趣弄明白公主在哪儿跳烂了鞋,然后弄个国王当当。老妇人说:"这不难,只要不喝她们每晚送来的酒,而且,不睡得像死人似的。"她给了他一件斗篷,告诉他:"只要你披上它,人们便发现不了你,这样你便可以偷偷跟踪那些女子。"士兵按她说的去做了。他和其他人一样受到相同的接待,并被打扮得特别英俊。晚上,他被领到大厅前的房间。他正要上床睡觉,大公主给他送来一杯酒,他把酒倒在了海绵上,然后躺在床上假装发出呼噜声!十二个公主听见声音大喜,大公主说:"看来这家伙也不能待在人间了。"然后,她们起了床,打开柜子、箱子、匣子,取出华美的衣服来,为即将参加的晚会而喧闹。不一会儿,大公主走到自己床前,在床沿敲了敲,放床的地方立刻出现了一个地洞,大公主走在前面,其他的随后,士兵看见了,马上跟了上去,没忘带那斗篷。他跟在那小公主后面,当他走到台阶的中间时,一不小心踩到了小公主的裙边,小公主惊讶起来:"怎么回事,谁在拽我的裙子?""别发傻,你是让钉子挂了一下。"大公主说。

她们走完了台阶,接着走上了一条宽敞的林荫道。啊!树上的叶子全是银色的,看呀,它们正闪闪发亮呢。啊!真好看,士兵很聪明,他折了一截树枝以回去做证据,可是那声音让小公主听到了,小公主大喊道:"你们有没有听到响声?"大公主却笑道:"那是鸣枪祝贺,因为咱们马上就要救出咱们的王子了。"接着,她们又走进另一条林荫道,那儿的树叶全是金子做的。最后,她们又走上第三条林荫道,那里的树叶全是亮晶晶的钻石做的。在最后两条林荫道上,这士兵各折了一根树枝,小公主每次都要受到惊吓,大公主却说那是鸣枪祝贺。她们来到一条大河边,河上有十二条船,每条船里有一个英俊的王子,他们坐在那里等着他们的公主。他们每人搂了一位上自己的船,一直跳到第二天凌晨三点,鞋子全跳烂了,才停下来。王子们划船把她们送回河对岸,士兵坐进了大公主的船。到了岸上,她们与自己的王子拜别,并答应今天晚上再去。在她们上台阶时,士兵抢先一步,躺在自己的床上。等那十二位公主回来,他已鼾声大作了。她们说:"咱们可以放心地去睡觉了。"接着,她们脱掉飘逸的舞衣,踢掉穿破的鞋子,躺下睡了。第二天早上,士兵什么也没对国王说,因为他还想再看看那天堂似的美景,因此,第二天晚上和第三天晚上他都跟她们去了。只是,第三次,他带了一个酒杯作为证据。他来到国王面前,拿出三根树枝和一个酒杯。那十二位公主藏在门后偷听他将要说什么。他把事情经过原原本本地说了出来,并且拿出了证据。国王立刻传唤十二位公主,问她们士兵讲的是否属实,公主只好承认了。随后国王问士兵要哪一位公主。士兵说:"我年纪大了,就请赐大公主吧!"国王当天就给他们举行了婚礼,并宣布国王死后由他继承王位。那些王子呢,得救的日子又推迟了,推迟的天数正是他们与公主跳舞的夜数。

六个仆人

古时候,有一个年老的巫婆女王,老巫婆一心想害人,每来一个求婚者,她总说,要娶她的女儿,需要解答一道难题,解不出就要死。许多男子倾心于姑娘的美,大胆来求婚,可一个一个惨遭杀害。有一位王子听说公主美貌绝伦,便对父亲说:"我想向她求婚,让我去吧!""你去吧!看你的运气如何。"儿子一听,高高兴兴地上了路。

他骑马越过一片荒野,远远地看见前面堆着干草,谁知走近一看,才发现是躺在地上的一个人的肚子,远看像座小山似的。大胖子看着旅行的王子,说:"你雇用我吗?""那好吧!我可能用得着你,跟我走吧。"走了一会儿,他们看到一个人把耳朵贴在草地上。"你在那儿干吗?"王子问道。"我在听世上发生的事。什么也别想逃过我的耳朵,甚至这草皮的声音。""那么你告诉我,在那个有漂亮女儿的女王宫中正发生什么事?"那人骂道:"我听到了宝剑落下的声音,一个求婚者死了。""我用得着你,跟我走吧!"于是,三人一起前行,忽然看见前面地上横放着一双脚和一截腿,却怎么也望不见尽头,他们走了好长的路,才望到了身子,又走了好长时间,才看到了脑袋。"呀,你好,你长得好高啊!""这不算啥,要是我使劲伸展开四肢,还会长三千倍,比地球上的山还要高呢!要是你用得着我的话,我乐意为你效劳。""跟我走吧,我用得着你。"他们四人朝前走去,前面有个人坐在路上,用布蒙着眼睛。王子问道:"你的眼睛怕光吗?""不,我不能取下这布,否则,我望见什么,什么便要破裂。如果你用得着我,我愿做你的仆人。""好,跟我走吧!"他们继续前进,忽然看到太阳底下一个人冷得发抖,他们走过去问原因,"我的体质和别人不一样,外边越热,我身体越冷,冷得直入骨髓;相反,外边越冷,我身体越热,坐在冰上还是热得受不了,坐在火中间我冻得受不了。""你真是个怪人,"王子说,"不过,你乐意替我效力,就跟来吧。"他们上了路,忽然看见前面站着一个人,正伸着长长的脖子四处张望,他望到了山峰另一边。"你在看什么呢?"王子问。那人答道:"我可以看清所有的森林原野、深谷高山,甚至可以看穿整个世界。""我正好缺少这样的人,如果你乐意,跟我来吧!"

这样,王子有了六个仆人,他们一直来到了老女巫居住的城市。巫婆说:"我给你出三个难题,你如果都解决了,我就让你做我的女婿。第一个,我扔了一枚戒指在江海里,你把它给我拿来!"王子马上回到仆人中间,说了问题,这个时候,那个目光敏锐的仆人说:"先让我看看它掉在哪里。噢,在那儿,它挂在一块尖尖的礁石上面。"那高个子把他背到海边,说:"只要你看得见,准能捞上来。"这时,大胖子嚷道:"没问题。"只见他趴下身子,把嘴凑近海水,不一会儿,他把大海的水吸干了。而那高个子只是微微地弯下了腰,便拿到了戒指。王子把戒指交给老妖婆,她仔细看了看,确实是她所扔掉的,于是她又向王子说了第二个难题:"我宫前的草地上,有三百头肥牛,你得把它们通通吃掉,地窖里放着三百桶酒,你也得喝光了。要是有一根牛毛和一小滴酒剩下来,我就要了你的命!""难道我不能请一些客人?没人陪着,吃喝无味。""我只准你请一个人,让你有个伴,只一个。"

王子回到仆人那儿,对大胖子说:"今天你可以好好地饱餐一顿了。"大胖子放开肚皮吃掉了三百头肥牛,一根毫毛也没剩下,他还要喝酒,抱起桶咕咚咕咚地大喝一阵,一滴也没剩。那女人惊呆了,说:"第三个:今天晚上,我把女儿领到你房里,你用胳臂搂着她。你们就那样坐着,可千万不能睡着!我十二点过来,若发现她已不在你怀里,那你就完了。"王子认为这件事很容易,可他还是和仆人商议了一下。王子说:"我们千万要小心,你们守着我的房间,千万不能让那姑娘离开。"夜晚,老妖果然领着女儿来了,交给王子就走了。高个子卷起身子,把他们围得紧紧

的、大胖子站在门口，真有点水泄不通。他们俩坐着，姑娘沉默着。那月光透过窗户照着她的脸庞，快到十一点时，老妖施出魔法让他们全都睡死了，就在那时，姑娘逃出去了。

十二点差一刻时，魔法失去了效力，他们全都醒了，发现姑娘不见了。王子垂头丧气，仆人们也开始抱怨，那长耳的仆人说："别吵，我仔细听听，噢，公主正坐在离这儿有三百小时路程的岩洞里。高个子，只有你能帮她，只要你迈几步，就到了。""好，只需目光异常厉害的老兄一块去，好让那岩石崩开。"说着，高个子背起那蒙着眼罩的人，很快就到了被施过魔法的岩洞前。高个子帮他解下蒙眼布，只见那老兄只用目光一扫，山岩便碎成了无数小块。高个子迅速抱起姑娘，一眨眼便回到了王子身旁。随后，也以同样的速度把他那伙计接了回来。十二点时，老妖来了，她惊呆了，原以为她女儿正坐在三百小时路程以外的岩洞里，没想到她仍在王子怀里。她叹道："这真是一个比我能耐大的人。"她只好把女儿嫁给了王子。

黑 白 新 娘

一位妇女和亲生女儿及养女一起到田野上割草,慈祥的上帝装成一个穷人问三人:"哪条路通往村子里?""想知道就自己找呗!"母亲说。亲生女儿接着说:"如果怕找不到,早该找个领路的嘛!"养女说:"真可怜,还是我为你带路吧!"上帝惩罚母女俩,马上把她们变丑了。他决定奖赏善良的养女,当养女把他领到村口时祝福了她,并说:"任选三个愿望,我都会满足你。"姑娘说:"希望自己像太阳般漂亮纯真。"刚说完,她就洁白如玉了。"我希望有个永远有钱的钱包。"亲爱的上帝给了她钱包并提醒说:"说个最有价值的。""最后,我想死后能上天堂。"上帝答应也会满足她,二人便分手了。

三个人回家后,继母和女儿发现自己既黑又丑,而养女美丽洁白,两个人都想置她于死地。养女有个哥哥叫雷吉纳,养女把发生的事都讲给了他听。有天,雷吉纳说:"可爱的妹妹,为了能常见到你,我要把你画下来。""但你别让其他人见这画。"姑娘说。雷吉纳画下了妹妹,把画像挂在自己房中,他是国王的车夫,因此住在宫中。天天他都在画前站着,祈祷上帝给妹妹幸福。国王的侍卫发现了车夫每天都站在一幅美女画像前愣神,便汇报了国王。国王命他送上画像,他见画中的美女不仅酷似死去的妻子,而且比她更漂亮,不禁也爱上画中人。他问车夫画上的人是谁,车夫说是他妹妹。国王决定娶她,命令车夫带着马车和美丽的衣服去接新娘子。雷吉纳回到家中,妹妹听说后很开心,又丑又黑的女儿嫉妒得要命,对母亲说:"你有法术顶什么用,又不能给我同样的幸福。"母亲说:"闭住嘴巴,我会把这幸福给你。"她用法术使车夫的双眼失明,使养女的耳朵几乎失聪,接着三个人上了车,最前头是身着王室服装的养女，接下来是母亲和女儿，哥哥坐在车夫的座位上赶车，走了一会儿，车夫说：

> 亲爱的妹妹，快遮住身子，
>
> 以免被雨淋湿，
>
> 省得被风吹脏，
>
> 用你的洁白和美丽去见国王！

养女问哥哥在说什么，母亲答："哎呀，他说你应该脱下身上的衣服给你妹妹穿。"养女把衣服脱给了母亲的女儿，自己换上她的灰上衣。一行人继续赶路，不一会儿雷吉纳又说：

> 亲爱的妹妹，快遮住身子，
>
> 以免被雨淋湿，
>
> 省得被风吹脏，
>
> 用你的洁白美丽去见国王！

养女又问哥哥在说什么，母亲便说："他说你该把你的漂亮帽子给你妹妹戴。"养女照办，自己摘下帽子坐着。又走了会儿，雷吉纳又说：

> 亲爱的妹妹，快遮住身子。
>
> 以免被雨淋湿，
>
> 省得被风吹脏，
>
> 用你的洁白美丽去见国王！

世界经典文库

世界二十大名著

格林童话

图文珍藏版

养女问哥哥说什么，母亲说他让她看一下车外。这时他们正走在一座桥上，养女站起身向车外望去，母女俩把她推下了深深的河中，她化作一只洁白的母鸭子升上水面，游向下游。哥哥一点儿也不知道，送母女俩进了宫，随后，他把黑丫头当作自己妹妹，领她去见国王，车夫只看见那金色衣裙闪闪发光，认为那是新娘。国王一见那新娘奇丑无比，气坏了，下令把车夫扔到一个满是毒蛇的坑里。老巫婆用妖术弄昏了国王的眼睛，国王留下了她和她女儿，觉得那黑女孩漂亮极了，和她举行了婚礼仪式。

一天晚上，黑新娘坐在国王怀里撒娇，而那白色鸭子从下水道游到了宫里的厨房，对那小帮工说：

哥哥，请快生火吧！
让我把羽毛烤烤吧！

小伙子生起火来，鸭子舒服地烤着羽毛，并用嘴梳理羽毛。她问道：

我哥哥雷吉纳不知怎么样了？

小伙子答道：

他现在关在蛇坑里，遍体鳞伤！

养女问：

那黑女孩，她在宫里干吗？

小伙子说：

　　她坐在国王的怀里。

鸭子说：

　　我好可怜啊！

说完从下水道游了出去。

　　第二天晚上，她又问了同样的问题，第三天也是如此。小伙子把这件事告诉了国王。第四天晚上，国王亲自来到厨房，美丽的鸭子从下水道探出头来，国王迅速砍掉了鸭子的头。突然，鸭子变成了美丽的少女，跟她哥哥画上画的一样。国王大喜，见她浑身湿淋淋的，命令下人赶快拿来华美衣服。接着，国王问她有什么要求，她请求国王把哥哥从蛇洞中救出来，国王照办了，并惩治了老女妖和她的女儿。随后娶了洁白美丽的真新娘，并给了她哥哥奖赏，让他成为一个富有、体面的人。

铁 汉 斯

从前,一个国王的宫殿附近有一大片森林,森林里有很多野兽出没。一天,国王让一个猎手去猎一只鹿来,猎手一去不返。"也许他出事了。"第二天,国王派了两名猎手去找他,他们也是一去不返。第三天,国王告诉所有的猎手,"你们要踏遍整个森林,直到找到他们为止。"同样的事情发生了,而且他们所带猎狗也失踪了。许多年以后,一个外乡猎人求见国王,请求国王让他进那危险莫测的森林。国王说那里不安全,害怕他一去不返。猎人回答:"我乐意去冒险!"

猎人带着狗走进了森林。没走多久,狗发现了野兽的足迹并紧跟而去,没追多久,它已站在泥沼边,无法前进。突然,从泥水中伸出一条光光的胳膊,把狗拖进去了。猎人急忙回去,带了三个汉子来,让他们用桶舀干那泥沼的水。水见底了,他发现那里面躺着一个野人,头发盖住脸,一直拖到膝头。他们用绳子绑住他,把他拖回宫去,整个皇宫对这野人惊讶极了,国王下令把他关在院里的铁笼里,禁止开笼门,违者处以死刑,并且把钥匙交给王后亲自保管。从此以后,谁都可以放心地进森林了。

一天,国王八岁的儿子在院里玩球,一不小心,让金球滚到铁笼里了,他让野人把球扔出来,野人说除非把笼门打开。小家伙把钥匙偷来。开启实在困难,以至于弄痛了小家伙的手指。门一开,野人把小家伙放在他脖子上,逃回森林。国王回来发现笼子空着,急忙问王后是怎么回事,王后惊呆了,也没找到钥匙,她急忙找儿子,儿子也不知去向。国王派人去找,也不见踪影。这时,他才明白发生什么事了,整个皇宫处于极度哀伤、悔恨之中。

野人回到了阴森森的森林，他用苔藓为男孩铺了一张床，小家伙就在上边睡了。第二天早上醒来，野人把他带到一口井旁，"你就在这儿守着吧！千万别把任何东西掉进去了。每天晚上，我来看你，看你是否执行了我的命令。"男孩听话地坐在井边，看井里一会儿游出一条金鱼，一会儿游出一条金蛇，他睁大眼睛看着是否有东西掉进去。突然，他觉得手指头非常痛，便不由自主地把手指头伸进水里，然后又缩了回来，手指头完全变成金的了，他伸进水里怎么洗也是白费工夫。傍晚，野人回来了，问他："井里发生了什么事？""没有，没有。"边说边把手指头藏在背后不让人看到。谁知，野人说："你把手指伸进水里了，这次不追究，下次千万别把任何东西掉进去。"第三天一早，小男孩早早地坐在井边守候，他的手指又痛起来，他在头发上擦着，一根头发掉进水里！他赶快去捞，捞出来一看，它已经完全变成金的了。野人回来了，已经知道什么事发生了，说："你把一根头发掉到井里去了，我再原谅你一次，可如果第三次发生同样的事，我便再也不能留你在这里了。"第四天，男孩坐在井边，手指又痛起来，可不管痛得怎样厉害，他就是一动不动，可是，他觉得很无聊，不禁看了看倒映在水中的影子，一不小心长发滑了下来，掉到了水里，他赶紧坐直身子，但满脑袋头发已经变成了金的，小家伙害怕极了，赶紧用手帕包住它。野人来了，"解下你的手帕，"野人不听他的解释，继续说道，"你没经受住考验，再也不能留在这里了，到世界上去吧，去体味体味贫穷是什么滋味儿。不过，你心胸并不坏，所以我希望你过得好，如果你有什么难处，可以来到森林喊：'铁汉斯！'我就会来帮你。"

小王子离开了森林，最后他走到宫里，御厨师让他当帮手，叫他劈柴、挑水和扫灶里的灰。一天，厨子做好了菜，旁边只有他，就让他给皇帝上菜去，他不想让任何人看见自己的金头发，就没把帽子拿下来。国王从未碰到过这种事，说："你给国王上菜，必须脱掉帽子的，你知道吗？""不成啊，国王，我头上长着癞子。"国王一听大怒，立即传来厨师，大骂一顿，问他怎么让个小瘌三来当下手。要他把他撵出去，厨师可怜他,就让他去当了一个小花匠。

　　此后,他一直在花园里干活儿。夏天到了,他一个人儿在园里劳动,太阳烤得他难受极了,他拿下帽子,阳光洒在他的金发上,耀眼的反射光直达公主房里,公主站起身去看出了什么事,她看见了小花匠,说:"年轻人,采束花给我。"他戴上帽子,采了些花制成一束,给公主送去,上楼时他遇见花匠师,花匠师让他换点珍贵的

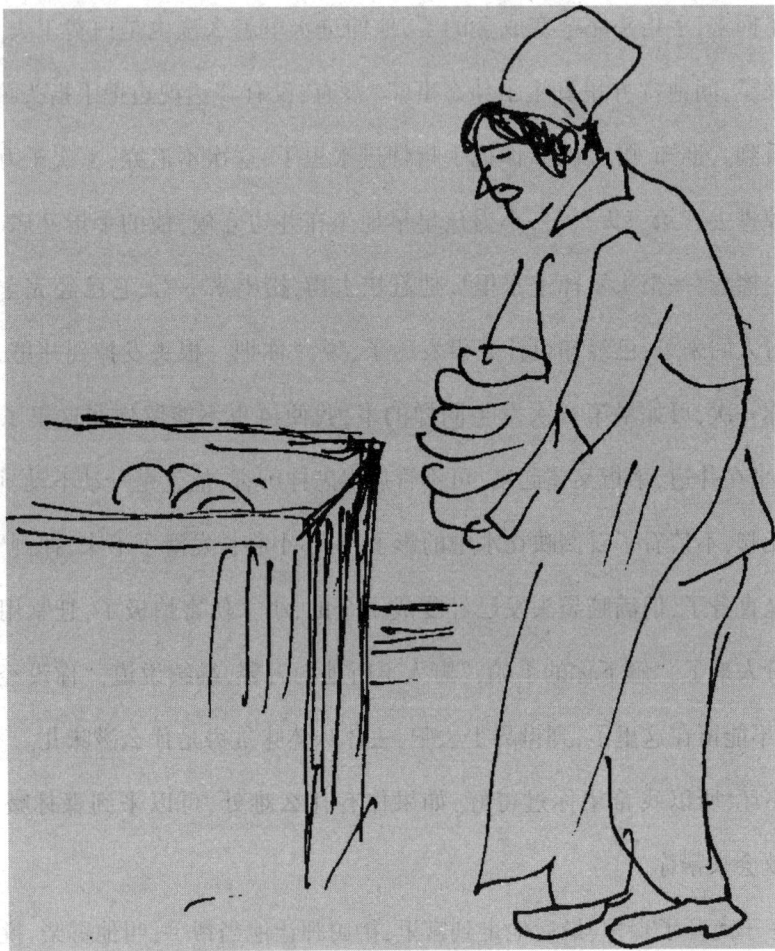

花,他答:"用不着,这花香,公主会喜欢的。"公主见他进来便说:"拿掉帽子,不然就是不礼貌。"他说:"不能摘,我是个癞痢头。"公主不听,硬是摘下他的帽子,满头金发立刻披泻下来,真的很美。他要走,公主一把抓住他的胳膊,送他一些金币。

他并不稀罕钱,把金币给了花匠师,让他给孩子们玩。

不久，王国参加了战争，国王召集了军队，但没人知道能否战胜强大的有优势的敌军。小花匠觉得自己是个大人了，便报名参战，他请求得到一匹马，别人笑他说："我们走后，你再去马厩牵吧，我们会给你留一匹的。"别人出发后，他到马厩中去牵马，发现这马是匹瘸马，走路摇摇晃晃的，不过他还是骑上马背，把它骑到黑森林中。在那儿，他喊了三声"铁汉斯"，声音传遍了整个森林，野人出来问他要什么，他说要一匹可以骑去打仗的骏马。野人说："除了骏马，你还可以得到意想不到的东西。"说完就回去了。不一会儿，一个马夫牵着匹马出现在他面前，马看上去威武得很，马后是一大队士兵，个个身穿铁甲，宝剑也都泛着亮光。他把瘸马交给马夫，率领着这队士兵冲向战场。他赶到时，国王的大部分士兵已战死，剩下的快撤了，他便率领自己的军队打败了敌人。但他并没去见国王，反而带着队伍从小道回到森林中，唤出了铁汉斯，让铁汉斯收回他的马和士兵，把瘸马还给自己，铁汉斯满足了他的请求。他骑着瘸马回到宫中，国王此时也回宫了，受到女儿的热烈欢迎和庆贺。国王说："打胜仗的不是我，而是位陌生的骑士，他带着自己的军队救了我。"公主问这骑士是谁，国王不晓得，他说："他去追敌人了，没再回来。"

国王对公主说："我将通告全国，举行三天的盛大庆典，你在庆典上扔金苹果，说不定那骑士会来。"通告发出后，小花匠又去森林中唤出铁汉斯，铁汉斯问他要什么，他说希望自己能接到金苹果。铁汉斯说："这容易，金苹果会是你的，我为此会给你一套红盔甲和一匹枣红色的骏马。"庆典第一天，小花匠穿戴好后骑着枣红马去了，没人认出是他。当公主走上高台子扔下金苹果时，小花匠顺利地接到了金苹果，正要跑开，卫兵们迅速赶来，有一个刺中了他的腿，但他仍跑掉了，不过由于跑得太快，头盔掉下，露出了满头金发，卫兵们把这一情况汇报了国王。

次日，公主又打听小花匠的消息，花匠师说："正在园中干活呢，他可真怪，竟也参加了庆典，我的孩子们还玩了他赢得的金苹果呢！"国王知道后，传见小花匠，他戴着帽子出现了，不料公主直向他走去摘下了他的小帽，金发散落下来，真是漂亮极了。国王问:"你就是那骑士吗?""是的。"说完他把金苹果拿出来,递给国王验看,"若您还要证物,可以看一下我被士兵追赶时受的伤,我就是帮你打了胜仗的那个骑士。"他说。国王说:"能做出这样的事的人,不会是个简单的人,小花匠,你父亲到底是谁?"他答:"我父亲是拥有一个强盛王国的国王,我自己也有的是钱。"国王说:"那我该赏你点什么?""我请求您把女儿嫁给我。"他回答。公主听后高兴极了。二人举行婚礼时还邀请了新郎的父母,两位老人惊喜极了,原以为再见不到儿子了呢!

三个黑公主

当东印度被敌军包围时，敌人提出退兵的条件是出六百元的赔款。城中便宣告说谁能拿出六百元，谁就可以当市长。有个穷渔民与儿子在海上打鱼时，敌人抓去了他儿子，敌人给了他六百元。他把钱拿了出来，成了市长，他还宣布说：若有人敢不称他为"市长大人"，就得受绞刑。

渔民的儿子从敌军手里逃了出来，跑进了一片深山老林。山却突然分开了，他进入了一座中了邪的宫殿，宫殿中的椅子、桌子、板凳全都罩着黑布。三个公主住在里面，她们一身黑衣，唯一白的一点在脸上。公主们让他别怕，他不会受伤害，说只有他能救出她们。他同意了，问自己该怎么做，她们说整整一年都不要跟她们说话，也不要细看她们，若他有所需要时再开口，她们会用尽量少的语言来回答。在山上住了段时间后，他想回去看看父亲，公主们同意了，给了他一个钱包和一件衣服，让八天内回到这儿。

随后，他被托上天空，平安抵达了家乡。他找到渔舍却不见父亲，就问别人那穷渔夫去了哪儿。结果就被送上了绞架。他说："老爷们，请让我最后回一趟渔舍好吗？"被允许后，他回去换上了以前的破衣服，对老爷们说："看看，我就是那穷渔夫的儿子啊！以前我就身着这套衣服为家人挣吃的。"人们这才认出了他，把他送回了家中。在家中他把自己的遭遇说了出来，母亲听后说这不是件好事，吩咐他回去后带上供烛，把几滴热蜡油滴到黑公主们的脸上。

年轻人回到宫中，三个公主正在睡觉，他把几滴蜡油滴在三个人脸上，三个人立刻身上都变白了,她们跳着大喝道:"该死的畜生!永远不会有人能救我们啦!待会儿,我们那三个有七条锁链的兄弟会把你撕碎的!"忽然,宫中响起了巨大的吼声,他赶紧去跳窗户,把腿摔断了,而宫殿在同一时刻沉下地去,山合上了。以后,再没人知道那王宫到哪儿去了。

羊羔和小鱼

以前有一对很要好的兄妹。母亲死后,继母待他们不好,总想法害他们。一次,他俩和别的孩子在门外草地上玩耍,草地边有个紧挨房子的池塘。孩子们在捉迷藏,念顺口溜,以此定谁做"老鼠":

> 瓦涅克,白涅克,我来爱你吧,
>
> 把我的鸟儿送给你,
>
> 让鸟儿替我弄些草,
>
> 草料我就喂给母牛,
>
> 母牛替我挤出奶,
>
> 牛奶我送给面包师,
>
> 面包师给我烤蛋糕,
>
> 蛋糕我喂给猫儿吃,
>
> 猫儿帮我捉老鼠,
>
> 老鼠被熏在烟囱里,
>
> 熏好的老鼠我把它切细!

孩子们站成一圈儿,"切细"一词落在谁身上,谁就马上跑,别人去追他。孩子们正玩得开心,坐在窗口的继母生气了,她施展巫术,把哥哥变成一条鱼,妹妹变成小羊羔。不久,家里来了贵宾。继母暗想:"机会来了。"她吩咐厨师:"把小羊抓来杀了吧,咱们招待客人!"厨师捆住了小羊,小羊温顺得出奇。当厨师拔出尖刀,准备下手时,他瞧见阴沟里一只小鱼正游着,探头看着他。这就是那小哥哥啊!他见小羊被抓,忙从池中游进厨房。小羊冲它喊起来:

> 深深池塘里的小哥哥呀,
>
> 我的心难过又伤心,
>
> 厨师他已在磨刀,
>
> 就要刺破我的心!

小鱼也喊道:

> 地面上的好妹妹呀,
>
> 我虽然在好深的池塘里,
>
> 心却和你一样难过啊!

厨师见小羊和小鱼会说话,大惊失色,带它们去见一个女先知,她对小羊和小鱼念了一道吉祥的解咒语,他俩都恢复了人形,并被她领到森林里的一间小屋中。他们得救了。

思默里山

有这样兄弟俩,一贫一富。富哥哥从不愿接济穷弟弟,弟弟靠卖粮勉强度日,一家人吃不起面包。一天,他推着小车经过森林时,来了十二个粗壮的汉子,他以为是强盗,忙把小车推到一丛灌木中,自己躲到大树上。那十二个人走到山前喊:"塞姆西山,开门!"山从中间分开了。他们走了进去,山自动关了起来。一会儿,山又开了,十二个人背着沉沉的口袋挨个儿往外走。山又合在了一起,并不见什么出口或入口。十二个人走了,走得看不见了,弟弟才从树上下来,心中充满好奇。他也走到山前,说:"塞姆西山,开门!"山在他眼前开了。他走进去,发现这座山是座金银坑,里面有珍珠、钻石、数不清的财宝。他傻眼了,最后决定把衣袋里装满金子,他没有拿珍珠、钻石。他走出去以后说:"塞姆西山,关上!"山合上了。从此他不必发愁了。他给家人买了面包、酒,还把剩下的钱施舍给穷人。钱没了的时候,他便从哥哥那儿借一只筐去装,可从没动过珍珠和宝石。第三次去向哥哥借筐时,哥哥早已嫉妒死他美好的富足的生活,却不知此筐有何用,钱又由何而来,于是心生一计:在筐底涂上沥青。筐还回来时,筐底留着一枚金币。他立刻找到弟弟,质问他:"你借筐干什么去了?""用来装大麦和小麦。"弟弟说。他在他面前晃着金币,威胁他要去法院告他。弟弟只好把事情经过告诉他。富哥哥赶忙驾车来到森林,到了山跟前,他说:"塞姆西山,开门!"山分开后,他迈了进去。眼前有那么多珠宝,他惊呆了。他装了尽可能多的钻石,想运出来,可他财迷心窍,忘了山的名字,叫道:"思默里山,开门!"名字不对,山毫无动静。他急了,越想越怕,可那些财宝静静地待着,一点儿忙也帮不上。天晚了，山突然分开，十二个强盗走出来，大笑大嚷："狡猾的小偷，终于抓住你了！你进来过两次，当我们不知道，我们只是没逮着，这一次你再别想出去！"他分辩道："不是我，是我弟弟！"可一切已晚了，不论他如何乞求，强盗们还是杀了他。

去 旅 行

很久以前,一个穷女人有个儿子。他想去旅行,母亲说:"这怎么行呢?你没有路费啊!"儿子说:"我会有办法的。"

他走了好几天,嘴里不停地说:"不多,不多喽。""这个怪人在说什么,不多?"渔夫们拉起网,鱼果然不多。他们用棍子打了他一顿,小伙子问:"我应该说什么呢?""你该说:好好地捕,好好地捕!"

他又走了好几天,一个劲儿地说:"好好地捕,好好地捕!"走到一副绞架前,一个可怜的罪犯要被处死。他看见了,说:"早上好!好好地捕!""你在说什么呀,好好地捕?世界上坏蛋还有很多吗?还要绞死多少个才够?"他又挨了揍。"我到底该如何说呢?""你该说,主安慰可怜的灵魂。"

小家伙走着,嘴里说:"主安慰可怜的灵魂。"他来到一条水沟边,见一个剥皮匠正在剥一匹马的皮,他说:"早上好!主安慰可怜的灵魂!""这个人说什么呀!"剥皮者用铁钩打得他眼冒金星。"我到底该如何说呢?""你该说:这个死畜生,快躺到水沟里。"

他又一个劲儿地说:"你这个死畜生,快躺到水沟里。"恰巧一辆装满人的马车开过,他便说:"早上好!你这个死畜生,快躺到水沟里!"话音刚落,马车果然翻到了沟里,车夫用鞭子抽了他一顿。他只得回到母亲身边,再也没有出去旅行过。

小小的毛驴儿

从前，一位国王和王后没有孩子。王后苦苦祈祷："我就像一块农田，可田里什么也种不出呀！"上帝闻言，让她遂了心愿。可分娩时，孩子却是一头小毛驴。妈妈非常痛苦，想把它扔了喂鱼。国王却说："既然上帝赐他给我们，他就是我的儿子，将来我死了，让他继承王位。"小毛驴逐渐长大了，耳朵又细又长。但他性情活泼，很爱玩耍，也很喜欢音乐，学会了弹琴。一次，王子来到井边，他在井中看见了自己的模样，他灰心透顶，只带着一个忠实的伴儿离家出走了。他们到处流浪，来到一个王国。老国王有个独生女，非常漂亮。毛驴说："就在这儿住下来吧！"他边敲门边喊："城外有客人，快开门啊！"门没开，他便坐在地上，用两只前脚弹出优美动听的曲子。守门人听呆了，跑去报告国王："外面坐着头小毛驴，琴弹得可好呢！""请他进来吧。"国王应允着。小毛驴一走进大厅，便遭到大家的讥笑。国王让他坐在下人的桌上，他不愿意，说："我是位贵族，可不是一般的毛驴。"大家说："既然这样，你和武士们坐在一起吧。""不，我要坐在国王身边！"国王很开心，笑着说："好吧，我答应你了，你坐过来吧！"国王问他："你觉得我女儿如何？"小毛驴转过去看她，说："太漂亮了，我还从没见过她这么美的女孩子！""那么，你坐在她身边吧！""好吧。"国王问他："你想娶我的女儿吗？""啊，是的，"毛驴答道，"我想娶她。"豪华的婚礼举行了，新婚之夜，新娘新郎被送入洞房。国王想知道毛驴是否还是那么有教养，便命一名仆人躲在新房里。新郎关上门，看了看周围，真的只有他们两个，便脱去身上的驴皮，此时站在公主面前的是位英俊的王子。"你看我是谁？"他说："我是否配得上你呢？"公主欣喜若狂，吻着他，不顾一切地爱上了他。早上，他又披上驴皮,谁也想不到驴皮里有英俊的王子。那个仆人向国王报告一切,国王不敢相信。"那你今晚自己去守着,你就会发现一切。陛下,你把他的驴皮扔到火里,那他就得现出原形了。""这办法挺好。"国王当晚等两个人睡了之后,进入新房,走到床边,月光下果然有一位高贵的青年睡着,驴皮就在地上。他拾起皮,下令在院中升起火,把皮扔进去,直至烧成灰才走开。青年醒来,想披上皮,却怎么也找不到。他难过地说:"我得走了!"刚跨出门,国王已站在他面前,说:"孩子,你这么英俊,别再离开我,我可以马上把一半江山给你,我死后,你会成为国王!""那么,我也会有始有终的,"青年说,"我留下来。"他掌管了半个王国。一年后,国王死了,他成了国王。他父亲死后,他又拥有了一个王国。从此,他和公主过着幸福的生活。

烈火中烧出的年轻人

当耶稣在人世间巡视的某个夜晚,他和圣彼得在一个铁匠家过夜,并受到了丰盛的款待。此时,一个老乞丐来到铁匠门口,要求施舍。圣彼得很可怜他,开口说道:"主和师傅,如你愿意,让他恢复健康,自食其力吧!"耶稣动了善心,说:"铁匠,借你火炉一用,我要把他变成个年轻人。"铁匠很高兴,圣彼得扯起风箱,炉火很旺,耶稣抓住老头,把他扔进火里。他在火中像一株可爱的玫瑰,口中吐着对上帝的赞词。耶稣走到冷却槽边,把他拖进去,用水没过他,当他完全冷却的时候,给他祝福。那小人儿蹦出来,肌肤娇嫩,精神焕发,跟一个二十岁的小伙子无异。铁匠看清了一切,邀请他们一起去吃晚饭。

第二天早上,耶稣上路了。铁匠以为已学会了一切,便问姨娘,想不想变成一个十八岁的小姑娘。她忙说:"打心底愿意呢!"铁匠烧起旺火,把她推了进去,老太太发出一声声的惨叫。铁匠叫道:"别叫,我要好好烧火。"又扯起风箱,老太太的破衣服全着了,她不停地喊着。铁匠想:"功夫还不过关呢。"便把她揪出来,扔进冷却槽。铁匠的媳妇和弟媳妇在对面楼上听见了老太太的喊声,赶了过来,见她已蜷成一团躺在水槽里,早已没有人形了。两个女人都在怀孕,受到惊吓,当天晚上生下两个像猢狲的孩子,便跑到森林中去了。从此他们成了这些猴儿的祖宗。

上帝的动物与魔鬼的动物

　　上帝造出了所有的动物,他选狼做他的狗,却忘了造羊。于是魔鬼造出了羊,尾巴又细又长。这一来可麻烦了,羊每次吃草总把尾巴挂在刺篱笆中,每次都得魔鬼替它们解开。时间长了,魔鬼烦了,吃去了所有山羊的长尾巴。于是,我们今天见到山羊的尾巴只有短短的一截。

　　现在山羊可以自己照顾自己了。但它们一会儿破坏长满果子的树,一会儿咬葡萄藤。上帝疼在心里,便放开他的狼,狼把羊咬死了。魔鬼忙去找上帝,斥责他把自己的造物咬死了。上帝说:"那你为什么造了些害人的东西呢?"魔鬼说:"没办法,我的本性是要害人,我造出的东西当然也如此了。你得赔我。"上帝说:"好吧,等橡树落叶,我就把钱备好等你来。"叶落之时,魔鬼来了。上帝说:"君士坦丁堡的教堂里有一棵橡树,上面的叶子一个也没落呢。"魔鬼去找那棵树,它在沙漠中找了六个月,终于找到了。回来的时候,其他橡树又通通长满了叶子,账勾销了,盛怒的魔鬼只得挖去了所有羊的眼睛,把自己通红可怖的双眼安了进去。

　　从此以后,山羊都有魔鬼一样的眼睛和短短的尾巴。魔鬼呢,似乎也很喜欢变成羊的样子。

十二个懒工人

有十二个长工,第一个说:"我有自己的懒法。我的第一项任务是保养身体;我吃得多,喝得更多。吃完四顿饭我会节食一段时间,等又饿的时候,吃起来胃口又会很好。到中午的时候,我早早找好午睡的地方。老板叫我,我就装作没听见;再叫,我就磨蹭,实在不行才蹭过去。这样的生活才可以过。"第二个说:"我负责养马。我用铁块堵住马嘴,不乐意就不给它吃,骗东家说它吃了,我就躺在燕麦里睡一会儿。睡够了,我伸出脚在马身上蹭,就算刷过马了。我干活吃不消。"第三个说:"干活岂不是自讨苦吃?我喜欢躺在太阳光下睡觉,下雨了,我也不起来。雨冲跑了我的头发,在我头上打了一个洞,我用橡皮膏一贴,就对付过去了。我身上这样的伤口已不止一处了。"第四个说:"该我干活,我就问,有谁愿给我当助手吗?若有,我就把活给他们,我在一边看着。即使这个对我也太难。"第五个说:"我呢,要清扫马圈的粪便,把它装上车。我慢慢地叉起一点,拉到一半的地方休息一会儿,我可不想太卖力气。"第六个说:"我才不怕干活呢,只是睡三星期觉懒得脱一次衣服。不系鞋带,鞋掉就掉吧。我上楼时,先一只脚一只脚挪到最下一级,再数剩下多少,以便弄清在哪儿需要休息。"第七个说:"我可不行。东家监视我干活,但他整日不在家。我可没耽误事。若想让我往前走,须有四个壮汉推。一张床上并排六人睡,我可以挤进去睡,睡着就不醒,若想让我回去,就只好抬我喽。"第八个说:"也许只有我活泼好动了。遇上前面有石头,我干脆躺倒。身上湿了,我也躺着。"第九个说:"这算什么!今天我面前有个面包,我懒得拿,差点饿死。旁边有一壶水,我嫌沉,宁可渴死。"第十个说:"懒害死我了,这不,断了条腿,腿肚也肿了！当时我们共有三个人躺在路上,有人赶车过来,它们从我身上碾过去。我可以缩腿,可我没听见车声,因为一些蚊子在叫,从我鼻孔钻进来,从嘴里飞出来,我也没力气赶它们!"第十一个说:"昨天我辞工了,我才懒得替主人搬那些死沉的书。不过,他辞了我也有道理,因为我让他的衣服上都是灰,被虫咬烂了。"第十二个说:"今天,我赶车去地里,在车上铺了草,睡着了,缰绳滑了。我醒时,马挣脱了,马套丢了,缰绳等通通不知去向,车陷在泥中。我才不管呢,依旧躺着。主人来了,自己把车推了出来,要不是这,我现在还在那车上睡得正熟呢!"

骗来的银币

　　一天，父母和孩子在吃午饭，桌旁还有一位来访的好友。钟敲十二点时，客人突然看见门开了，进来一个脸色苍白的孩子，一身白衣，他一句话不说，径直走进隔壁的房里。过了一会儿，他又一声不吭地走了出去。第二、第三天，孩子又来了。客人问父亲，那个孩子是谁家的。父亲说："哪有什么小孩。"又过一天，小孩又来了，客人指给他们看，可这对夫妇和小孩还是什么都没看见。客人站起来，走到隔壁，推开门朝里看，那小孩坐在地上用手在地板里掏着。他一发现有陌生人，就消失了。客人把一切描述给他们，母亲说："那是我四星期前死去的孩子。"他们挖开地板，发现了两枚银币。这是孩子从母亲那儿讨的想施舍给一个穷人的银币，可他又想："我可以去买一块烤饼呀。"于是他把银币扣下来，放在地板缝里。这下，他躺在坟墓里不得安宁了，每天中午都来寻那两块银币。他父亲把两个银币施舍给一位穷人后，那个上孩子再未出现过。

老麻雀和它的四个孩子

一只老麻雀养了四个小麻雀。小麻雀刚会飞时,一群孩子来捅窝,幸好小宝宝们都随风飞了。

秋天,许多麻雀聚集在一块麦田里。老麻雀见了它的四个儿子,把它们带回了家。"我的孩子们,我一个夏天都在担心,因为你们还没得到我的教训就飞走了。你们可得跟紧父亲,凡事小心,因为咱们根本经不起大风浪!"它问老大夏天如何度过,如何养活自己。"我待在花园里,吃蛹、蛐虫充饥。""咳,你还可以,"父亲说道,"不过这很危险,一定要小心,花园里有时会有人拿些绿色的中空的棍子,前边还有一小孔。""是,爸,可要是小孔上用蜡粘了绿色的叶子会如何呢?"儿子问道。"你见过这样奇怪的东西吗?"儿子说:"嗯,商人的花园里有。"父亲说:"商人都是机灵鬼,你要好好学经验,只是别太自信。"

它又问老二。"在王宫里。"老二答道。"麻雀不应在这里住,这里除了金子、绸缎、武器,还有凶残的鸟,食雀鹰,你应去马棚,那里有燕麦、谷子,你在那儿才能每天吃上碎米,过得幸福。"老二说:"不错,爸,但那些年轻马夫很坏,在草堆里设了陷阱,我们会被逮住的。""你在何处见的?"父亲问道。"王宫里的马夫就如此。""噢,我的儿子,宫里都是帮坏蛋。你若能待在他们身边不吃半点亏,你就出息了,知道怎么混了。但一定要小心,小狗虽机灵,有时也会被狼吃掉。"

它又问老三,老三回答:"我总在公路、村道旁等着,看能不能捡到一粒米。"父亲说:"你的口福不错,可安全很重要,要时常注意四周,别让人捡石头砸你。"老三说,"如有人事先已把石子什么的放在衣袋里了呢?""你见过吗?""矿工就是这样,他们出地面时常把石头带在身边。""矿工、工匠们都很机灵,你跟他们在一起,也会有收获的。走吧,把你的东西管好,矿上的好事者已害死好多麻雀了。"

    然后,父亲来到小儿子跟前,让它跟着自己走。"亲爱的爸爸,如果能不伤害别人就养活自己,它肯定能长寿。上帝就是我们这些小鸟的保护神。任何小鸟的祈祷他都能听到。他要不高兴,我们这些鸟一只也不会掉到地上。"——"你和谁学的?"儿子说:"我曾被风吹到一个教堂。我在吃窗上的苍蝇时听神父布道说的。正因为上帝保佑我,我才躲过了所有的灾难。""太好啦!儿子,你仍飞到教堂去,吃以前的食物,向上帝呼唤,把自己托付给他,你就会永远幸福,不必再去怕那些凶恶的大鸟了。"

        把自己托付给上帝

        沉默,耐心,等待;

        坚定的,有善良之心,

        上帝会帮他得安宁,永远保佑他。

世界经典文库

世界二十大名著

格林童话

图文珍藏版

白雪与红玫

在穷寡妇的屋前有个花园,长着两朵玫瑰,一红一白。她有两个女儿,也叫白雪和红玫。她俩相亲相爱,总是形影不离,白雪说:"我们谁也不离开谁。"红玫补充:"一生不分离。"有一天早晨,当她们在森林中醒来时,见到一个非常漂亮的男孩,一身白色的衣服闪闪发亮。小男孩和善地看看她们就进森林去了。她们转过身才发现身后就是悬崖,太危险了。母亲告诉她们,那一定是保佑好孩子的安琪儿。

有天夜晚,她们正坐着,有人敲门。母亲以为有旅行者,让红玫开门。红玫心想一定是个穷人,谁知有一个大熊脑袋探进来。红玫吓得转身就跑,屋子里的动物也吓坏了。白雪躲在母亲身后。熊却说:"我不害你们。我好冷,让我暖和暖和吧。"母亲说:"好吧,不过要小心。"又唤白雪、红玫出来。

姐俩都出来了,又应熊的要求把它皮袍里的雪扫干净了。熊非常舒服,高兴极了。

睡觉的时候,母亲让熊在火炉边睡,以抵抗寒冷。第二天一大早,姐俩就把熊放回森林。以后,每晚熊都会来,跟她们玩耍。姐俩习惯了这一切,熊不来她们就不关门。

春天来的时候,熊对白雪说它整个夏天都不再来,因为它要去林中守自己的宝藏,防止那些凶恶的侏儒们偷。

有一天姐俩去林中捡柴,见一棵树倒在地上。树干旁有东西在动,走近才发现是小侏儒。他的胡子的下半截夹在树缝里,没办法出来。

小姑娘无论怎么使力也拔不出它,白雪拿起剪刀剪掉了胡子尖。小矮人一脱身就抓起藏在树根边的一袋装满金子的口袋。他气呼呼地走了。

又过了几天,姐俩去钓鱼。她们见到一个蝗虫大小的东西似乎想跳到水里去。她们认出又是那个小矮人。红玫问他是不是想跳水?他没好气地说:"你不知道那条鱼想把我捉进水里去吗?"原来,他在钓鱼时被风把胡子和钩线绞在一起。她俩费尽了力气,可胡子缠得太紧了。她们只好又把胡子剪了一点。小矮人暴跳如雷,骂她们毁坏别人的容貌,说自己这个样子没脸再见家人了。让她们滚。他拾起藏在芦苇中的珍珠,飞快地跑了。

又一天,姐俩被派去城里买针线。经过一片荒原的时候,见到处是巨大的岩石。头顶一只大鸟在急速降落,落在不远处的一块岩石旁,她们听见惨叫声便奔过去。发现猎物正是那个小矮人。两个姑娘赶忙上去帮忙,终于将小矮人救下。小矮人刚恢复,就冲她们喊,说她们扯坏了他的衣服。说完他扛起一袋宝石钻进地洞。姐俩买完东西回去时又经过荒原。见小矮人正在一块干净的地上晒宝石。两个小姑娘见到金光闪闪的宝石惊呆了。小矮人很害怕,惊叫起来。正在这时,一声吼叫传来,跑出一头黑熊。小矮人想跑,可熊已冲到。他胆怯地说:"熊先生,饶命,我的宝藏都给您,您给我一条命。那两个坏心眼的小女孩肉可嫩呢,你吃了她们吧!"还没说完,熊就击了他一下,他死了。

姐俩想跑。熊却在背后叫她们的名字。她们停下脚,熊追上了她们,熊皮突然掉下来,她们面前站着一位英俊的王子。他告诉她们他本是一位王子,是小矮人偷走了他的珠宝,还把他变成了整天在林中跑的野熊。现在他死了,王子终于得救了。

白雪嫁给了王子,而红玫嫁给了他弟弟。他们平分了小矮人洞里的金银财宝。老母亲和她的孩子们一起幸福地生活了许多年。她把玫瑰移植进宫中。每天,它们都绽放出无比鲜艳的花朵,里面有红的,也有白的。

用玻璃做的棺材

有一天，一个善良的能干的小裁缝在林中散步的时候迷了路。夜幕降临的时候，吓得浑身发抖的他不得不找个栖身之处。他选中了一棵高大的橡树爬了上去，幸好他有随身带来的熨斗，要不他不被飓风吹走才怪。

这几个小时，他胆战心惊，害怕极了。他想，与其一晚上在这儿，不如去那有灯光、也有人的地方。他慢慢地来到一间芦苇编的小屋跟前，敲了敲门。门开了，一个身着五颜六色的碎布做的衣服、留着花白头发的老头出现在他面前。老头答应让他进屋。不仅给了他吃的，还让他睡在屋角一个不错的地方。

裁缝困得想一觉睡到天明，可巨大的声音把他吵醒了。他奔到门口，见到一头黑牛和鹿在搏斗。它们各不相让，拼得你死我活，发出惊天的叫声，大地似乎都在震颤。终于，牛被鹿角刺中了肚子，倒下了。鹿似乎还不解恨，又给了牛几下，牛死了。

裁缝惊得哑口无言。正在这时，鹿飞奔过来，把他顶在自己的角上，穿过无数的田野森林。小裁缝怕极了，唯一能做的就是抓紧鹿角。鹿在悬崖边停下，放下了裁缝。他也不知过了多久才苏醒过来。鹿不见了。小裁缝茫然不知所措。这时岩壁里有个声音吸引着他。"别怕，没有人会伤害你，快进来。"小裁缝犹豫着走了进去。那个声音让他踏在厅中央的石板上。

他站在石板上，石板突然下陷，当石板停下来的时候，他发现了一座精美的建筑物，里面样样俱全，甚至有农庄，谷仓，像真的一样，非常精致，只不过是微缩的。裁缝想那一定是一位好工匠刻出来的。

他舍不得把目光移开,可他又听见那个声音让他回头看另外一只箱子。这次,他看到里面有一位姑娘。她安详地躺着,似乎睡着了,她有着美丽的金发和看起来昂贵的外衣。虽然她闭着眼,可她红润的脸色和随呼吸左右摆动的缎带证明了她还活着。小裁缝屏住呼吸看着她。忽然,姑娘睁开眼,惊喜地望着小裁缝。她叫起来:"老天呀,这是真的吗?我终于要自由了!快,帮帮我,打开这棺材救我出来。"小裁缝按她的话做了。姑娘爬出来,走到角落里穿上一件宽松的衣服,坐到了石板上面。她亲热地吻着年轻人,说着赞扬的话:"你是上帝派来拯救我的人,你将是我的丈夫。你将得到一切,包括我的爱。我们会幸福一生。那么,愿意听听我的故事吗?

我很小的时候就成了孤儿。跟哥哥相依为命。我们家总有很多朋友来做客,而我们也尽可能地接待好每一个人。有一天,家里来了个陌生的年轻人,要借宿一夜。我们愉快地同意了。晚饭桌上,他风趣幽默的谈吐让我们很开心。哥哥很喜欢他,便问他能否多住几天。他想了想之后答应了。我们吃完饭的时候已经很晚了。客人也去了自己的房间。我很累,很快进入了梦乡。不久,我被一阵美妙的音乐惊醒,可我发现自己像着了魔一般,竟然说不出话来。灯光下,我看见那个客人穿过两重紧闭的门走进我的房间。他说那音乐是他施展魔力发出的,他此次来的目的就是为了赢得我的爱情。我很讨厌他的手段便不想理他。于是我一夜无眠,直到快天亮才合了一下眼。一醒来我忙去找哥哥,好向他说明这件事。可他不在。用人说他一早就和客人去打猎了。

不好!我忙命人备马,带了一个用人向森林奔去。忽然,那个陌生的年轻人牵着一只漂亮的鹿出现在我面前。我上前质问他。那个年轻人又施展魔咒,使我晕了过去。

醒来的时候我就已经睡在这个玻璃做的棺材里了。那怪物还来过一回,让我知道那只鹿就是我哥哥。我们的家全被缩小装进了那个玻璃箱。至于玻璃瓶里的蓝气,那是我们的用人。我做了一个梦,梦见有个年轻人来救我。我睁开眼就见你在跟前,我简直不敢相信这是真的。"快帮帮我吧! 来,帮我把装我家的箱子搬到大石板上去。好吗?"

石板上刚有重量,它就开始上升,他们重新回到了原来的大厅,接着来到户外。箱子被打开了,里面的一切又变成真实的,摆在他们面前。他们又去地下运回了装蓝气的瓶子。瓶子打开的时候,气体喷出来,一个个真人出现了,这正是小姑娘的用人们。此时,他们惊奇地发现小姑娘的哥哥正愉快地向他们走来呢。原来他已杀死了那变成黑牛的怪物,终于能恢复原形了。就在当天,在祭坛前,姑娘和小裁缝举行了幸福的婚礼。

懒汉海因茨

海茵茨是个懒汉。他每天只赶一只羊去放牧,可他每天回家以后仍然长吁短叹。有一天,他有了主意,他告诉自己:"去娶胖姑娘特丽涅。她不是也有一只羊吗,我娶了她,她就可以一块儿放两只羊了,我岂不是乐哉了!"

这样想着,海因茨起身,费力地迈着步子穿过公路。他知道胖妞特丽涅的父母住在附近,他决定向他们善良可爱的女儿求婚。他们认真地想了一段时间,便答应了。这样海因茨便娶了胖胖的特丽涅做他的老婆;而特丽涅每天都牵着两只羊到山上去,让它们吃草。

不久,特丽涅也变得懒惰了,有一天她说:"亲爱的海因茨,何必这样自找苦吃呢?我们何必把我们最灿烂的青春光阴用在辛勤的劳动上呢?这两只山羊——每天清早就把我们吵醒,然后又浪费我们时间去放它们,——我们不如跟邻居交换一群蜜蜂,这样多好啊!"

他们的邻居也觉得用两只母羊来交换一箱蜜蜂非常合算,于是便答应了。这样,海因茨家里每天从清晨到黄昏便有一群蜜蜂飞进来飞出去,不久蜂箱里装满了蜂蜜。秋天来了,海因茨用罐子从蜂箱里取出一大罐蜂蜜。

夫妻俩把蜂蜜放在一块固定在卧室墙壁上的木板上。他们害怕小偷会把蜂蜜偷走或者老鼠会把它吃掉,于是特丽涅找来一根很粗的棍子,放在床头,这样她不起床就能拿到棍子,可以用它把小偷和老鼠赶走。

懒鬼海因茨现在已经懒到中午才肯起床,有一天早上,天已经完全亮了,他从沉睡中睁开双眼,躺在被窝里对妻子说:"女人都喜欢吃甜的食物,为了防止你把蜂蜜吃光,我最好拿它去换一只快生小鹅的母鹅。""别着急,"特丽涅说,"等我们生了小孩,等他能放鹅的时候再去换吧,这样我们可以让我们的孩子去喂养那些小鹅,而我们也不必受干活劳累之苦了。"海因茨说:"现在的孩子干活时总是随心所欲,把父母的话当耳边风。就像以前那个仆人,你让他找牛,他却偏偏去追那三只画眉。""唉,"特丽涅说,"我们的孩子要是不听话,我非用棍子把他整得服服帖帖的,你等着瞧吧,海因茨。"她一边大声说,一边拿起平时放在床边那根粗棍子,"瞧,我就这样打他。"她高高地举起棍子,很不幸地的是放在板子上的蜂蜜罐被她打翻了。罐子碰在墙壁上,掉到地上时已摔碎了,蜂蜜洒了一地。"我们再也不能换怀有小鹅的母鹅了,"海因茨说,"我们的孩子也不用再放小鹅了,值得庆幸的是罐子没有砸着我们的头。"当他把眼睛扫向地上时,他看到一块蜂蜜粘在一块陶罐碎片上,于是把它捡起来,高兴地说:"还有一点儿,宝贝,我们把它吃了吧。经过这场虚惊之后,我们可以起得晚一点,反正天还没黑。""当然!"特丽涅说。

怪鸟格莱弗

从前有一位国王。他有一个生病的女儿。有一位预言家告诉国王:公主只有吃了某种苹果,才能治好病。于是国王便通告全国:谁送来的苹果让公主恢复了健康,他就把公主嫁给谁,并且把自己的王位传给他。有一对老夫妇,他们生有三个儿子,听见这个消息之后,老父亲便对大儿子说:"你到园里去摘一篮大大的红苹果,送到宫里去,说不定公主吃了以后,病就好了,这样你就可以娶她为妻,并且当上国王了。"大儿子按着父亲的主意去办了,在路上,一位白须飘飘的小老头拦住了他,问他篮里装着什么东西。这位名叫乌利的小伙子以为他想吃他的苹果,便回答说:"里面是蛤蟆腿儿。"到了王宫,当乌利打开篮子时,国王勃然大怒,原来装在篮子里的是一些蛤蟆腿儿。乌利立刻被侍卫撵出了宫门。老头子只好让二儿子塞默去碰碰运气。可塞默的境况跟乌利也差不多,他在去王宫的路上也碰见了那位小老头儿,当那位小老头儿问他篮子里面装的是什么时,他跟乌利一样,以为老头儿想吃他的苹果,便撒谎说:"是猪鬃。"到了王宫揭开篮子后,他也吓坏了,因为里面全是猪鬃。这一次,国王更生气了,他让侍卫狠狠地抽了他一顿鞭子,把他赶了出去。回到家后,塞默也把事情的经过告诉了父亲。老头子的第三个儿子叫汉斯,为人忠厚诚实,不像两位哥哥那样圆滑,看起来有点傻气。那天晚上,汉斯梦见了国王的女儿、庄严豪华的王宫,以及王宫里的许多奇珍异宝。第二天清晨,汉斯到苹果园里摘了一大篮漂亮的红苹果,然后就上路了。在路上那个神奇的小老头儿也拦住了他,问他篮里装的是什么东西。汉斯诚实地告诉他说,篮里装的是苹果,是想送去给公主吃让她恢复健康的。"嗒,"小老头高兴地说,"是就是,永远不变!"

不久汉斯便来到皇宫,把苹果送给国王。国王看了之后,派人立刻把苹果送给公主吃,公主吃了送来的苹果之后,很快就感觉到自己的病好了,于是便下床来见国王。国王高兴极了。但是现在他又不想把公主嫁给汉斯,更不想让汉斯继承他的王位,于是便出了一道难题,要汉斯造出一条在旱地上比在水中驶得更快更灵活的船。汉斯为了能娶心爱的公主,便毅然地接受了条件,汉斯干活干得非常努力,而且他一边卖力地干活一边快乐地唱歌或吹口哨。中午时,骄阳似火,天气酷热难当,这时灰白胡子的小老头儿又来了,他问汉斯在干什么,"造一艘船,要让它在旱地上比水里行驶得更快更灵便。"汉斯回答说,他造船是想让国王把公主嫁给他。"喏,"小老头说,"那就让它是,而且永远是吧!"傍晚,夕阳的光辉金灿灿的像黄金一样美丽,而这时汉斯已造好了国王想要的船。他坐进自己造的船里,朝王宫划去,船跑得真快呀,像风一样。国王站在很远的地方就已看见了汉斯的船,可是这时他仍然不想让汉斯娶公主为妻。于是他又继续为难汉斯,让他放养一百只兔子,时间是从清早到晚上,而且不能让一只兔子死去或跑掉,否则的话,他就别想娶公主为妻。汉斯也做到了。可是这时国王还是不想把自己的女儿嫁给他,他让汉斯去完成一个更艰难的任务,叫他去偷一根怪鸟格莱弗尾巴上的羽毛。据说格莱弗鸟神通广大,什么都知道,但是它又非常残忍,没有一个基督徒能跟它讲话,它会把他们全吃掉。于是汉斯立刻起程,马不停蹄地向前赶路。费了千辛万苦到了格莱佛的住处,在它睡觉时偷着拔了一根毛。第二天清早,格莱弗出去了。这时已得到一根美丽的羽毛的汉斯迫不及待地赶了回去,把羽毛交给了国王,终于,国王答应了把公主嫁给他。

强壮的汉斯

　　从前在一个偏远僻静的小山谷里住着一对夫妇,他们只有一个孩子,名字叫汉斯。有一天,小汉斯跟着母亲一起到树林里去捡冷杉枝。突然,从丛林里跳出两个强盗来,他们一把抓住汉斯和他母亲,把他们带到森林深处。最后进入了一个大山洞,山洞里正烧着炉火,把四周照得很明亮。可以看见许多刀和剑之类的杀人凶器挂在墙壁上,在炉火的照射下闪着冷光;一张黑色桌子摆在洞中央,有四个强盗正围坐着在那儿打牌,坐在上首的那个人是强盗的头儿。他们指了一张床给她和孩子睡觉用,并且给了她一些食物。

　　就这样,女人在强盗窝里生活了许多年,汉斯已经长得又高又壮了。母亲常给他讲故事,并教他念一本从洞里找到的破旧的骑士书。当汉斯九岁时,他用枞树枝做了一根很粗的棒子,并把它藏在床背后,以防止被强盗看到。晚上,汉斯拿着自己做的大棒,走到刚抢劫回来的强盗那里,问他们头儿说:"我现在很想知道谁是我的父亲,你如果不想死的话就马上告诉我。"强盗头子哈哈大笑,给了汉斯一耳光,汉斯被打得直滚到桌子底下。汉斯没有说话,默默地站起来,心想:"我还是等一年之后再试一试,那时结果也许会好些。"一年后的一个晚上,强盗们抢劫回来后,喝酒喝得大醉如泥。这时汉斯又拿起木棒,走到头儿面前,问他的父亲是谁。这次强盗头儿又狠狠地给了他一耳光,虽然汉斯又被打到桌子底下,但是不久他就站了起来,他拿起棒子朝头儿和其他强盗猛打,直打得强盗们躺在地上不能再站起来,母亲站在角落里,十分惊讶汉斯竟然这样勇猛强壮。汉斯看到母亲,便走到她跟前说:"亲爱的妈妈,请快告诉我谁是我的父亲,现在我们的处境很危险。""亲爱的孩子,"母亲说,"现在我可以带你去找了,我们一定要找到他。"汉斯把许多的金银财宝装在一个大口袋里,然后背在身上,她母亲从强盗头身上取出大门钥匙,打开大门,这样他们离开了山洞。汉斯走出黑暗的山洞来到明媚的阳光下,这时他看到一幅美丽的景象:绿油油的森林,五颜六色的鲜花和唱歌的小鸟,还有空中灿烂的朝阳,看到眼前的一切,他觉得自己像做梦一般。最后,终于回到了他们以前居住的小屋前。父亲坐在小屋的门前,当他认出自己的妻子和儿子时,他高兴得眼泪都流出来了。汉斯这时虽然只有十二岁,但却比他父亲高出一头。父子俩开始修建新的房子,并且还用钱买来土地和家畜,准备建设一座农庄。汉斯犁地时,把犁用力推进泥土里,前面的两头公牛几乎用不着费什么力气。到了第二年春天,汉斯告诉父亲:"爸爸,这些剩下的钱你都留着吧。另外请你找人给我做一个散步用的手杖,越重越结实越好,我要离家一段时间。"汉斯在手杖做好以后便出门了。他不断地前行,来到一座阴森黑暗的大森林里。这时,有"咔嚓咔嚓"的声音传过来,他看到一个想用枞树搓绳子的人。"跟我一块儿走吧,别干这个了。"大汉于是从树上爬下来。虽说汉斯也不矮,但他比汉斯还要高出整整一头。汉斯给他起了个名字叫"旋转枞树的人"。他们继续前进。突然他们听见铁锤沉重的敲击声,每打一下,他们感觉大地都要颤抖三下。不久他们看到一个巨人站在坚硬的峭壁前，正用拳头想把一块块的大岩石敲下来。汉斯对他说："和我们一起走吧，你不用再造房子了，你以后就叫'劈岩石的人'吧。"巨人同意了，跟他们一起穿过森林。野兽见了他们会东奔西跑、逃之夭夭。一天晚上，他们来到一座空无一人的大殿，晚上就在大厅里睡了。第二天早晨，汉斯走进殿前的花园，那里非常凄凉，里面全是荆棘和灌木。他正走着，一头野猪向他冲过来，他用手杖打了它一下，那野猪就倒在地上死去了。于是他把野猪扛进宫殿。他们三人便用铁钎叉着猪肉烤着吃，吃得津津有味。第一天，汉斯和"劈岩石的人"去打猎，"旋转枞树的人"留在家。当"旋转枞树的人"正忙着做饭时，一个满脸皱纹的小矮人进来了，向他要肉吃。"滚开，小矮人，"他嘲笑着说，"你吃肉有什么用！"可是让人意想不到的是，这个小矮人向他冲过来，轻而易举地就把他打倒在地上，小矮人气呼呼地走了。另外两个人打猎回来后，"旋转枞树的人"却闭口不谈刚才所发生的事情。他想："等我不在的时候，也让他们尝尝那个小矮人的厉害吧。"这个想法很快就使他忘记了挨打变得快乐起来。第二天，"劈岩石的人"留在家里，他的遭遇跟"旋转枞树的人"一样。汉斯跟"旋转枞树的人"晚上回来之后，"旋转枞树的人"就知道他出了事，但是两人都不想说，都想让汉斯尝尝被打的滋味。第三天，汉斯留在家里烧饭。当他正站在灶台边烧水时，小矮人又来了，让汉斯给他块肉吃。汉斯想："这个小矮人挺可怜的，我就少吃一点，把我那份分给他一点吧。"于是汉斯递给他一块肉，小矮人狼吞虎咽地吃完后，又向他要，汉斯可怜他，便又给了他一块，并告诉他说这块肉非常好，他应该满意了。谁料小矮人吃完后又伸手要肉。汉斯这次没有给他，说："你脸皮真厚。"这时凶恶的小矮人便扑上来，想打汉斯，可是他没有想到汉斯比那两人要强壮多了。汉斯打了他几巴掌，把他打得滚到台阶下面去了。汉斯由于人长得高腿也长反而被他绊倒了，因此没有追上。小矮人跑进森林并钻进了一个地洞。汉斯只好先记住那个地方，然后回家了。随后他们三个人带上箩筐和绳子，来到小矮人钻进去的地洞。汉斯坐在筐里,随身拿着他的棍子,被其他两人放进洞口。汉斯到了地下,看见前面有一扇门,他打开门,发现里面坐着一位貌若天仙的姑娘,而那个小矮人正坐在她旁边,瞪着汉斯。当汉斯看见姑娘正被链子捆着,并用乞求的眼光看着他时。汉斯想:"我一定要从小矮人手里救出这位姑娘。"于是他举起棍子朝小矮人狠狠打去,小矮人倒在地上死了。汉斯很快地替姑娘松去了身上的链子。姑娘告诉汉斯,以前她本是一位公主,后来一个野蛮的伯爵把她抢走,因为她不愿理他,便被关在这儿的地洞里,被小矮人看管着,受尽了折磨。汉斯让姑娘坐在箩筐里,让两个伙伴把她拉上去。两个伙伴再没有把箩筐放下来。汉斯心想:"要是我在这洞里被活活饿死,那就惨了。"他来回不停地走,当他再次走到姑娘原来在的地方时,他看见一枚闪闪发光的戒指套在小矮人的手上,于是便把它褪下来戴在自己的手指上。他转动了一下戒指后,便听见头顶上有响声,抬头一看原来是几个天使在翩翩飞舞。天使们问他有什么吩咐。开始汉斯几乎不敢相信,但很快他便吩咐他们把他抬出山洞。但这时已经没有人在那里了;他跑回宫殿,还是没有人。原来"旋转枞树的人"和"劈岩石的人"带着公主逃走了。这时汉斯想起了天使们,便转动了一下戒指,很快天使又出现了,他们告诉汉斯那两个家伙已经在海上了。天使飞过来带着他迅速靠近了海上的小船。到了船上,汉斯挥动棒子,把他们打下水,使他们得到应有的惩罚。漂亮的姑娘刚才被吓坏了,汉斯现在又一次救了她。汉斯划船把她送到她自己的家里,随后他便娶了她做妻子,所有的人都替汉斯高兴。

瘦瘦的丽丝

　　瘦瘦的丽丝对生活的想法跟懒惰的海因茨和胖胖的特丽涅完全不一样,任何事情都不能打扰那两个人休息,丽丝从早到晚从不闲着,让她的丈夫大个子伦茨也干很多活儿,他背的东西重于一头驮三袋小麦的驴子。虽然这样,他们却仍然没有什么收获,生活还是很贫困。一天晚上,丽丝躺在床上,想着心事,无法睡去。她碰了碰身边的丈夫,说:"伦茨,我跟你讲讲我的想法,你听着:如果我能捡到一块金币,别人又送我一块,我自己再去借一块,并且你也给我一块,那么,我一共有四块金币,我打算用它去买头小母牛。"丈夫听了很高兴地说:"虽然我没有那块可送给你的金币,但等你真有了这四枚金币,你就可以买头母牛,你怎么想就怎么做吧,我非常高兴。"然后,他又说:"等这头母牛下了崽儿,那时我就可以常常喝点牛奶了,好提提神。"妻子说:"你不能喝牛奶,应该让小牛喝,这样它才会长得快,卖时也好卖得钱多一点。""那当然了,"伦茨说,"不过我们喝一点点不碍事。""你不能这样对待母牛,"妻子说,"不论有没有事,我都不会答应。你要是再这么想入非非,你永远喝不上一滴牛奶,你这个贪得无厌的傻大个儿,你吃光了我辛辛苦苦挣来的全部东西,知道吗?""老婆,"丈夫说,"别说了,否则我用帕子把你的嘴堵起来。""什么?"妻子大喊道,"你想吓唬我,你这个贪吃鬼,你这个电线杆,你这懒鬼伦茨。"她想抓他的头发,可是大个子伦茨已经坐了起来,瘦丽丝的两条胳膊被他用一只手捏在一起,她的脑袋也被他用另一只手按在枕头上,无论她骂多久,都不放手,一直等到她睡着了才松开。第二天一早,他们醒来后是否再争吵,丽丝是否出去找她想要的那块金币,这些我都不清楚喽。

林中小屋

　　在大森林边上，有一间小屋，一个贫穷的砍柴人带着妻子和三个女儿住在里边。一天清晨，他又要去砍柴时，对妻子说："今天你叫大女儿把午饭送到森林中来，否则我干不完活。我随身带一个装着小米的袋子，沿途撒些米粒在地上，这样她不会迷路。"当日正午时，大女儿带着满满一锅汤上路了。可是由于森林中的山鸟早已把小米吃光了，因此女孩迷路了。她只好凭运气继续往前走。她来到一座房子前，窗户口正亮着灯，她敲了敲房门，里面传出粗鲁的叫声："进来。"于是女孩走进黑暗的前厅，又敲了敲房间的门，"请进来吧。"那个声音又说道。她打开门，看见一个白头发的老头，双手托着脸，正坐在桌子房边，白胡子抱过桌子，差不多挨到了地面。有三只小动物躺在火炉边：一只小母鸡，一只小公鸡和一只花斑奶牛。女孩说出了自己的经历，请求留她在这儿过一夜。老头儿说："美丽的小母鸡，美丽的小公鸡，还有美丽的花奶牛，你们可愿意？""咯咯咯。"动物们回答。想必是说："我们很愿意。"老头儿接着说："这里什么都有，你到外面去给我们做顿晚饭吧。"女孩看到厨房里什么东西都有，而且非常多，于是便做了一顿丰盛可口的晚饭，但是她却没想到那些动物。她把食物端到桌上后，便跟老头一起吃起来，因为她实在太饿了。吃完饭之后，她问："我现在很累，我在哪儿睡觉？"

　　这时老头说话了："在楼上有一间小屋，里面有两张床，把它们整理干净，并铺上白色亚麻床单，过一会儿我也上来睡。"女孩上楼后，把床单抖干净又重新铺好，没有等那老头，就倒在其中一张床上睡了。不久，老头儿上来了，用灯照照那女孩，然后摇了摇头。他看见她已进入梦乡，便把地板上的一道暗门打开，让她沉到地窖里。

砍柴人直到晚上才回到家里。他责备妻子让他饿了一整天。"不是我的错,"妻子回答说,"我叫大女儿很早就带上午饭去了,她肯定是迷了路。"第二天清晨,砍柴人又到森林里砍柴去了,并且这次让二女儿给他送饭。"我带一袋扁豆,它比米要大些,这样她就能看清楚而不会迷路了。"二女儿到了中午,带上午饭出发了。和大女儿一样,她也在森林中迷了路,晚上她也来到那个老头儿的住房前,请求在这儿过夜,并向老头要了吃的。同样被老头儿沉到地窖里了。

第三天早上,砍柴人对妻子说:"今天让小女儿给我送饭,她会找着路的,她又善良又听话,不会像她两个野丫头姐姐一样到处疯跑。"母亲听后不情愿地说:"我不想再失去我最亲爱的孩子了。""别害怕,"父亲说,"小女儿又聪明又懂事,她不会迷路的。我会带很多比扁豆大得多的豌豆去撒在路上,这样可给她指路。"可是中午当小女孩带上午饭出发了以后,由于森林中的鸽子已把豌豆吞下肚去,于是她不知向哪儿走。她也来到那老头儿的小屋。

她按老头儿的吩咐做了一顿丰盛可口的晚饭,并端到桌上,然后想道:"我不能只顾自己吃饭,却让动物们挨饿,我要把它们先照顾好。"她又出去拿了些大麦来喂小公鸡和小母鸡,用清香的干草来喂奶牛。"可爱的动物们,好好吃吧,"她说,"我去弄点喝的给你们解渴。"她又去提了一桶水,小公鸡和小母鸡跳到桶的边沿上,像鸟儿喝水那样,把嘴伸进去后又抬起头来;牛儿也饱饱地喝了一大口。把动物们喂饱之后,小女孩才坐到老头儿对面,把剩下的东西吃了。不久,小公鸡小母鸡把头埋到翅膀里面,而花奶牛也眯起眼睛。这时小女孩便问:"我现在可以在什么地方休息?""漂亮的小公鸡,漂亮的小母鸡,还有你,漂亮的花奶牛,你们可愿意?"动物们回答说:"咯咯咯,你和我们一块儿吃,你和我们一块儿喝,你把我们全都想到,我们祝你睡个好觉。"

小女孩上楼后,抖松鸭毛枕头,把干净的亚麻床单铺上。她整理好后,老头儿上楼来,睡在其中一张床上,他的胡子长得一直拖到脚跟。小姑娘躺在另一张床上,祈祷完以后才入睡。

可是当她醒来时,她眼前却是一幅奇异的景象。她发现自己躺在一个宽敞的大厅里,周围像皇宫那样富丽堂皇:金色的花朵生长在四周墙边的绿缎底上,象牙的雕成的床,天鹅绒缝成的被盖,一双用珍珠串成的拖鞋摆在旁边一张椅子上。小女孩以为自己正在做梦,这时三个穿着讲究的仆人走了进来,问她有什么需要。"你们走吧,"她说,"我要立刻起床,给那位老人做饭,而且我还要喂美丽的小动物。"她想,那位老人该醒来了吧,就转过头朝他的床望去。没想到躺在床上的不是老头,而是一位陌生的男子。她仔细看了一下,他不仅年轻而且很英俊。这时他醒了,坐起来说:"我本来是一位王子,可是我被一个凶狠的女巫变成一个头发花白的老头儿,生活在森林中,我的三个仆人被变成了小母鸡、小公鸡和花奶牛,而且除了他们以外,没有人能跟我在一起。你就是我们要等的人,我们昨天午夜通过你得救了,我的皇宫也得以从破屋重新变回。"他们起床后,王子立刻派三个仆人去把女孩的父母接来,他要娶她为妻。"可是我那两个姐姐在哪儿呢?"姑娘问。"她们被关在地窖里,明天将被送到森林里去,给一位烧炭工当使女,她们的心肠什么时候变得不愿让可怜的动物们挨饿,我才放了她们。"

同 甘 共 苦

从前有一个裁缝,他有一个善良、勤劳又虔诚的妻子,但他却始终不喜欢她,而且老是嘀嘀咕咕,动不动对她就拳脚交加。这事不知怎么被官府知道了,把他关进监狱,好让他改正自己的错误。过了一段时间后,他被释放,并被迫发誓,不再打自己的老婆,要与她和睦相处,甘苦与共。可是好日子不久,他的老毛病又犯了,又变得嘀嘀咕咕,爱吵架。由于他不敢再用手打他,便扯她的头发,女人逃到院子里,他却拿起尺子和剪刀追,追得她四处跑,并且用剪刀、尺子和手边能拿到的东西打她。打中的话,他就非常高兴;没打中,他便对她骂个不停。他就这样不停地追,直到邻居们都跑来帮他妻子。这样,官府里又把他抓去,叫他回忆以前说过什么。"亲爱的大人,"他说,"我没有撒谎,也没有打她,而是与她同甘共苦。""这不可能!"法官说,"她这次又严厉地控告了你,是吧?""我没有打她,因为她看上去那么迷人,我只想给她梳梳头。她却气冲冲地挣脱掉,并跑了,我立刻去追她,为了能阻止她,我把手中的东西扔过去,作为善意的纪念。而且我确实与她同甘共苦了,因为打中的话,我高兴,她难受;没打中,她高兴,我难受。"法官对这荒诞的解释非常生气,便狠狠地惩罚了他。

篱笆国王

古时候,每种响声都有自己的内涵。铁匠的锤子声,是指"铁匠米托,铁匠米托!"木匠的刨刀声,是指"你有!你有!"磨坊的轮子响,是指"上帝保佑!上帝保佑!"如果磨坊主是个不诚实的坏人,小磨转动的时候,就用标准德语,先慢慢地问:"那儿是谁?那儿是谁?"然后又很快回答:"磨坊主!磨坊主!"最后快速地说:"大胆地偷、大胆地偷,一担偷三斗。"

那时候,每种鸟儿都有自己的语言,而且能被人听懂,但现在只剩下啾啾声、唧唧声和类似于吹哨的声音,还有的好像是没有词儿的音乐。鸟儿们有一天突然提出一个建议,想从它们当中选出一个当国王,但田鬼不同意,因为它喜欢自由的生活,因此它每天都飞来飞去,忧心忡忡,大声喊:"我到哪儿去呢?我到哪儿去呢?"最后它逃到一个遥远的沼泽地,再也不在同类当中出现。

在五月的一个早晨,从森林、田野的四面八方来了许多鸟儿,它们聚集到一起,商量大事,有一只母鸡不知道这件事,于是对盛大的聚会感到非常吃惊,它咯咯地问道:"这是干吗?干吗?"公鸡安慰它说:"那是一帮有钱有势的家伙。"并且告诉了它们的打算。鸟儿们一致同意,选飞得最高的人当国王。

事后大家决定,趁这晴朗的早晨一起飞到天上,免得事后有人说:"我本来可以飞高的,只是由于天黑了,便没有再往上飞。"信号一响,鸟儿们便一起朝蓝天飞去。田野里灰尘滚滚,嗖嗖声、呼呼声和扑扑的振动翅膀的声音到处可闻,那景象真像一片黑云掠过天空。雄鹰飞得最高,好像要把太阳的眼睛啄下来。当它看见其他鸟都不如它飞得高时,就想:"你已经是鸟王,你不用飞得更高了。"于是向下降,在

它下面的鸟儿一齐向它大喊："没有谁飞得比你高，你就是鸟王。""除了我以外。"一只没有名字的小鸟突然飞出来大喊，原来它刚才躲在鹰的胸毛里。这时它一点也不感觉累，便飞向空中，比鹰飞得还要高，飞到一定高度，它才收拢翅膀，开始下落，并不停地用尖利的嗓音大喊："我是鸟王，鸟王是我。"

"你不配当我们的大王，"鸟儿们气呼呼地大喊，"你用了阴谋诡计才飞那么高！"然后，它们又重新规定，谁在地上落得最深，选谁当王。于是，鹅在落地时用胸脯拍打地面。公鸡一落地，用嘴啄洞。而鸭子很倒霉，因为它落地时掉进了一个坑里，把脚扭了，它只得脚步蹒跚地朝池塘走去，并边走边叫："瞎扯蛋！瞎扯蛋！"而那只无名的小鸟找到了一个老鼠洞钻进去，并用尖细的声音朝上喊："我是鸟王，鸟王是我。"

"什么，你想当国王？"鸟儿们气冲冲地说，"你的诡计是不能得逞的！"于是它们决定把小鸟关在洞里，让它饿死。大家推选猫头鹰看守洞口，不准让小鸟逃出来。晚上来临了，鸟儿们睡觉了。而只有猫头鹰守在洞口边，看守小鸟。这时，它也很累了，最后睡着了。而那只小鸟也趁机逃走了。

从这以后,猫头鹰只敢在黑夜行动,因为白天它怕被别的鸟看见,它也怕被拔光身上的羽毛。它对老鼠恨得要命,专门在晚上出来捕捉它们,因为那个可恶的洞是它们打的。从此那只小鸟再也不敢露面了,它怕被逮住后有生命危险。它只能在篱笆间钻来钻去,偶尔大叫两声:"我是鸟王! 我是鸟王!"其他鸟儿也因此而讽刺它,叫它"篱笆国王"。

云雀是众鸟中最高兴的,因为它不用听"篱笆国王"的使唤。太阳刚一出来,它便飞到空中高唱:"啊,多么美好呀! 真是太美好了!"

猫 头 鹰

很久以前,人类比今天要无知和诚实多了,那时候一件怪事在一座小城里发生了。一只大猫头鹰名叫舒唬,从附近的森林里出来钻进了粮仓里,但它在天亮后却不敢从粮仓里出来,因为其他的鸟儿只要一看见,就会发出吓人的喊叫,而它对此非常害怕。早晨,仆人来到粮仓里取干草,突然他看见了坐在角落里的大猫头鹰,正滴溜溜地转着眼睛,他吓坏了,便赶快来到主人面前报告,说粮仓里有一个一口能把人吃下去的大怪物,他生平从未见过。主人听后,来到邻居们那里求援,让他们帮他对付那个可怕的怪物,不然要是等它从粮仓出来后,全城都会受害。随后,一片叫喊声与喧哗声充满了大街小巷,市民们拿着家里各种各样的农具作为武器纷纷赶到,整个城市进入了战备状态,甚至连市里的老爷们和市长都来了。市民们在广场上集合完毕,便向粮仓出发,把它围了个水泄不通。最后,一位高大强壮的汉子站了出来,他是一个以作战勇猛而闻名全市的人,他穿上铠甲,拿着剑和矛,全副武装地走了进去。这时粮仓的两扇门都被打开了,猫头鹰正坐在屋子中间粗大的横梁上。勇士叫人搬来一架梯子,这时大家齐声朝他喊,要他像杀死凶龙的圣乔治一样表现出男子气概。猫头鹰看见勇士爬上来,正想靠近自己,并且听见下面的人群正大声叫喊,这时它不知所措,慌乱中朝他发出沙哑的吼声:"舒唬,舒唬!"这时外面的人朝勇士大喊:"刺它,刺它!"但他的双腿已发抖,只好昏头昏脑地退下来。

随后便再也没有人想冒险了。他们说:"那怪物只吹了两口气,便毒坏了我们最强壮的人,而且差点死去,我们其他人不能再冒险了。"最后还是市长想出了一个办法："把整座粮仓连同里面的怪物一起烧掉，同时我们从市财政里取出钱来给粮仓主人，以赔偿烧毁的粮仓以及里面的粮食、麦草和干草的损失，这样就不需要人冒生命危险了。眼下我们要舍小取大，不能为吝啬这一点而坏了大事。"市民们便纷纷表示赞同。最后粮仓烧毁了，猫头鹰也被活活烧死了。

月　亮

　　在远古时有个国家,晚上从没有星星和月亮出现过。有一次,四个年轻人从这个国家出发到另一个国家去漫游。那儿的太阳西沉后,橡树梢头就会出现一个闪闪发光的圆球,把柔和的光洒向大地四周。虽然那个圆球没有太阳那么灿烂,但人们也能凭借它认清四周的万物。四个年轻人看到后很惊异,便问一个农夫,这是一种什么灯,农夫回答说:"这是月亮,我们村长用三枚银币买来的,他每天给它添油,并让它保持干净,使它一直能发光。为此我们每周还得交一枚银币的费用。"

　　农夫走后,他们中的一个说:"我觉得这盏灯对我们有用,我们家乡也有这么高的树,我们把灯挂在上面。晚上有了它,就不必摸黑走路了。这该多好!"第二个青年接着说:"我们把它弄走以后,这里的人可以再买一个,是吧?"第三个青年说:"我上去把它取下来,我擅长爬树。"于是,由第四个人去弄来马车,第三个人爬上树,在月亮上钻个孔,用绳子串着吊下来。他们用一块布把闪闪发光的圆球遮盖住,以免被别人看见了。他们顺利地把月亮运到家乡,并把它挂在一棵高高的树上。当田野、房舍都被这柔光照亮了时,男女老少都感到无比高兴。地精们也从岩洞里跑出来,穿着小红褂子的小矮人们在草地围成一圈儿,跳起了舞。

　　这四个年轻人不断地给月亮加油,并保持它的清洁,作为报酬,他们也每周收取一枚银币。可是他们一天天地衰老下去,第一个人病倒之后,立下遗嘱,他死后要将月亮的四分之一带进坟墓作为陪葬。后来他真的死了,村长爬到树上,将它的四分之一剪下来,放进他的棺材里。月亮的亮度比以前变弱了,但还不明显。第二个人死后,也把月亮的四分之一带进了棺材,光线更暗了。第三个人也同样做了,月亮的光线更加微弱。等到第四个人把最后四分之一也带进坟墓时,大地重新被黑暗笼罩着,人们在黑夜中摸黑走路,于是经常相互碰撞在一起。

然而,在地狱里,月亮的各部分又重新聚到一块儿。这就使一直在黑暗中沉睡的死人们,纷纷苏醒过来,他们对自己又能看见东西感到非常惊奇。月亮的光线正适合他们的视力,于是他们全都爬起来,又兴高采烈地按原来的方式继续生活。一部分常去跳舞和赌博,一部分常到酒店里喝酒,酒醉后便吵闹不休,到后来甚至用棍棒打斗起来。这样,喧闹声越来越强烈。

那时圣彼得专门镇守天堂大门,他听到了地狱里的喧闹声后,从天堂来到地狱。他劝那些死去的鬼魂重新回到坟墓里躺下,然后他带上月亮走了。到了后来,月亮被他高高地挂在了天上。

寿　命

　　上帝在创造世界之后,便决定对所有的生物限定寿命。驴子首先走过来问:"上帝,我能活多久?""三十年。""唉,主啊,"驴子说,"这时间太长了!我每天要驮重东西,为了让人有面包吃,我得把一袋袋麦子拉到磨坊。而且主人为了让我们干活快点多点,常对我们拳打脚踢。您就缩短我们的寿命吧!"上帝减了它十八年寿命。"主啊,我可以活多久?"狗问。上帝回答说:"驴子嫌三十年太长,你觉得呢?"狗说:"这时间太长了。"上帝减去它十二年寿命。狗走后,来的是猴子。上帝对它说:"你不需要像驴子和狗那样干活,而且整天非常快乐,你该愿意活三十年吧?""唉,上帝啊,"猴子回答,"实际并非如此。为了逗人们高兴,我要做鬼脸来取悦于他们,我欢乐的背后是很悲哀的。你就减短我的寿命吧。"上帝听了有理,便减了它十年寿命。

　　最后一个人来了,他也是来请上帝限定寿命的。上帝说:"你觉得三十年够吗?"人大声回答说:"太短了!我建好自己的房子,盖了火焰旺盛的炉灶,我栽了一棵树,等到它长大开花结果之后,我正想现在我可以好好享受一下生活的乐趣了,可这时我却要死了!主啊,请延长我的寿命吧。"上帝说:"那好,我把驴子减去的十八年加给你。"人回答:"这根本不够呀!""我再把狗的十二年加给你。""还是不够。""好吧!"上帝说,"我把猴子减去的十年也加给你吧,但不能再多喽。"人并不满足地走了。

　　就这样,人有了七十岁的寿命,属于自己的是头三十年,这段时间里人身体健康,心情快乐,工作也顺利,是人生的黄金时段;接下来的是属于驴子的十八年,这时他得承受一个又一个重担,得赚钱养活别人,而且还经常被指责和批评;再接下来是属于狗的十二年,这时人已牙齿稀松,只能躲在那里唠唠叨叨了;再往后是猴子的十年,这时人变得疯疯癫癫,经常干傻事,常常被孩子们取笑。

死神的使者

　　很久以前,有一个巨人在乡间大路上闲逛着,这时,突然跳出一个陌生人朝他大吼:"站住,不许再往前走了。""什么?"巨人说,"我用两根手指头就能把你捏碎,你是什么东西,跟我说话竟这样大胆!""我是死神,"那人回答,"没有人敢不听从我,你也不敢。"巨人和死神打了起来。最后巨人胜利了,死神被他一拳打倒在一块石头边。巨人继续向前走,而死神被打倒后,全身疼痛不堪,连站都站不起来。"要是我永远躺在这鬼地方,世界将变成怎样呢?"他想,"世上将到处都挤满了人,甚至连站的地方都没有了。"这时一个年轻人一边唱着歌儿,一边环顾四周地走过来。他看见有人躺在地上昏迷不醒,便把他扶起来,并用自己的水瓶喂他喝了一口凉水,并等到他恢复过来。"你知道什么人被你救活了吗?"死神一边站起来,一边问。"不,"年轻人回答,"我不知道你是谁。""我是死神,"他说,"任何人都得服从我,你也不例外。但是为了向你表示感谢,我保证在死降临到你之前,我会先派使者去跟你打招呼,然后我亲自来接你。""好吧,"年轻人说,"这样我就不用整天提心吊胆了。"他高高兴兴地走了,仍然是快快乐乐地过一天是一天。但是他也无法长久保持青春和健康,很快他便得了疾病,每天折磨得他痛苦不堪,他自言自语地说,"这疾病缠身的痛苦日子能早点过去就好了。"过了不久,他又恢复了健康,每天过得高高兴兴。突然有一天,有人在背后拍了拍他的肩头,他转身一看,站在背后的原来是死神。死神说:"你该和这个世界分手了。""什么?"那人问道,"你不守诺言,你不是承诺过,在你来之前先派使者来通知我吗?我怎么一个也没看见?""别瞎说,"死神回答,"我已接连不断地派许多使者来了,你不是得过感冒发烧吗?

你不是头昏脑涨过吗？你不是得过关节炎后全身酸痛吗？你的耳朵不是常常唆唆作响吗？你的眼睛不是越来越老眼昏花吗？不光这些，晚上睡觉时，我的亲兄弟'睡眠'不是常让你想起我吗？你夜间睡时，跟死了不是一样吗？"那人听了以后，无话可说，只好告别人世，跟死神乖乖地走了。

鞋匠师傅

　　从前有个又瘦又矮的鞋匠，他生性好动，连一分钟也安静不下来。他走在大街上时，两条胳膊总是有力地前后摆动，以至有一次一个提水姑娘的水桶被他打到半空中，而自己被淋成个落汤鸡。他的手艺是做鞋，可是缝鞋时线被他拉得老长，谁要是在附近的话，常常会被打上一拳。他的伙计在他手下没有待得超过一个月的，再好的手艺他也总能挑出毛病。早上他妻子生火做饭时，他就会从床上跳下来，光着脚跑到厨房，大叫："这么大的火，你想把我的房子烧了吗？一头牛烤熟了也不用这么大火，你以为买柴不花钱呀？"要是他看见女仆站在水桶边说笑，便大声斥骂："你们这些笨蛋只知道胡扯，不知道干活。再说洗衣服用新肥皂干什么？你们真是又浪费，又懒惰！你们只想保养自己的手，不肯用力搓衣服。"他正要坐下来干活时，徒弟递给他一只鞋。"鞋怎么做成这样？"他朝徒弟大吼，"我告诉你多少次了，叫你鞋口不要剪得太大。这样的鞋能卖出去吗？除了鞋底有用外，什么也没用。我要求你按我的吩咐去重新做。""师傅，"徒弟回答，"师傅，你说得太对了，这只鞋一点也不合格。不过这只鞋是你自己缝的。你刚才跳起来时，把它扔到了桌下，我只不过是替你捡回来。这件事，没人能说你是对的。"

　　一天夜里，鞋匠梦见自己死了，来到天堂门前，使劲地敲起大门。"真奇怪，"他说，"门上连门环都没有，我手都敲痛了。"大使徒圣彼得看见有人这样急着要进来，便打开门。"啊，鞋匠师傅，原来是你呀！"他说，"我会让你进来的，但是我得先警告你，你进来后，必须改掉旧习惯，对在天堂里看见的一切都别挑剔，否则你不会有好运。""谢谢你的警告。"鞋匠回答说，他进了门，在天堂大厅里走起来。他东望望西瞅瞅,不时地摇摇头,或嘀咕几句。这时,他看见两个天使正在抬一根横梁经过,只不过奇怪的是天使们在横着抬,而不是竖着抬。"他们可真笨。"鞋匠师傅想,但他没说什么。不久他看见两个天使从井里打水倒进一个有许多小孔的容器,水流了一地,其实这是在用雨水浇地。他心想:"也许这只是为了好玩,天堂里的人,大都在偷懒。"他继续向前走,这时他看见一辆车子陷在泥坑里,他对站在一旁的人说:"你怎么装这么多东西?你装的是什么?"那人回答:"是虔诚的希望。幸亏我把车推上来,我没有到正路,在这种地方我是不会被丢下不管的。"一位天使来了,他在车前套了两匹马。过了不久,又来了一位天使,牵来两匹马,不过他把马套在车后,而不是车前。这时他忍不住了,便大骂:"笨蛋,你们这样能从坑里拉出车子?你们真是狂妄自大,以为自己什么都知道。"他还想再说,可这时他被天堂里的一个农民抓着衣领,推出了门外。出门时他回头看见那四匹马竟真的把马车拖出了坑,原来它们长有翅膀。

　　这时他醒了。他想:"天堂和尘世还真的不一样,四匹马同时套在车前车后谁都会冒火,但它们长有翅膀这就例外了。算了,我得起床了,不然家里又要被他们弄得一团糟了。算我幸运,我刚才只是在做梦,而没有真死。"

井边的牧鹅女

在很久很久以前,在大山之间的荒野里有一座小房子,里面住着一位老婆婆和她的鹅群。她是一个勤劳的老太太,而且态度和蔼,每当遇到别人她总是热情而主动地打招呼:"亲爱的老乡,傍晚好,傍晚的晚霞真美丽。"可是人们对她的态度并不好,宁可绕远路也不愿遇见她,附近的猎人都会提醒他们不懂事的小儿子:"瞧那可怕的老婆子,你永远不会逃过她的阴谋,除非你远离她。"

日子就这样一天天过去,直到一天早晨,一个英俊潇洒的青年出现在森林中。青年看见跪在地上割草的她和她旁边的一大捆割的草,两个盛满野梨野苹果的篮子,不禁惊讶地问:"敬爱的老妈妈,这么多东西,你能搬得动吗?"老婆婆回答说:"为了生存,我不得不干啊!

见小伙子好像生了同情之心,老婆婆便问:"你可以帮我吗?你有伟岸的身躯、健康的身体,干这个很容易,我家就在附近的荒原上。"

出于对老婆婆的同情和对自己的自信,青年说:"虽然我是伯爵,但我非常愿意帮忙。""那你就得辛苦一个多小时了。"老婆婆说。年轻人听说要走一个小时,有点后悔,老太太迅速地将草拴在他的背上,将两只篮子挎在他的手腕上。"不算重吧。"老婆婆说。对于不干活的伯爵来说,负重就如泰山压顶,"草捆压在背上特重,苹果和梨也像灌了铅,我快受不了了。""刚才那个勇士呢?走吧,没人会帮你的。"要是走平路,青年还算可以顶得住,可是偏偏都是崎岖的山路,豆大的汗珠掉到脚下的石头上。"我不行了,能不能休息一会儿?"年轻人哀求着。"我们到了以后才能休息。"伯爵想丢下草捆,但草捆牢牢地系在他背上,几乎成了身体的一部分。老太太哈哈大笑，"先生，"她说，"你的脸已经红得像烤熟的火鸡了。耐心地背着包袱吧，到了后来少不了你的辛苦费。"伯爵敢怒不敢言，只好任老婆婆摆布，跟在后面慢慢走去。老婆婆越走越快，而伯爵则是步履维艰，终于熬到了老婆婆的住所，这时他也差不多要彻底倒下了。那些鹅见了老婆婆，便支起翅膀，伸着脖子朝她跑来，一路哦哦叫着。跟在鹅后面走来的是一个又高又壮，丑如夜叉的女人。"娘，"她对老婆婆说，"出了什么事，你在外面待这么久？""没事，我的女儿，"老婆婆兴高采烈地说，"不会有什么坏情况发生的，恰恰相反，这位好心的先生帮我背东西。"终于老婆婆想起了小伙子，忙从他背上取下草捆，从他腕上取下篮子，看着他说："到你好好休息的时候了，你会得到你那份报酬的。"然后她对牧鹅女说："我的女儿，你回屋去，你不能和一位年轻的先生单独在一起，否则他会爱上你的。"伯爵听了真是哭笑不得啊，暗想："就她，再年轻三十岁，也不值得我心动啊。"这时候，老婆婆像抚摸孩子一样抚摸着每一只鹅，随后也进屋去了。年轻人躺在一条长凳上，不一会儿，就睡着了。

刚睡了一会儿，老婆婆就走过来把他推醒说："你不能继续待在这儿了。"说完便把一只用整块绿宝石精雕而成的小匣儿放到年轻人的手中，接着煞是神秘地说："妥善保管，它会赐予你幸福的。"年轻人感到非常清醒和精力充沛，于是接受了老婆婆的礼物，连那老婆婆的宝贝女儿看都没看一眼便上了路。在路上一直有一片欢快的鹅叫声伴随着他。

伯爵在荒野里跋涉了三天才找到一条通往一个大城市的路。他来到了王宫里。他跪倒在地从口袋里掏出那个小匣子。王后叫他把匣子呈上。可是不等王后将匣子打开，她便昏倒了。国王命侍从将他投入了大狱。等王后醒来以后，她命令把伯爵放了，并要和他单独谈话。

剩下伯爵一个人以后，王后不禁失声恸哭并向伯爵敞开了心扉，说出了自己的苦衷。她说："我虽锦衣玉食，享尽人间荣华富贵，可是我每天都是在痛苦和噩梦中度过。这就不得不说起我的小女儿,她非常漂亮,可是人有旦夕祸福啊!"王后哀叹到,脸上堆满了惆怅,"她十五岁那年,国王将三个女儿叫到宝座前,当我的可爱的小女儿走进来时,她照人的光彩,仿佛把每个人带入了仙境,人们都睁大了眼睛!国王说:'孩子们,我不知道哪一天,我会离开人世间,我今天决定在我死后每个人将得到什么。你们之中谁最爱我,谁就会得到最好的东西。你们要告诉我怎样爱我。'大女儿说:'我爱父亲像爱最甜的点心。'二女儿说:'我爱父亲就像爱我最漂亮的衣服。'小女儿说:'没盐,再好的美味也会失去味道,所以我爱父亲像爱盐一样。'国王听了十分生气:'既然你像盐一样爱我,那就用盐来回报你好了?'于是国王把王国分给两个女儿,而在小女儿身上捆上一袋盐后弃于荒山野岭,不久国王悔悟了,派人到森林里去找那可怜的孩子,可是最终连个影子也没找到。只要一想到我那可爱的女儿有可能被野兽吃掉,我的心就碎了。有时我认为她还活着,希望她藏在哪个山洞里,或者被好心人收留了。由此你就可想而知当我看见里面有一颗珍珠,形状跟从我女儿眼中掉出来的一模一样时,我的心情是多么的激动。快告诉我你的珍珠是从哪里来的。"

伯爵将自己的经历告诉了王后。国王和王后决定去找那个老婆婆,想从她那儿打探出女儿的下落。

一个傍晚,老婆婆正在纺线,这时外面一片喧闹,鹅群从草地上回来了,还嘎嘎直叫呢!不一会儿女儿来到她身边,她什么话也没说只是摇了摇头,然后女儿接过纺车,娴熟地纺起线。就这样两个人沉默了近两个小时。打破沉寂的是猫头鹰的叫声,老婆婆说道:"时间到了,女儿,你去干你的活吧。"

她还要干什么活呢?姑娘转身出去,穿过草地,走进山谷,来到三颗古老橡树的井边。坐在地上,美丽的少女悲伤地哭了起来,泪珠掠过头发撒落在地上形成一颗晶莹剔透的珍珠。不知她坐了多久,月亮被一片乌云遮住,她急忙往回跑,像一颗流星似的消失在茫茫黑夜中。

姑娘飞奔回家,老婆婆站在门口,姑娘刚想开口告诉她一切,她却和蔼地笑了笑说:"你在这儿的日子已经过完,我们不能再待在一起了。"姑娘惊呆了,"亲爱的妈妈,你想赶我走吗?可是我能到哪儿去呢?我无亲无故。凡是你要求的事,我都严格按照您说的办,您对我也是很满意的,别让我离开这儿吧。"老婆婆不情愿地告诉姑娘:"是我不能再待在这儿了,可是当我离开这儿的时候,这儿必须是干干净净的。回你的房间去,把脸皮取下来,换上你初来时穿的那件绸衣服,待在房里直到我叫你。"

话说两头,国王和王后同伯爵一起出宫寻找荒野里的那个老婆婆。夜里,伯爵在森林掉了队只好一个人继续前行。当月亮升起的时候,他看见一个人影从山上下来,这个人虽然手中没拿那条鞭子,但他敢肯定她是那个牧鹅女。正这样想着的时候,姑娘走到井边,取下了脸皮和假发,瞬时,伯爵被姑娘的美震撼,他不敢出一声大气,伸长了脖子,探着身子,睁圆了眼睛盯着姑娘。正在出神的时候,树枝喀一声断了,也就是此时姑娘套上假皮,像小鹿似的遁逃了,加之乌云遮住了月亮,姑娘就这样从他眼皮底下消失得无影无踪了。

就在伯爵追赶姑娘的途中,他看见两个人影穿过草地,正是国王和王后,他们很快到了小屋跟前。他们朝窗里一瞧,老婆婆正静悄悄地坐在屋里纺线,她看见他们后站起身,和蔼地说:"进来吧,我知道你们是谁,来干什么。"三人忙进了屋。老婆婆接着说:"要不是三年前你们错误地将女儿驱赶出家门,今天也不必走这么多路,吃这么多苦。三年来,她一直保持那颗圣洁而善良的心。而你们一直生活在懊悔和不安之中,也算得到了应有的惩罚。"说完,她走到女儿的房门前说道:"出来吧,我的孩子。"门敞开了,走出的那位姑娘仍像三年前一样:金子般发光的长发,宝石般的碧眼。

她扑向自己的父母,亲吻他们,大家高兴得泪如泉涌。姑娘看见站在旁边英俊潇洒的伯爵,脸红得像盛开的红玫瑰。老太太说,"我要把她的泪水凝成珍珠全还给她,那些因伤心而淌的泪水比整个王国还值钱。还有,我要把这座小屋,作为她三年来劳动的报酬送给她。"说完这些话,老婆婆便消失在他们的眼前。只听四周的墙壁嘎嘎作响,当他们醒过神来的时候,小屋已变成一座华丽的宫殿,各处已摆放停当,许多仆人正为主人忙碌着。

夏娃的各色各样的孩子

自从亚当和夏娃被逐出伊甸园以后，他们只能靠自己辛勤地劳动在贫瘠的土地上创建房屋，耕种庄稼，自食其力。

夏娃每年生一个孩子，可孩子长得不一样，有美丑的差别。日子不知不觉过了很久，一天上帝派天使通知亚当和夏娃，他要亲自视察他们的生活情况。本来自觉有愧于上帝的夏娃见上帝如此地宽宏大量，便十分高兴，她把孩子们叫到身边，挑选出那些漂亮的孩子，给他们洗澡梳头，换上漂亮的新衣服并教导他们：在上帝面前要老实听话，要有礼貌，要虔诚地向上帝行礼，恭敬地与上帝握手，谦逊地回答上帝提出的问题。可那些丑孩子却无机会参加这次大典，夏娃不想让他们露面。这些孩子都被藏起来了。她刚安排好，就响起敲门声，亚当透过门缝一看，门外正是上帝，便恭敬地打开了门请上帝进来。这时屋里漂亮的孩子们整齐地向上帝鞠躬，向上帝下跪，和上帝握手，上帝开始给他们祝福。他用手抚摸着第一个孩子的头说："你将成为一个强有力的国王。"同样第二个孩子得到了"成为王公"的祝福，第三个孩子得到了"成为伯爵"的祝福，第四个孩子得到了"成为骑士"的祝福，第五个孩子得到了"成为贵族"的祝福，第六个孩子得到了"将成为商人"的祝福，第七个孩子得到了"将成为学者"的祝福。上帝给予了每个孩子美好的祝福。夏娃趁着上帝高兴，也将那些被藏起来的脏兮兮、黑乎乎的小家伙们领到上帝面前。上帝瞧了一眼这些孩子说了一句"我也会给他们祝福"。他对第一个孩子说："你将会成为农夫。"以下依次是："你，织布工""你，鞋匠""你，裁缝""你，制陶工""你，马车夫""你，船夫""你，邮差""你，终生做仆人"。

夏娃在一旁听了有些着急，对上帝说："贤明的主啊，你的祝福为什么如此的不平等，你应该一视同仁。"上帝说："夏娃啊，如果他们都做了王公贵族，谁来耕田、磨面、烤面包？谁来打铁、织布、做木匠活儿、建房子、挖沟渠、裁衣服呢？每个人都有自己的本分，这样才能使社会的每一部分运转起来，并形成一个整体。"夏娃听了回答道："啊，主，原谅我的无知，就让你的祝福在孩子们身上实现吧。"可是转念一想，怎么没问上帝凭什么给孩子们锁定终生呢？

池塘里的水妖

　　从前有一对夫妻,靠磨坊过着快乐幸福的生活。他们有不少的地,当然手头也有不少钱,过得一年比一年好。谁知随着不幸的到来,他们的财产逐渐消失,并且一年快过一年,到最后连他们住的磨坊,他们都不能全部拥有了。男主人非常苦闷,白天辛苦地劳作,夜里辗转反侧地发愁,不知明天会是什么样子。一天早晨,当他走过磨坊的水堤,正好迎来了第一缕朝阳,就在这时水中传来一种怪怪的响声,他回头一看,一个美女正从水中慢慢地升起。长长的如瀑布一样的秀发,从头顶垂到下半身,风一吹显出白皙细腻的皮肤,她用那双纤长的玉手拢住头发。他忽然醒悟了,这是池中的水妖! 他非常害怕,想跑却不知怎样迈步。水妖却以温柔的嗓音叫他的名字,"只要你将家里慢慢长大的小生灵给我,我会让你比以前更加富裕有钱。"女妖说道。磨坊主心想:除了小猫和小狗,我就没什么要慢慢长大的小生物了。于是他便高兴地答应了水妖,敲定了这笔交易。水妖重新沉到水里,磨坊主也兴奋地向家里走去。当他还未走到家的时候,使女便迎出来高喊道:"恭喜、恭喜!"就在他不在家的一段时间他妻子为他生了一个大胖儿子。而磨坊主却像木头人一样愣愣地站在那里,他从头到尾讲了一遍自己早上的经历。"连自己的亲生儿子都失去了,财富对我还有什么用呢? 我还会有什么幸福呢?"他接着说,"可我该怎么办呢?"那些闻讯前来贺喜的亲戚朋友也无计可施。

　　真奇怪,从那以后,幸运又重新回到了磨坊主的身边。他无论做什么都能成功,箱子柜子好像自动就装满了,橱柜里的银子也好像突然在一夜里增多了。不

久，他就像以前那样富有了。可是，时光年复一年地过去了，水妖一直没出现，磨坊主开始放心了。

磨坊主的儿子由一个婴儿长成了一个小伙子，他成了一个强悍的猎手，猎人爱上了一位美丽的姑娘，磨坊主送给他们一座精美的房子，两个年轻人在里面结了婚，过着幸福美满的生活。

一天，猎人追击一只鹿，跑出了森林，在空旷的田野上，猎人将它射倒在地。可是当他把鹿的内脏掏空了，走到水边去洗的时候，水妖把他拖到了水中。

妻子一直等到晚上，猎人也没回家，妻子不禁害怕起来，出门寻找。因为以前猎人向她讲起过他的故事，她好像也猜出了什么事，急忙奔向水池边。岸上放着丈夫的猎袋和刚宰杀完不久的鹿，她确认丈夫已遇难了。

可怜的女人怎么也不肯离开水池，最后昏昏沉沉地睡着了，并且做了一个梦。她梦见自己上了山顶，一位满头银丝的老奶奶正在向她招手。就在这时，悲伤可怜的女人醒了过来。当天色发白的时候，她便决定去寻梦。她艰难地爬上山顶，眼前的情景和梦中的一模一样。老太太热情地接待了她，让她坐在一把椅子上，"你肯定遭遇了什么不幸，不然谁都不会费尽千辛万苦来到这儿的。"老太太说道，女人哭着将自己的不幸告诉了老人家，并盼望能获得帮助。"别着急，"老太太说，"我会帮你的。等到下次满月的晚上,你带着这辆纺车坐到岸边纺满一轴线,然后把纺车放在岸上,你会得到满意的结果。"

在月圆之夜,做好了一切准备,当她把纺车放到岸上的时候,水底发出了特别厉害的声响,一个大浪将纺车卷入水底,一股水柱将猎人推到岸上,他跳起身来拉起妻子向原野跑去,但没等他们跑多远,水池的水溢出来了,淹没了田野。就在一瞬间,两口子都变了模样,妻子变成一只蟾蜍,丈夫变成了一只青蛙。已经赶上他们的洪水没能将他们吞没,但他们却被洪水冲散了,冲到了很远很远的地方。

当一个春天到来的时候,两个牧羊人相遇在那个幽深的山谷里,但是他们谁也没有认出对方。从此以后两人一起牧羊,虽然话不多说,但都感到欣慰。一天晚上,男牧羊人从口袋里取出笛子吹了一首优美而伤感的歌曲,吹完后,女牧羊人已是泪水满面。"也是这样一个月夜,我最后一次吹笛子,我亲爱的爱人,便从水中露出了头。可现在……"他盯着她看,仿佛眼中发出了光,他认出这就是失散多年的妻子。这时她也望着他,借着月亮的光认出了丈夫。原来,他们就是在洪水中失散的夫妻。

小矮人的礼物

以前有一个裁缝和一个木匠一起徒步旅行，在一个晚上，他们来到一个山坡上，月亮正好升起，许多小矮人正手牵着手兴高采烈地跳舞，还唱着优美动听的歌曲。人群之中坐着一位高身材、穿着五彩六色的外套的老者，花白的胡子在胸前飘动。两个旅行者非常吃惊地望着这样的小生灵载歌载舞。老者热情地招手叫他们进去，别人也热情地给他们让路。两人进去了。矮人们越跳越欢，也越跳越疯狂，而那怪怪的老人却取下皮带上那明晃晃的大刀来磨，等磨亮以后，便转过头来盯着两个陌生人，他们俩很害怕，可在人家的地盘上又能怎样呢？也没等他们想对策，老人已抓住木匠，把他的头发和胡子剃了个精光，接下来裁缝的命运也一样。在剃完以后，老者用煤将两个人的口袋装满。随后，他们继续赶路，当他们走到山谷里的时候，已是午夜时分，远处的歌舞已听不见了，只有冷冷的月亮照在山坡上。两个人找到了一个简陋的遮蔽所。两个人躺在草铺上，盖上自己的衣服。由于特别困倦，他们就忘了将煤从口袋里掏出来。第二天一大早，他们被身上的重物压醒了，就伸手到衣袋里摸了摸。当他们的手从衣袋里拿出来的时候，他们手里抓的都是黄灿灿的金子，并且，一摸头上的头发，嘴上的胡子长得像昨天一样茂盛了。他们一下子成了富翁！木匠向裁缝建议：等到晚上再上山找老头，装更多的金银财宝下来。裁缝说："我已经满足了，现在我可以开一家裁缝店，并且我还可以拿出足够的钱和我的小甜心结婚了，我是世界上最幸福的人了。"裁缝接着说："咱们俩是朋友，又是同路，我怎么也不能抛下你一个人，那我在这儿待着等你吧。"等到傍晚，木匠在肩上挂了好多口袋，然后便朝那些小人跳舞的山坡走去。一切像前一天晚上发生的一样,老者邀请他跳舞,然后把他剃了个精光,最后让他带上煤离开。这回他装满了所有的口袋,然后赶回了裁缝等着他的小草屋。他将衣服脱下盖在身上就睡,最后,他进入了梦乡。第二天早晨,当他打开口袋时,却发现里面仍是黑乎乎的煤块,而不是金灿灿的金子。他将整个口袋弄了个底朝天也没有发现一点金子。"认倒霉吧,不过还有昨天的金子呢。"他心想。可当他打开昨天的口袋时,他差点昏过去,因为昨天的金子也成了煤块。裁缝忙用手拍拍他的脑门,他的头发也没长出。不仅如此,他背上起了个驼包,而且胸前也隆起了同样一个大包。裁缝极力安慰可怜的木匠:"你是我的好朋友,我会和你一起分享我的财富。"他最后也实现了自己的诺言。虽然木匠也得到了一些财富,可他终生不得不背着两个驼包和一个光秃秃的脑袋。

巨人和裁缝

从前有个裁缝,不仅喜欢吹牛皮,而且喜欢赖账。一天,干完活后,他很想到森林里去走一走,看一看。

到了城外,他看见一个巨人一抬腿就越过了山峰,到了裁缝的跟前。"你到这儿干什么,还不给我让开。"他吼道,那声音就像打雷一样。裁缝低声回答道:"我想到森林里挣点钱,用来养家糊口。""既然是这样,你愿意给我干活,当我的仆人吗?"巨人问道。"如果能挣到钱,得到报酬,我当然会愿意干的。"裁缝说。巨人说:"小可怜虫,你去给我提桶水来。""干吗不把井和泉一起搬来呢?"吹牛皮的裁缝嘟哝道。"连井和泉一块儿搬来!"巨人听了裁缝的话害怕起来:这家伙身上一定有魔力,我可不能让他给我当仆人。不一会儿裁缝从井边提水回来了。巨人又让他去森林里砍柴。"干吗不一刀将整个森林砍下来呢?""他能一刀砍下整个森林,他不是有魔力,就是有神相助!"巨人更加信以为真,裁缝砍柴回来以后,巨人又让他去打几头野猪回来,烤了做晚餐。"干吗不一箭射一千头野猪呢?"裁缝继续吹牛道。那个大个子的家伙,这下子完全被吓住了,他恭顺地说:"可爱的小家伙,今天,你什么也别干了,去睡觉吧。"那天夜里巨人吓得一夜没合眼,一直在想一个赶他走的办法。第二天早晨,裁缝和巨人一块儿去沼泽地。沼泽地周围长着很多柳林,这时,巨人说:"小个儿,你坐到柳枝上去,我要看你能不能把柳枝压弯。"嗖!裁缝跳上树枝,他屏住呼吸,使尽全身的力气,把树枝往下压,直到树枝弯下来。当裁缝再吸气时,令巨人非常满意的是,树枝又反弹到空中,他被弹得很高很高,谁也看不到他了。谁也不知道,最后他是不是又落回地面,如果没落回地面的话,就是他吹得过大的牛皮,将他浮在空中了。

坟墓里的穷孩子

从前有个孤儿,当时的政府将他交给了一个富人,穷孩子无论怎么做工,只能得到很少的食物,而且经常挨打。

一天,他被命令照顾母鸡和小鸡仔。在穿过一片荆棘的时候,小鸡跑散了。一瞬间,老鹰扑了过来,把母鸡抓个正着,然后飞远了。富人听见声音,出来一看,母鸡不见了,立刻勃然大怒,狠狠地揍了男孩一顿,打得他几天几乎不能下床。但是还得照顾小鸡。没了大母鸡的统领,小鸡到处乱跑,这儿一只,那儿一只,于是他把它们全部系在一条长长的绳子上,满以为这样就可以安全地照顾小鸡了。然而没有他想象得那么好。一天,由于过度地劳累,他睡着了,老鹰飞过来吃掉了所有的小鸡。这时富人正好回家,看见这一切,心痛极了,他气急败坏地把穷孩子痛打了一顿,打得他好几天不能动弹。

孩子复原以后,富人让穷孩子给法官送一篮子葡萄和一封信。路上,可怜的小孩子又饥又渴,忍不住偷吃了两颗葡萄。他把篮子和信给了法官以后,法官读完信,发现少了两颗葡萄,就质问道:"怎么少了两颗呢?"穷孩子原原本本地承认:是因为自己太饿太渴,就吃了两颗。法官给富人写了一封信,要求富人再送同样多的葡萄给他。富人很生气,可是只好再送上一篮葡萄,并写了一封道歉的信。这次,穷孩子,同样也因为饥饿偷吃了两颗,不过他这次先把信从篮子里取出,压在大石头下面,当东西送到以后,法官发现又少了两颗,质问他原因,穷孩子不解地回答:"您怎么知道的,信不可能再告诉你了,因为我偷吃的时候,已经把它压在大石头底下了。"法官见他头脑如此简单,哭笑不得,写了封信要富人对穷孩子好点,别再在吃喝方面克扣他,并且要富人给穷孩子点教化,让穷孩子知道什么叫对什么叫不对。

第二天,富人让苦孩子把几捆喂马的草铡碎,并且说,如果他回来的时候还没铡完,就揍他,说完后他便到市场上去了,穷孩子卖力地干起来,他干热了,就在他拼命地干着的时候,一不留神,他把衣服给铡碎了。他大声说,"这下完了,他们会打死我的。我还不如自己结束性命。"

以前,男孩听富人的妻子说过,她的床下放着一罐毒药。她只是吓唬仆人以防仆人偷食,其实那是一罐蜂蜜。男孩将那一罐东西喝了个精光。"我不明白,"他说,"人们讲死很痛苦,可我怎么觉得很甜。"他坐在一个小椅子上等死。可他吃了这东西更加有精力了。"这一定不是毒药!"他说,"主人衣柜里有一瓶毒苍蝇的药水,那一定是毒药,会让我死掉的。"喝完以后,他便去寻找自己的墓地。发现了一个新挖的墓地后,他就躺在里面慢慢地死去了。

富人听到男孩死的消息大吃一惊,生怕被法院传讯,吓得倒在地上昏死过去。妻子当时正在熬满满一锅猪油,急忙过来扶他,万万没想到火苗蹿进了锅里,引燃了房子,整栋房子化为了灰烬。受良心的谴责,他们在贫困潦倒中度过了余生。

真正的新娘

从前，有一个美丽、善良的姑娘，母亲过早地离开人世，继母使她尝尽了人间的辛酸痛苦。

一天继母对姑娘说："把这十二公斤羽毛理干净，要是今晚完不成，我饶不了你！"可怜的女孩坐下来，眼泪像断了线的珠子从脸上滚落，因为她知道这个任务不能在一天内完成。她双手托腮，悲哀地说："上帝啊，就没一个人可怜我吗？"话音刚落，一个温柔的声音对她说："别难过，我的孩子。"这时一个老婆婆走到桌前，桌前的羽毛自动理好了。

第二天早晨，继母对姑娘说："这里有一个勺子，用它给我把花园旁边的大水池里的水舀干，要是晚上干不完，你知道会有什么结果的。"姑娘拿过勺子一看，上面全是小孔，即使没有小孔，她也干不完活啊！她跪在水池边，泪水滴到水池里。那个热心的老婆婆又出现在她面前，说："姑娘你到树丛中休息一会儿，我帮你干吧。"

太阳落山前姑娘醒来，发现水被舀干了，就向继母交差。继母的脸都气白了，可她又想出了新的毒计。

第三天早晨，她对姑娘说："你在那边平原上给我建造一座宫殿，晚上必须完成。""我怎么会在一天内完成一项大工程呢？"姑娘说。"要是完成不了，你会知道有什么结果的。"继母威胁地说。

姑娘来到谷地旁，碰碰那巨大的岩石，她连一块也搬不动。她哭了，不久老婆婆再次出现，她让姑娘到旁边的树荫下去睡觉。老婆婆碰碰那些大石头，一座华丽无比的宫殿就屹立在眼前了。姑娘醒来后，被富丽堂皇的宫殿惊呆了，心想："母亲这次该满意了吧。"听说工程完成了,继母要检查一下完成的情况。就在她上楼的时候,她猛然一失足从楼梯上滚下,当姑娘跑到她跟前的时候,她已经断了气。

这座美丽的宫殿属于姑娘一个人了,她过着幸福的生活。不少英俊的小伙子向她求婚。

她和一位王子相爱了。在院子里的一棵菩提树下,王子向姑娘说:"我去征求我的父母的同意,你在这棵树下等我,过不了几个小时,我就会来接你的。"王子吻了吻姑娘的面颊就走了。

姑娘坐在树下,可她等了三天,王子一直没回来,"他一定遇到了什么不幸,我必须去找他。"她收拾起三件美丽的衣服上路了。她找遍了世界的每个角落还是没有发现心爱的王子。最后她当了一个放牧女,把自己的漂亮衣服藏在石头下面。

她忧伤地过着牧牛的生活,又过了一天,从城里传来消息,说王子要结婚。通往城里的大路正好通过姑娘所在的村庄。又过了一天,她外出时正好遇见新郎经过,只见他高傲地骑在马上,没看姑娘一眼,可姑娘认出他就是自己的心上人。

没多久,全国举行庆祝活动,每个人都受到了邀请,姑娘也想去看一看。她取出了自己那漂亮的衣服穿在身上,戴上美丽的宝石。当她走进大厅的时候,她的美丽折服了每一个人,人们自动给她让开一条路。王子走上前去请她跳舞,并且惊奇地问:"告诉我你是谁!我觉得我们俩认识!""你难道不记得你离开我时的行为吗?"姑娘说着轻轻地吻了王子的面颊。王子认出了自己真正的新娘。"走吧,咱们不能在这儿待了。"他带着姑娘上了马车,马儿飞快地跑向那美丽的宫殿。

兔子和刺猬

刺猬双臂抱在胸前,站在家门口,突然间,它想到应该去自己地里转一转,看一看胡萝卜的生长情况,胡萝卜地离它家很近,它和全家经常能够饱餐,并不自觉地把它当成自家的财产。它关上家门向地里走去,绕过野玫瑰丛时,它碰见了兔子。兔子出来啃白菜,刺猬友好地向它问候了一句早安,兔子高傲地对刺猬说:"怎么,来地里瞎逛了?""我是来随便走走。""随便走走?"兔子开怀大笑,"依我看来,你那腿本来可以用在更好的地方!"这些话伤透了刺猬的心,除了别人说它的腿,其他话它都可以忍受,因为它的腿天生是歪的。刺猬说:"咱们赌赛跑,我一定跑赢你!""你一双歪腿还想赛跑!不过你如果愿意赌的话,我愿意奉陪,可赌什么呢?"刺猬说:"一块金币加一瓶烧酒。""可以。"兔子说,"那我们开始吧!"刺猬说:"等一会儿,我先回去吃点东西,半小时后再开始。"

刺猬一边往回走一边嘀咕着:"兔子就是腿长,可是笨得要命,它一定会输给我。"回到家里,刺猬对妻子说:"老婆,快穿好衣服,跟我到田野里去。""干什么呀?"妻子问道。"我和兔子要赛跑,赌一块金币和一瓶酒,我要你跟我一起去。"

半路上,刺猬对妻子说:"那块长条形的地就是我们比赛的地方,兔子跑一条犁沟,我跑对面的另一条,我们从那儿同时跑,你就站在犁沟边,一看见兔子跑过来,你就喊'我已到了!'"

到地里时,刺猬把妻子带到指定的位置,然后独自向另一边走去,兔子已等候在那儿了,"预备,跑!"兔子刚喊完已跑出很远,刺猬只跑了二三步就停下来,坐在沟边不动了。

兔子全速跑到另一头，刺猬的妻子冲它喊道："这么慢，我都到了!"兔子愣住了。

兔子叫道："再来一次。"又飞快地往回跑，刺猬太太却没动，兔子跑到另一头，刺猬喊道："我到了!"兔子很生气，"再来一次!""我奉陪，多少次都可以。"刺猬答道，兔子一气儿跑了七十三趟，刺猬和它的妻子总是说："我已到了!"

在第七十四趟中，兔子倒在犁沟间死了，而金币和烧酒归了刺猬，夫妻俩回家了。

以后，所有的兔子都不敢和刺猬赛跑了。

纺锤、梭子和针

很久以前有一个小女孩,她从小就失去了父母。她的教母一个人住在村边的一个小木屋里,靠纺线、织布和缝衣服,勉强生活。她看到这个小女孩很可怜就把她接到身边,教她各种手艺,女孩十五岁时,教母病倒了,她把女孩叫到跟前,说:"孩子,我不行了,这间小木屋就留给你遮风躲雨吧,还有这纺锤、梭子和针,你拿着它们谋生吧。"然后便离开了人世,女孩在教母下葬时,伤心地走在棺材后。

女孩一个人住在屋里,非常勤劳,各种活都干,她还经常帮助其他人。

正在这时,王子周游全国,来到最穷的姑娘的屋子前,姑娘正在房间里纺线,王子透过明亮的窗口,看着姑娘,姑娘发觉王子正在偷看,脸一下子红了,低下头继续纺线,王子离开了,姑娘走到窗前推开窗户,眼睛盯着王子的背影。

姑娘突然想起以前教母经常说的话,便唱起来:

纺锤,纺锤,快出去把那位求婚者带到我屋里。

纺锤一下子从她手中跳下,跳出门,姑娘非常惊讶,她看到纺锤跳到田野上,身后带着金光闪闪的线,慢慢地消失了,于是姑娘坐在织布机前织起布来。

纺锤追上了王子,王子叫起来:"也许纺锤会给我指明道路吧!"于是掉转马头,往回走,姑娘一边干活一边唱:

梭子,梭子,纺出细线,把那位求婚者领到我这里。

梭子也从她手中滑落,在门槛前自动地织出了一块漂亮的地毯:两边盛开着玫瑰和百合花,中间是绿色的藤蔓,许多小兔在其间跳跃,一只只小鹿探出头,鸟儿停在枝头,除了没有歌声,全都齐了。

梭子掉了,姑娘只好坐下来缝衣服,又唱道:

> 针儿,针儿,你又尖又细,快些把小屋内摆弄整齐。

这时针也滑落了,在屋中飞来飞去,像闪电一样快。不一会儿,桌子和长凳上就盖上了一层绿布罩,椅子盖上了天鹅绒,窗户挂起了丝绸帘,针刚完成动作,姑娘就看见了王子帽上的白羽毛。王子跨下马鞍,踏过地毯,一进屋里,看见姑娘穿着朴素的衣服,害羞地站在那儿,像盛开的玫瑰。王子说:"你就是我找的人,我要你嫁给我。"姑娘把手伸给王子,王子把她带回宫中,他们举行了盛大的婚礼。纺锤、梭子和针被收藏在宝库里,受到了人们的重视。

农民和魔鬼

很久以前有一个聪明机智的农民,他经常搞恶作剧。

有一天,农民种完地往家走去,天已经很晚了,突然,他看见一堆煤正在他的地里燃烧,他十分惊奇地走了过去,看见一个黑色的魔鬼,农民问:"你一定是坐在一堆财宝上吧?"魔鬼回答:"是的!这里的银子多得很。""既然这财宝在我地上,就应该是我的。"农民说。"只要你把这块地往后两年收获的东西给我,这钱就是你的,我非常想要地里的果实。"农民答应了。但是,为了避免分配时吵架,他说:"你拿走地面上的,我拿地下的。"魔鬼同意了,农民种上了萝卜,魔鬼在收获的季节来拿属于它的部分,但除了叶子外没有任何东西,而萝卜自然就归农民所有了。魔鬼说:"这可不行,下回我要地下的,你要地上的。"农民欣然答应,但这次他种了小麦,麦子熟了后,农民割走了沉甸甸的麦穗,把余下的茎留给了魔鬼,魔鬼气冲冲地钻到岩缝中去了。农民高兴地取走了那些财宝。

小 海 兔

古时候,有位公主,她很傲慢,声称不嫁任何人,除非此人能在她面前躲藏起来,让她找不到,可是,如果被她找到了,就得被斩首,已经有九十七个人头挂在宫前的柱子上了。很久没有人来报名了,公主想:"我将自由地生活了。"此时,有兄弟三人同时来见公主,老大钻进了石灰洞,公主派人把他拉出来斩了。老二躲进宫里的地窖,同样被发现了,他的头被挂在第九十九根柱子上。老三走到公主面前,求她给他一天时间想办法,并恳求公主发慈悲,如果他被发现了,就再请给他两次机会,如果第三次失败,他死而无憾,老三长得英俊又很诚恳,公主满足了他的心愿。

第二天,尽管他想了很久,仍然一无所获,于是他拿起猎枪,到野外去打猎。在他正瞄准一只乌鸦准备开枪时,乌鸦大声叫起来:"你放过我,我一定报答你。"于是,老三放下枪,朝前走。到一个湖边时,看见了一条大鱼,他又瞄准了它,鱼也大叫:"你放过我,我一定报答你。"于是他又放过了鱼。后来,他又碰见一只跛脚的狐狸,狐狸说道:"你最好帮我把脚掌里的刺拔掉。"猎人依着狐狸的话做了,可还是想杀死狐狸,狐狸说:"别杀我,我一定会报答你。"老三于是让它跑了。天色已经很晚了,他就回家了。

到了第二天该他躲藏的日子,他不知该到哪儿去躲藏,最后他去森林里找乌鸦,说:"你现在应该帮助我找到一个可以躲藏的地方,以使公主看不到我。"乌鸦想了一会儿,"有了!"它从窝里取出一只蛋,把它分成两半,让青年躲了进去,再把蛋完全合好,自己坐到上面。公主打开一扇扇窗户都没有发现他,公主非常着急,但到了第十一扇窗户时,她终于看见了,派人把乌鸦杀了,并把蛋敲开,让年轻人出来,并以讽刺的口吻说:"好好干吧,要不就活不了了。"

第三天,老三来到湖边,把鱼叫来让它帮助,鱼儿把老三吞到肚子里,并潜到湖底,公主打开每扇窗户时都很失望,终于在打开第十二扇窗户时,发现了他,鱼儿又被杀了,年轻人不得不出来,他非常沮丧,"两次机会已经过了。"公主说。

最后一天,青年来到郊野,找到了狐狸。狐狸想了片刻,带青年走到一处泉水旁边,跳进水里后变成了一个小商贩,青年也跳入水中,变成了一只小海兔,商人来到城里兜售这只乖巧的小海兔。小海兔非常漂亮,公主便买了下来,狐狸叮嘱青年道:"当公主来到窗户边时,你要偷偷地溜到她的辫子里。"到了公主寻找年轻人的时候,她连续打开十二扇窗户都看不见他的影子,所以非常害怕,她把第十二扇窗户一关,用力关的劲非常大,把所有的窗户都打碎了,整座宫殿都颤抖起来。

公主往回走时,感觉到小海兔躲在她的辫子里,于是把它抓了出来,使劲往地上一摔,大声喊道:"一边去,不要让我再见到你。"小海兔来到泉边,沉入湖底,恢复了原来的模样。老三向狐狸致谢,说道:"你比乌鸦和鱼聪明多了。"

老三来到宫中,公主已在等他,他们举行了隆重的婚礼。青年成了整个王国的国王。他从来没有告诉公主藏在哪儿,是谁帮了忙。公主完全相信是他的本领,因此很尊敬他。

神偷手

　　有一天，一位老农与妻子坐在屋前休息，突然一辆套着四匹黑色骏马的车飞奔而来，从车上下来一位男士，这位男士说："我想要一些简单的饭食，就马铃薯吧，让我饱餐一顿。"老农笑道："我会满足您的愿望。"妻子走进厨房开始做饭，农民对那位先生说："陪我去园子里干点话吧！"农民挖了几个坑，把树栽了进去。"你没有孩子帮你干活儿吗？"陌生人问。"没有，"农民答道，"从前是有过一个儿子，但他由于太聪明，什么都不愿意学，老做一些可恶的事情，最后他逃到远方去了，从那以后我就再也没有听到过他的音讯。"陌生人问："您不能认出他吗？"老农说："他身上有一个胎记，在肩膀上，看上去像颗豆子。"他刚说完，年轻人脱下了上衣，把肩膀露了出来，他的肩膀上有一个像豆子一样的胎记。老农大声喊道："你真是我的儿子吗？"亲子之情涌上他的心头，年轻人说："我变成了这样，是因为我是一个神偷手，我可以偷到任何我想要的东西，但我只拿富人的东西，从不偷穷人的，而且经常帮助他们。如果我不费力气很容易就得到的东西，我碰都不碰。"农民说道："我不喜欢你当小偷，这样不会有好下场的。"然后，他们又来到母亲身边，当她得知儿子回来后，激动地哭了，当她又得知儿子成了一个高级小偷时，她伤心地说："即使你成了小偷，你仍旧是我的儿子。"

　　他们一起吃着粗糙的饭食。父亲说："如果伯爵知道你在干什么，那他就会把你放上绞刑架。""没关系，父亲，他不能把我怎么样。我一会儿要去看看他。"天色晚了，儿子坐进他的马车，向伯爵府驶去，伯爵非常热情地款待他，认为他是个有教养的人，但是当他得知男士的身份后，伯爵脸色非常苍白，沉默了一会儿，说："我考验考验你,要是你失败了,你就得上绞刑架。"神偷手说:"请你出三个难题吧!我要是完成不了,听凭你处置。"伯爵考虑了一会儿,道:"第一,你必须把我的坐骑从马棚里偷走;其次在我和夫人睡觉时,把被子拿走而不能被我们发现,并要摘走夫人手指上的结婚戒指;最后,你必须把我的牧师和执事从教堂里偷走。记住,它关系着你的性命!"

神偷手来到邻近的城市,穿上了从一位农妇手里买到的衣服,把脸涂成棕色,并在上面画了些皱纹,最后,买了一些年代久远的匈牙利酒,并把烈性催眠药水倒入其中,给马棚里的士兵喝了。所有的士兵都倒在地上打起了鼾。他飞快地把绕在柱子上的绳子解开,并把马蹄用旧布裹住后,小心地把马牵出院子,然后骑上马逃跑了。

第二天天刚亮,神偷手牵着盗来的马来到伯爵府,伯爵说:"你这次成功了,但下一次小心点,如果你被我抓住了,你将会像其他小偷一样。"

到了晚上,神偷手来到野外的绞架下,偷了一个已被吊死的人,扛着他走向伯爵府,在伯爵夫妇卧室下搭了一架梯子,把死人放在自己的肩膀上,往上爬,爬到一定的高度,死人的头突然出现在窗口,床上的伯爵看见了,就开了一枪。神偷手一松手,让死人摔了下去,自己却躲了起来。伯爵把死人拖到花园里,准备挖坑把死人埋掉,神偷手抓住这个机会,爬进伯爵夫人的卧室,他学着伯爵的声音说:"那小偷虽然死了,但却很可怜,而且他的父母也很可怜,我想现在把他埋在花园里,给我被子,我要把他的尸体裹起来埋掉。"伯爵夫人把被子递给了他,小偷继续说道:"我应该对他宽宏大量,你把戒指也给我吧,我把他与戒指一起埋掉。"尽管妻子不情愿这么做,但还是把戒指摘了下来,小偷拿着这两样东西走了,他在伯爵埋完人以前已回到家里。

第二天早晨,神偷手来还偷到的被子和戒指。伯爵问神偷手:"你怎么会死而复生呢?"小偷答道:"你埋的是另外一个死人。"神偷手把偷窃过程详细地告诉了伯爵,伯爵继续说:"你确实是一个神偷,不过你必须解决第三个难题,要是失败了,你原先做过的一切都没用。"

天黑后,他来到教堂的墓地上,把一根短蜡点燃后粘在螃蟹背上让它爬行,所有的螃蟹背上都有了蜡烛,然后,他穿上了一件长袍,在下巴上粘了一把胡须,所有人都不可能认出他。他拿着口袋,走进教堂。他用刺耳的声音叫道:"你们这些万恶的人,世界的末日到了!听着,如果谁想让我带上天堂,赶快爬进这个袋子。我是负责天堂大门的圣彼得,快爬进袋子,世界就要灭亡了。"牧师和执事离教堂很近,他们看见墓地上的亮光,感觉到有大事发生,他们又走进教堂听了一会儿布道,执事对牧师说:"我们何不利用这个机会,在世界末日到来之前上天堂呢?"牧师和执事相继爬进口袋。神偷手快速系紧口袋,把袋子拖下台阶,拖过村庄,拖上伯爵府的台阶,最后把口袋扔进鸽子笼里,鸽子四处乱飞,神偷手说:"天使们正拍打着翅膀。"然后转身插上门走了。

第二天早晨,神偷手告诉伯爵第三个任务也完成了,伯爵证实了他的话,把牧师和执事放了出来,说:"你真的很聪明,不愧为神偷手,但你必须离开我的领地,你要是回来,只有上绞刑架了。"神偷手与父母告别后,又一次远走他乡,再也没有消息。

鼓　手

　　一天傍晚，一位年轻的鼓手来到一个湖边，看见岸上摆着三件小小的白色亚麻衬衫，他拿起一件塞到口袋里，回到了家。快要睡着时，他听见有人在对他说："鼓手醒醒，请把我的衬衣还给我，你从湖边把它拿走了。"鼓手说："告诉我你是谁，我就把它还给你。"声音答道："我是一个公主，不幸落入巫婆的魔掌，被关在玻璃山上，我和两个姐姐每天在湖里洗澡，没有衬衣，我没有办法飞回去。"鼓手听后，从口袋里拿出衣服，递给她，并说："我怎么帮你呀？""你必须穿过巨人居住的森林，爬上玻璃山，才能把我从巫婆手中解救出来。"

　　天刚亮，鼓手就向玻璃山前进了，他把鼓挂在身上，走进森林，可是一个巨人都没看见。于是鼓手擂起鼓，鸟儿四处乱飞，一会儿，一个在草丛中熟睡的巨人站起来，足有一棵树那么高，他把鼓手背到玻璃山脚下就不往前走了。鼓手只好从他背上下来。

　　鼓手看着光滑如镜的山，试着爬了几次，都是白费力气。正在此时，他看见不远处有两个人在争吵，走过去才知道他们在争一个马鞍子，两人都想要，鼓手说："又没有马，要马鞍子干什么呢？"他们中的一个回答："谁要是想去任何地方，只要骑在上面，说出自己的愿望就能实现，这个鞍子现在该我骑了，他又不肯。"鼓手朝前走了一段距离，把一根棍子插在地上，然后对他们说："你们谁先跑到那儿，谁先骑。"两人立刻快速地跑起来，鼓手则马上跳上鞍子，发誓要到玻璃山上，他马上就到了。鼓手开始敲门，门开了，一个满脸通红的老婆子盯着鼓手，问他来这儿干什么。鼓手说："我来找一位住在这里的公主，但没有找到。"老太婆并不太在意。第二天早晨,她让鼓手把整片森林砍光,把树木劈成柴,堆成堆,并给他一把斧头,一个大锤和两个楔子,但是这些东西刚用时就坏了。他正在为难时,走来一位姑娘,鼓手认出她就是公主,可是老太婆阴险地说:"你还得不到她。"她要把姑娘拖走,鼓手把巫婆抓起来扔进火里,巫婆被烧死了。

公主看着鼓手说:"你为了我做了这么多,你将成为我的丈夫,我们将拥有许多财富。"他们只拿了一些宝石,然后公主转动她的戒指,他们就到了城门前,鼓手对公主说:"我想先向父母打个招呼,你在这儿等我一会儿,我马上就回来。"公主说:"你千万别亲你父母的右脸颊,否则你将忘记你所做的事,不要把我一个人丢在这儿。"鼓手答应后回到家,他高兴地亲了父母的两边面颊,结果他把公主忘掉了,然后把硕大的宝石倒在桌上。父母给他造了一座漂亮的宫殿,母亲则为儿子挑了一位漂亮的姑娘,准备举行婚礼。

公主在城外等了很久,鼓手也没有回来。公主非常难过,知道鼓手一定亲了父母的右脸颊,于是住进林中的一间小屋。每天晚上,她都进城,从他的房前走过,但他不能认出她。后来她得知鼓手的婚礼就要举行了,公主想试一下是否可以让他恢复记忆。婚礼的第一天,她穿了一件像太阳似的发光的裙子,新娘走到公主面前,想买下这套衣服,公主说只要能在新婚的第一晚待在新郎卧室门外,就白送给新娘。新娘答应了,不过她在新郎的酒里下了催眠药水,新郎喝了以后,就睡着了。晚上很晚的时候,公主来到新郎门前,朝里喊道:

鼓手,鼓手,你快醒来,

你难道把我忘了?

在玻璃山上,你曾坐在我的身旁,

我曾帮你逃脱巫婆,

你曾拉着我的手,来表示你的忠诚,

鼓手,鼓手,快回答我。

可是鼓手依然没有反应。第二天晚上,公主用一件像月光一样柔美的衣服换得了一次机会,朝新郎大声喊话。

鼓手依然没能醒来。清晨,人们告诉了新郎陌生人的诉苦,并告诉他新娘在酒里下了药。第三天,公主用一个像星星一样亮晶晶的衣服又换得了一次机会,而新郎这次则把酒倒在床下,公主再次喊道:

鼓手,鼓手,你快醒来,

你难道把我忘了?

在玻璃山上,你曾坐在我的身旁,

我曾帮你逃脱巫婆,

你曾拉着我的手,表示你的忠诚,

鼓手,鼓手,你回答我。

鼓手突然恢复了记忆,后悔自己当初吻了父母的脸颊。他立刻拉起了公主的手,把她领到父母面前,告诉父母整个经历,并举行了真正的婚礼。

坟　山

有一天,有个富人正在家中看着他的一堆粮食,突然响起了一阵急促的敲门声,来人是他的邻居,他非常穷,还有一群吃不饱的孩子。穷人对富人说:"我的孩子在挨饿,请借给我四升麦子。"富人说:"我将白送给你八升麦子,但你必须在我死后,守我的墓三个晚上。"农民答应了。

三天后,富农突然死了,农民想起对他的许诺。晚上,他坐在富人的坟包边,一片空旷,偶尔有一只猫头鹰发出凄厉的叫声。第二天,穷人平安地回到家里。第三夜时,农民感到非常害怕,觉得好像要出事,果然他看到墓地墙根边站着一个男子,农民问道:"你在这儿干什么?"陌生人回答:"我是一个退伍士兵,因为我无处栖身,想在这儿过夜。"农民说:"你要是不害怕,就跟我在一起,帮助我看守那座坟墓。"士兵高兴地同意了。

午夜,突然响起一声刺耳的哨声,一个恶魔站在他们前面,并冲他们喊道:"躲开,躺在地里的人是我的,我必须把他带走。你们如果不躲开,我就杀了你们。"士兵说:"你不是我的长官,我不能服从你,我要一直坐在这儿。"魔鬼一见威胁无效,便用缓和的语调说:"你们愿意为了一袋金子而放弃吗?"士兵说:"如果你能装满我的靴子,我就让路,把这块地给你。"魔鬼说:"我马上回来。"魔鬼走后,士兵把靴底割掉,并放在旁边一个土坑边的草里。两人准备好后,就坐在原地等待。过了一会儿,魔鬼回来了,手上提着一袋金子,魔鬼倒空了袋子,靴子仍旧是空的。士兵大声说:"你回去多拿些来吧!"魔鬼又拿了一袋回来,仍然没能装满靴子。金子在倾倒时发出叮当的响声,可靴子仍然是空的。士兵说:"你怎么这么小气,快多拿些金子来,否则我们的交易终止。"魔鬼再一次回来时背着一个大口袋,当大口袋里的东西倒入靴子时,金子显得比先前多装了一些,他非常生气,想夺走靴子。然而就在此时,太阳升了出来,恶魔大叫了一声逃走了,可怜的灵魂得救了。

农民想平分那些金子,士兵却说:"把我的那份分给别的穷人吧!我想搬到你的小屋里,咱们共用剩余的金子,一起过平静的生活。"

林克兰克老头儿

很久前，一位国王造了一座玻璃山，并说，谁能翻过玻璃山并且不摔倒，他就把他的女儿嫁给他。有个男人非常喜爱公主，公主说，她愿意和他一块儿去翻山，想在他摔倒时扶起他。于是，她和他一起去翻越玻璃山，公主在半山腰滑倒了，山突然裂开，公主掉了下去。山合拢后，他大哭起来，国王派人去劈玻璃山，想找回公主。公主在地底下的大洞里碰见一个老人，公主成了他的女仆，每天早晨，公主替老人烧饭，铺床，做所有的家务活儿，老人每次回家都带着许多金子银子。公主就这样生活了许多年，都变老了，老人叫公主曼斯洛特太太，公主叫他老林克兰克。一天，老人又出去了，公主像往常一样，只留下阳光正好射进来的滑动窗没关。老林克兰克回来后，一边敲门一边叫："曼斯洛特太太，请给我开门。"公主说："我不会让你进来。"老人于是大声喊道："可怜的林克兰克我正站在这儿，有十七条长长的腿，有一只镀了金的脚，快替我铺床，曼斯洛特太太！"

他一边围着转一边叫。他转来转去，看见一扇小窗子开着，就想钻进去，没想到胡子刚塞进时，曼斯洛特太太把系在窗上的绳子拉了一下，窗户便掉下来紧紧夹住了老人的胡子。老头儿嚎叫起来，说疼死了，让公主放了他。公主让他交出了那架用来爬出山洞的梯子。公主于是又在滑窗上系了一根足够长的绳子，然后再放好梯子，爬出了山洞，到了山顶后，她才拉开窗子放了老头。公主回到家之后，把自己的全部经历告诉了父亲。国王听后十分高兴，而且公主的爱人也仍然在等她回来。国王派人挖开玻璃山，找到了老头儿和他所有的金银财宝，杀了老林克兰克。公主与爱人结了婚，并过上了快乐幸福的生活。

水　晶　球

　　很久以前,有一个女魔术师,她有三个儿子,但并不信任他们。她把大儿子变成了一只鹰,让他只能栖身在高山上,它常在空中翱翔飞腾。而她的二儿子也被她变成了一条鲸鱼,他只能住在深海底下,并不时地喷出一股巨大的水柱。兄弟俩每天只有两小时能恢复人形。三儿子害怕自己被变成野兽,如熊、狼之类的,便离家远走了。可是他听说有一位住在金太阳宫里的公主中了魔,便毅然决定去解救公主。他找了很久,走了很多的路,但根本看不见太阳宫殿的影子。这天,他陷入了一片大森林,不知哪儿有出路。突然,他看见远处有两个巨人在向他招手,便走过去。巨人说:"我们有一顶帽子,不知它应属于谁,我们一样的强壮,谁也打不过谁,给我们出个主意吧!"年轻人问:"为一个帽子而这样争夺又何必呢?""这帽子有很多功用,你戴上帽子后,想去哪儿便能到哪儿。"年轻人说:"这样吧,你们先把帽子给我,我先往前走一段,然后我叫你们,你们听到叫声后便开始向前跑,谁先到我跟前,帽子就归谁所有。"他戴上帽子向前走,但由于一直惦记着公主,便把刚才的事忘了。他走啊走啊,最后内心深处发出一声叹息:"哎,我在金太阳宫该有多好啊!"没想到话刚说出来,他竟真的来到金太阳宫门前。

　　他进了宫门,终于在一个房间里找到了公主。但是一看到她时,吓了一跳:她脸上布满皱纹,而且脸呈炭灰色,双眼也黯淡无光,头发成了红色。于是他问:"我不怕任何危险,但我怎样才能救你?"公主回答说:"唉,只有拿到水晶球,把它放在魔术师面前,破除他的魔力后,我才能恢复原来的面貌。"

　　年轻人听完话后便来到山下泉边,那儿有一头公牛,正向他叫。他刚杀死了它,牛就变成一只火鸟想要飞走,这时年轻人的大哥变成的鹰向它扑来,把它赶到海边,并使它扔下蛋。不幸的是蛋掉在了渔夫的屋顶上。小屋冒出浓烟,开始燃烧起来,而这时那位年轻人的另一位兄长——那条鲸鱼游过来,掀起和小屋一样高的波浪,把火扑灭了。年轻人幸运地找到了那个蛋,蛋没有熔化,只是冷水浸过后蛋壳裂了,他完好无损地把水晶球取了出来。

然后年轻人找到魔术师,把水晶球举在他面前,他说:"你破除了我的魔力,而从今以后太阳宫的国王便是你了,而且你的两位哥哥也能被你恢复人形。"随后,年轻人立刻去找公主,而找到她时,发现她已恢复人形,变得光彩照人,后来两人便结成了夫妻。

玛 琳 姑 娘

很久以前有一个国王,他的儿子非常想娶一位强国的公主为妻,那位公主名叫玛琳。公主的父亲没答应王子的求婚,但公主真的很喜欢那个王子,便对父亲说:"我不能也不愿嫁给别人。"她父亲非常生气,下令修建一座不见天日的高塔,塔建好以后,在里面放进了能供七年吃喝的东西,把公主和她的使女关在里面,让她们与人世隔绝。他想用七年的时间,打消女儿的念头。

她们在黑暗中度日。王子经常绕着塔走来走去,呼唤着公主的名字,但由于墙壁太厚,她们在里面根本听不见。时间一天天地过去,最后七年的期限也快要到了。她们剩下的食物只能维持几天,她们用切面包的刀,在石头缝涂灰浆的地方,不停地挖,公主和使女轮流着干,累了就休息一下。经过长时间的努力,终于取下了第一块石头,紧接着第二块、第三块也被取下。三天以后,她们阴暗的栖身所能照进光线了。终于,洞口大得能够朝外观望。她们看见蓝蓝的天空,闻见清新的空气,但她看见周围的一切后又惊呆了,原来她父亲的宫殿已化作一片废墟,城镇、村庄和四周的田野全被烧毁和破坏,一个人影也没有。最后,她们终于能钻出来了。可她们又能去哪儿呢?她们走了很久以后,终于到了另一个国家,便四处找事做。但她们的请求都——被拒绝了,没有人肯同情她们。最后她们来到一座王宫,一位厨师同情她们,留她们在厨房里帮工。

玛琳姑娘以前的情人,正是她们现在所在王国的王子,他父亲已替他选定了另一位新娘,举行婚礼的日子到了,新娘相貌奇丑,不愿见任何人,独自一人待在房间里,负责给她送饭的是玛琳。新郎新娘相见并一起上教堂的日子终于来临了,新娘怕自己长得丑,遭人耻笑,便对玛琳说:"我脚扭伤了,你就穿着我的结婚礼服顶替我吧,我想你以后再也遇不着这么好的事了。"玛琳推辞说:"我不贪图不是我的东西。"她拒绝了。最后新娘威胁说:"你要是再不答应,我就把你杀了。"于是玛琳只好听从,她穿上新娘漂亮的新礼服,并戴上她的首饰。当她走进王宫大厅时,她的美貌把所有的人都吸引住了。国王对儿子说:"我给你选的新娘就是她,你们一起去教堂吧。"新郎这时也惊呆了,他以为站在自己面前的就是自己以前喜爱的玛琳,但他接着想到玛琳关在塔城那么久了,或许早已死了,站在自己面前的不可能是她。于是他拉着新娘的手,一起向教堂走去。玛琳看到路边的一丛荨麻,便说:

> 荨麻丛呀,
>
> 可怜的荨麻丛,
>
> 你为何孤独地在此生长?
>
> 想我以前饥饿难熬时,
>
> 我把你吃过,
>
> 既没有煮,也没有烧。

"你在念什么?"王子问。她回答说:"没什么,我只是想起了玛琳。"王子对她知道玛琳感到很奇怪,但却一句话也没说。他们在墓地前的小桥上经过时,新娘又说:

> 墓地前的小桥啊,你不要断了,
>
> 我可不是真正的新娘。

"你在说什么?"王子问。"没什么,"她说,"我只是想到了玛琳。"王子问:"你

认识玛琳吗?"她回答说:"我只是听说过而已。"他们来到教堂门前,她又说:

> 教堂的大门,你别垮掉,
>
> 我可不是真正的新娘子。

王子又问:"你在那儿说什么?"她回答:"哎,我只是想到了玛琳。"这时王子把一串珍贵的项链戴在新娘的脖子上,扣好链环。他们走进教堂,牧师把他们的手放在一起,他们成了婚,在回去的路上,她一句话也没说。

回到王宫之后,她立即来到丑新娘的卧室把身上漂亮的衣服脱掉,摘下首饰珠宝,重新将她的灰色罩衣穿上,仅仅将项链留在自己的脖子上。

夜色降临了,丑新娘就要被引到王子的卧室里,她在自己的脸上遮了块面纱以便不让王子发觉。所有的来客都走了,王子才问她:"你为什么对路边的荨麻丛说话呀?""对路边的荨麻丛?"她反问道,"我不知道你指的是什么?""你没有这么做吗? 你不是我的新娘,你是假的!"王子气愤地说,她赶忙转了一个念头,说道:"我的思想被我的使女保管着,我去问问她到底是怎么回事。"她假装出去,对玛琳斥责道:"丫头,你到底对荨麻丛说什么来着。""我仅说:

> 荨麻丛啊,
>
> 可怜的荨麻丛,
>
> 你为什么孤独地在这里生长?
>
> 以前我曾耐不住饥饿,
>
> 既没有煮,也没有烧过,
>
> 我生生地将你下咽。

问完后,新娘跑着回到房间里,对王子说:"我现在晓得我对荨麻丛说过什么了。"她将刚刚听过的话重新对王子说了一遍。王子又问:"那你又怎么解释在我们经过墓地前的小桥时,你又对它说了什么呢?"新娘又反问道:"我根本没说什么呀?哪有什么小桥?""你仍然不是我的真新娘,你依然是假的!"丑姑娘便又说:"我去找一下我的使女,问问她我说了什么,因为她掌握我的思想。"于是她又跑着出去了,对玛琳呵斥道:"丫头,你到底对墓地前的小桥说什么了?""我什么也没说,除了:

> 墓地前的小桥,你别倒塌啊,
>
> 我是假的新娘子啊。

"你这么讲真该去死掉!"丑新娘急忙回到王子的房间,对王子说:"我终于知道我对墓地前的小桥说过的话了。"于是又重新将那两句话说了一遍。"那你对教堂的大门又说了些什么呢?""什么教堂的大门呀?"她反问,"我没有同任何大门说过话。""那你还是假的新娘。"她跑出去又呵斥玛琳姑娘道:"丫头,你又对教堂的大门说什么来着?""我除了两句话,什么也没说:

> 你千万不要垮了,教堂的大门啊,
>
> 我只是假的新娘子啊。

"你再这么讲,我就扭断你的脖子。"丑新娘气得不得了,赶忙跑回房里,重新将那些话诉说了一遍。"那你又将我在教堂门口送你的项链放哪儿了!""什么项链呀?我没有收到你的项链。"丑新娘反问道。"我明明亲自给你戴上脖子的,而且还是我亲自为你扣好的。你竟然将这忘了,你肯定是假新娘!"王子边说边去扯丑新娘脸上的纱巾。那张丑陋不堪的脸露出来了,王子惊得不由后退了几步,问道:"你到底是谁?又怎么来到这里了?""我是你的新娘,咱们刚订过婚的,我怕我在公众面前会遭到他们的嘲笑,因此就叫我扫地的使女换上我的衣服,冒充我去教堂。""那么,那个姑娘在哪儿呢?"王子问她,"我很想看到她,你去把她请来吧!"丑新娘答应着出去了。到了外面却对仆人们命令说:"那个扫地的使女骗了我,将她杀了!"仆人们立即将使女抓住,但是使女的呼救声被王子听见了,王子急忙跑出房间,命令仆人们把使女放了。仆人们又拿来了蜡烛,借着烛光,王子发现自己的那条金项链挂在使女的脖子上。"你是我的新娘子,"王子说,"和我一起上教堂的是你,到我的房间里去吧。"当两个人独自在一起时,王子对姑娘说:"你曾经提到过玛琳,而她原是我的未婚妻。你和她长得真像啊。"姑娘说:"我就是玛琳。"接着,他们互相拥抱对方,然后快乐幸福地生活在一起。而那个丑新娘遭到惩罚,被斩首示众。

那个曾经关过玛琳的高高的塔楼一直屹立不倒。当小孩们走过塔旁时,便唱着:

　　　　叮当,叮当,叮叮当,

　　　　谁被押在塔里边?

　　　　里边押着一个公主,

　　　　但可惜我看不到她,

　　　　高塔倒不了,

　　　　石头难碎掉,

　　　　穿着花衣服的小汉斯啊,

　　　　来吧,快走在我后面吧。

水牛皮靴

从前,有个勇敢无比的士兵,他对什么都不害怕,也不在乎。但他退了伍后,因什么都不会干,他不得不四处流浪。他将旧风衣搭在自己的肩上,脚上穿着一双水牛皮缝的马靴。一天,他毫无目的地在田野郊外走着,最后,他来到一片森林里。他不知自己身处何地,仅看见一个穿戴整齐的男人坐在一根被砍断的树干上。那人穿着绿色的猎装。"看来咱们是同病相怜了,那么咱们就一块儿去找出路吧。"猎手笑着说。于是,他们到处找路,直到天黑。"看来找不到路了,"士兵说,"远处不是有微弱的灯光吗?我们去找点吃的吧。"他们找到灯光的所在地——一间石房,敲门后,一个老妇人开门出来了。士兵对老人说:"我们饿得不行了,想找点吃的,还想找个地方待一夜。"老太太说道:"这儿有个强盗集团,你们最好趁他们没回来前快快逃命,否则,小命可能保不住。""我不怕,"士兵说,"我连续饿了两天两夜,什么都没吃,不是被饿死就是被杀死,反正都是死,让我进去吧!"猎手原先还不想进去,但被士兵强拉着进了屋子,士兵安慰他:"进去吧,老兄,不会死的。"

老妇人好心地说:"你们悄悄地藏在炉子后面吧。如果他们吃不了那么多,我就乘他们睡觉时暗地里送进来给你们吃。"他们刚藏好,强盗们就闯了进来,一共有十二个。老太太端出一大块烤好的肉,强盗们吃得十分有味。士兵闻到了香味,对猎手说:"我抵抗不住这香味了,我要去桌边和强盗们一块儿吃。"士兵故意大声地咳嗽,被强盗们听见了,强盗们也是一惊,赶忙放下自己手中的刀叉,跑了过去,发现了躲在炉子后面的士兵和猎手。"啊哈,两位,"他们大嚷道,"你们待在这里是来侦察我们的吗? 瞧着吧,让你们一起去见阎王!""给点面子好不好!"士兵说道,"我饿了,给我点充饥的吧,然后要杀要剐都随你们便。"过了一会儿,强盗头说:"好,给你点吃的,免得你成了饿死鬼。""等着看吧。"士兵边说边坐在桌子旁边坐下,然后旁若无人地大口大口地吃着烤好的肉。猎手心里害怕,仍是不敢上前吃烤肉。强盗们震惊又好奇地看着士兵,士兵说道:"这烤肉味道真好,要是再有点喝的就更妙了。"强盗们答应了士兵的请求,拿来了酒,士兵一下儿就将瓶塞拔出,然后将酒瓶举起在强盗们的脑前摇来晃去,并且对他们叫道:"祝你们全都长命百岁,但请你们现在将嘴张开,并且举起你们的右臂。"边说边将酒猛往嘴里灌。他的话音才落,强盗们就都像石头人似的纹丝不动地待在原地,嘴张得大大的,在空中举着他们的右臂。士兵吃了能抵三天三夜的饭食,这才站了起来。天又亮了,士兵对猎手说:"现在是该离开的时间了,请老太太为咱们指点一条直达城里的近路吧,为了节省时间,越近越好。"他们终于抵达了城里,士兵去看了他以前的战友,对他们说:"我偶然在郊外的一片森林里发现了一个强盗窝,我带你们一起去把强盗窝端了吧。"士兵领着战友们,并且又对猎手说:"你也瞧瞧我们是怎样端掉他们的。"他们到达那里后,士兵叫战友们一起团团围住强盗窝,然后又喝了一口酒,将酒瓶在强盗头上摇来摇去,大声叫道:"是你们醒过来的时候了!"一会儿,强盗们果然醒转过来,被老兵们用绳子捆了起来。然后,士兵吩咐同伴们将他们一个个扔上车,并说:"快开往监狱吧!"这时,猎手忽然把士兵的一个战友拉到一边,向他诉说了另外一件事。

"靴子锃亮的老兄,"士兵说道,"我们制服了强盗们,肚子也吃得饱饱的。现在终于可以放心地上路了。"快到城里时,士兵看到很多人兴高采烈地欢迎着,手中还举着绿色的枝条,接着他又看到御林军拥出城门,向他们走来。"这究竟是怎么回事呢?"他惊奇地问猎人。"你还不知道吗!"猎手回答,"国王回来了,这些人都是来迎接国王的。""可国王又在哪儿呢？我怎么没发现他呢？""他就在你面前,"猎手答道,"国王就是我,我早通知我的属下我这时回来。"猎手边说边将猎装敞开,国王的华服立即露了出来。士兵听了这段话,十分惊讶,急忙跪下,国王不以为过,握住士兵的手说:"你是个无惧、勇敢的战士,而且救了我。我不会让你再四处流浪受苦了。如果你想吃一顿美味烤肉,尽管到我们厨房里去吃。"

儿童宗教传说

林中的圣约瑟

很久很久以前,有一位母亲,她有三个漂亮的女儿,性格各不相同,大女儿为人非常粗鲁,不懂礼貌而且心肠毒辣;二女儿与她相比好得多了,但仍有一些缺点,不是那么讨人喜欢;最小的女儿却是个好姑娘,是个十分虔诚、善良的孩子,大伙儿都很喜欢她。令人感到奇怪的是,母亲十分疼爱的竟是惹人讨厌的大女儿,而讨厌人见人爱的小女儿。因此,善良而又可怜的孩子总是在狠毒的母亲驱使下一个人去森林中捡柴。她希望小女儿会迷路,盘算着让她永远都不要回来啦。想这样把她扔掉。可小女儿是个虔诚善良的好孩子,所以每次都有一个小天使保护着她,带着小女孩走出大森林。可是有一次,不知道为什么,保护小女孩的小天使迟迟没有出现。天黑了,小女儿十分害怕。忽然,她看见远处有一点亮光,小女儿好高兴,便跑了过去,随着亮光她走到了一间小茅屋面前。小女儿轻轻地敲门,"吱"地一声门开了,又出现了第二扇门。她走到第二扇门前,又开始敲门,门开了。给小女孩开门的,是一位非常威严但又慈祥的老爷爷,留着长长的白胡子,小女儿定睛一看,他不是别人,正是圣约瑟啊!小女孩十分兴奋。老人笑着对她说:"进来吧,我的孩子,过来啊!坐到我那火炉边的椅子上吧,进来暖和暖和你的身体。如果你感到渴了,我去给你拿点清水来。"小女孩走进了屋子,她有点饿了。这时老爷爷说:"哦,可怜的孩子,大森林里没有什么东西可以给你吃,我只剩下几根胡萝卜了,不过你必须先洗一下再煮来吃。"说完,圣约瑟把萝卜递给小姑娘。勤快的小姑娘一会儿就煮好了萝卜。圣约瑟说:"小姑娘,我也很饿啊,你能把你的食物分给我一点吗?"小姑娘很快地说:"可以啊!"于是,她把自己的食物分了一大半给圣约瑟,只留给自己一小半。吃完饭,他俩收拾好餐具后,圣约瑟说:"吃饱了,现在我们应该睡觉去了。不过很可惜我只有一张床。你是客人,所以你就睡在床上吧。我睡在地下的草铺上就可以啦。""不,"小姑娘急忙说道,"这是您的床,您应该睡在自己的床上。我睡惯了草铺,我觉得它十分柔软,所以我睡这儿就行啦。"圣约瑟看着好心的姑娘笑了,他抱起小姑娘并放到他自己的床上,小姑娘没有办法,在圣约瑟的一再要求下小姑娘做完祷告后便睡在了床上。这是她最幸福的一个时刻。第二天早上醒来,她怎么也找不到老爷爷,只发现一个钱袋,钱袋上写着:这袋钱是送给昨天夜里在这儿睡过觉的好心的孩子! 小姑娘高兴极了,拿了钱袋,蹦蹦跳跳地走在森林的大道上。这一次虽然没有小天使带路,她却幸运地走出了大森林,回到了母亲的身边。当她把钱给那个妇人时,母亲惊呆了,她无话可说,只好对小姑娘表示满意了。

二女儿听到小女儿的故事也来了兴致。第二天一大早,她便决定去森林里。母亲给了她一块比小女儿的大得多的煎饼和面包。她遇到的情况与小妹妹的一模一样。她也发现了一袋钱,但只有巴掌那么大,钱袋上同样写着:送给昨天夜里在这儿睡过觉的小姑娘! 于是,二女儿也高高兴兴地拿着钱袋回到了母亲身边。她把钱袋交给了母亲,只是悄悄地放了几枚钱币在自己的口袋里。

本来不相信的大女儿也好奇了,打算第二天也到森林里去碰碰运气。她让母亲给她做了很多的煎饼和面包。大女儿还带了很多面包和乳酪。和两个妹妹一样,大女儿也在傍晚到达了小茅屋,并在小茅屋里找到了圣约瑟。大女儿把所有东西都煮成糊糊后,圣约瑟又说了同样的话:"我的食物都给你了,我很饿哟,把你的食物分给我一点吧。"听了这番话,大女儿立刻回答:"等我吃饱了,剩下的再给你吃吧!"可这个坏心眼儿的姑娘吃得一点儿都不剩,圣约瑟老人只好刮碗吃。随后,善良的老爷爷依然要把床让给她,自己已做好准备睡在草铺上了,而大女儿也毫不谦让地同意了,自己往床上一躺便睡着了,可怜的圣约瑟只有躺在硬梆梆的草铺上。第二天早上,使大女儿惊奇的是,在她原来的那个鼻子上竟然多出来了一个鼻子!而且那鼻子伸得老长老长的,她害怕了,一个劲儿地哭着、喊着,她不停地向前跑想找到圣约瑟。大女儿终于找到了他,一头扑倒在圣约瑟的脚下,苦苦哀求,久久地跪在他脚下。看到姑娘的可怜相,圣约瑟心软了,取掉了她多余的那个鼻子。好心的老爷爷还送给她两枚小钱。她走到家后,母亲站在门前问:"圣约瑟给了你什么礼物啊?""哦,他给了我一大口袋钱呢!"她撒谎说,"可惜我在路上把它们都掉啦。""什么,掉啦?"母亲嚷了起来,"呵,走,咱们回去一定要把钱找回来。"说着便拉住大女儿的手,打算和她一起回去找。半路上,跑出来了蜥蜴和毒蛇,她们遇到了攻击。这坏心眼的母女喊着、跳着,到头来蜥蜴和蛇咬死了坏女孩,咬伤了那个狠毒妇人的脚,惩罚她没有教育好自己的这个宝贝女儿。

十 二 使 徒

在基督诞生的三百多年前,生活着一位母亲,她总共生了十二个儿子。她每天祷告上帝,祈求他让她所有的孩子与已经被上帝预言的要降临人间的救世主在一起。可是她没有什么生活来源,她越来越穷了,没法子,只好一个接一个地把十二个儿子打发走。她的大儿子名叫彼得,他不停地走,到了一片大森林里,迷失了方向,进入了密林深处。这时他感到饿了,饿得几乎都走不了一步,终于,他精疲力竭了,只好静静地躺在地上,等待着死亡的到来。可突然之间,一束光照醒了彼得,他看见自己身旁站着一个小男孩,浑身光芒四射,就像一位小天使。彼得挣扎着抬起头望着他。于是,小男孩看着痛苦的彼得问:"你干吗这么伤心绝望地躺在这儿呢?""唉,"彼得一脸沮丧地回答,"我从小就在这个世界上四处漂泊,只是为了生存,希望自己还能见到那个已经预言要诞生并能拯救苦难人们的救世主。"听完这番话,男孩说:"跟我来吧!"彼得跟着他来到岩壁中间的一个大山洞前。小天使带着迷惑的彼得走进洞去,只见四周全闪着金银和水晶的璀璨光芒。而在亮堂堂的洞中央则并排摆着装饰华美的十二张小摇床。彼得惊呆了。这时候,小天使说:"你累了,躺在第一张床上睡一会儿吧,我愿意摇你,直到你入眠。"于是,彼得依照小天使的吩咐做了。小天使便轻轻地唱起了催眠曲,并轻轻地摇啊摇啊,直摇到彼得睡着了。而在他沉睡的那段时间里,他的二弟也被小天使领进来了,而且也被慢慢地摇进了梦乡。就这样,那位母亲的十二个儿子依次一个个到来,全部躺在金摇床里睡着了。他们这一睡就睡了整整三百年,而最后一夜,也是最伟大的一夜——苦难人类的救世主耶稣终于降临到人间了。就在这时候,十二个兄弟终于苏醒过来,实现了自己的最大心愿,成了他的十二个门徒。

玫　　瑰

很久以前,有一个妇人,她们家特别穷,而她还养了两个孩子。妇人总是让较小的孩子每天在树林里打柴。一天,那个最小的孩子走进林子里,碰见了一个与自己差不多大的小孩。那个孩子勤快地帮他拾柴,还替他扛回家里。当孩子一回头的刹那间,那个小孩突然不见了。小儿子把这件奇怪的事情告诉给母亲。母亲却不相信。为了证明自己,他拿回家来一朵玫瑰花蕾,并告诉母亲这花是那孩子给他的。那孩子还告诉他,一等玫瑰开放,他又会出现的。母亲把玫瑰插在了水里等花开。一天早上,母亲走到床边去叫小儿子起床拾柴。孩子已经死了,可躺在那儿却容光焕发。而就在这天早晨,那朵玫瑰花开了,开得很娇艳。

贫穷和谦卑指引天国之路

很久以前有一个王子。一天,他漫步到野外,脸上带着忧心忡忡的表情,静静地凝视天空,说:"嗨!人这一辈子要是到了天上不知有多舒服呵!"就在这个时候,一个穷老头向他走来。王子向他打招呼:"我要怎么样才能上天堂呢?"老头儿毫不犹豫地回答:"通过贫穷和谦虚呗。这样吧,你穿上我的这身破烂衣服,漂泊七年去尝尝穷困的滋味儿。记住,千万别收取钱财,你要是饿了、渴了,就去讨一点儿面包充饥。这样,你会逐渐接近那舒服的天堂!"王子脱下自己华丽的衣服,抛弃了王位,披上乞丐的破衣衫,走出王宫来到了广大的世界上。为了能早日进入天堂,他忍饥挨饿,受苦受穷。按照老头儿的吩咐,他除去一点儿食物以外什么都不要了,也不讲太多的话,只是默默地祈祷上帝有朝一日能接他到天堂去。七年时间过去了,他又回到自己父亲的王宫,可没有人再认识他了。最后,有一个好心的卫士去向王子们报告,可他的兄弟们不相信,也不理睬他。他只好写了一封信给自己的母亲,王后也不相信,但出于怜悯,让他在楼梯下住下,并吩咐两个侍从每天送食物给他吃。其中一个人心眼儿很坏,扣下了大部分食物,只为那身体虚弱、骨瘦如柴的王子送去一些水;而另一侍从非常宽厚诚实,替他领到什么就给他送去什么。但食物依然很少,只可以借此维持生命;王子极力地忍耐着,身体一天比一天更加衰弱。终于他病得很厉害了,便要求领取圣体。弥撒才做了一半,京城里和附近地区的圣钟一起自动敲响了。弥撒做完了,神父看了看睡在楼梯下的穷人。可怜的人儿已经死了,他一只手拿着枝玫瑰,另一只手拿着束百合。在他身旁还有一张纸,纸上写着他流浪的故事及遭遇。

他下葬后,在他坟墓的一侧长出了一株鲜艳的玫瑰,另一侧长出了一丛美丽的百合,就像他死时手中握着的那样。

上帝的食粮

从前有两姐妹,姐姐没有孩子,但却非常富有;而妹妹却是五个孩子的母亲,不幸的是后来成了寡妇,穷得连维持自己和孩子们起码生活的食物都没有。寡妇去找她富有的姐姐借食物。可是,这个特别富有的女人心肠很毒辣,她冷酷地说:"我也一点儿食物都没有哩,怎么借给你呢?"

她把可怜的穷妹妹赶走了。过了一些日子,狠毒女人的丈夫回到家中。他感觉有些饿,便想切一块面包吃,谁知他刚切一刀,那大面包便流出了红红的鲜血。夫妻俩都吓了一跳。富有的姐姐害怕了,便对丈夫说起前几天妹妹来借粮,而自己拒绝她的事。丈夫听完,急忙赶去妹妹家,准备给她点食物,当他跨进贫穷寡妇的房间,发现她正在祈祷,怀里抱着两个年龄最小的孩子,而三个大的已经饿死了。丈夫急忙说要送给她食物,她冷冷地回答说:"我们已不稀罕人间的食粮了!上帝才是好人,他已经满足了我的三个孩子的食欲,只要我们真诚祈求,他一定会满足我们的心愿。"这番话刚一说完,她怀中的两个孩子咽了气。没过多久,那个贫穷的妹妹也心痛欲裂,"咚"的一声躺到地上死了。

三根绿色枝条

很久以前,有一位隐士,住在山脚下的一片大森林中。他没有事情可做,就用祈祷和做善事打发自己的时光。每天傍晚,为了表示自己对上帝的敬意,他总是背几桶水上山去。因此,山上的一些动物有了水喝,一些植物受到水的滋养。隐士的虔诚感动了上帝,他令自己身边的一位天使每天跟随着那隐士上山,等他一完工后便给他送来甜美的食物。这位好心的隐士始终这么虔诚,一天,他看见有一个可怜的罪人被许多人押解着走向绞架,不禁自言自语地说:"这是他罪有应得啊!"傍晚,他背水上山时,那个每天陪伴他的小天使没有出现,他猛地醒悟了,心想自己必定做了什么错事,把上帝惹恼了,可究竟是因为什么事他却怎么也想不到。于是,郁闷的隐士不吃不喝,跪在地上日夜地祈祷,请求上帝的宽恕。一天,他正在林中为自己的罪过而痛哭流涕时,忽然听见一只鸟儿唱得格外动听,格外优美,而隐士的心情变得越加沉郁,愤愤地说:"瞧你这只鸟唱得如此快活哟!你要是能说话,告诉我怎么得罪了上帝,让我知道该如何赎罪,使我的心重新快活起来该多好呀!"没想到那只鸟儿真的开口说话了:"上帝惩罚你是因为你做了不义的事,诅咒了那个被送上绞刑架的可怜的囚犯,不过,只要你每天自觉地悔悟和赎罪,只要你心诚,他还会原谅你的。"话音刚落,他身旁又站着那以前保护他的小天使,手里还举着一根干枯的枝条,并对隐士说:"这根干树枝你必须一直背在身上,直到它发出三条绿色的新枝条来才可取下它们;可是到了夜里,还必须把它搁在枕头底下。而且你还得挨门挨户地去乞讨你所需的食品,记住了! 你在同一所房子里最多只能待一夜。这就是上帝要让你承受的处罚。"

按照天使的吩咐,隐士背上那根枯木,回到他不愿面对但又不得不面对的生疏的人世上。他所有吃的喝的都是挨家挨户乞讨得来的,靠着可怜的施舍过活。这使他常常饿肚子,有一次,他很早便起来乞讨,直至深夜,他讨了一家又一家,可就是没有人愿意给他一点什么吃的,谁也不肯留他过夜;他只好走进郊外的一片树林,他不停地寻找,终于发现了一眼窑洞。洞内坐着一个老婆子。他带着一线希望说:"好心的老妈妈,就让我留在你家过一夜吧!""哦,不行!"老婆婆回答,"我不敢呀。我那三个儿子,一个比一个凶狠并且野蛮,他们去抢劫了。如果他们见我留一个陌生人在这儿,一定会把咱们俩都杀掉的!"隐士恳求她:"好心的老妈妈,留下我吧,他们不会伤害你和我的。"老婆婆被他说动了。于是,隐士终于有一块落脚地了。他躺在台阶下,枕着枯木睡。老太婆问他原因,隐士便把自己的故事告诉了老婆婆。老婆婆大哭起来,感叹道:"天啊! 如果只因为说错了一句话上帝就要惩罚你的话,那我的那些可恶的儿子们在接受上帝审判时,会有什么下场啊!"

到了半夜,妇人的强盗儿子果真回来了。他们大吵大闹,点上火把,把整个窑洞照得如同白昼! 他们发现石梯底下躺着一个陌生人,立刻大发雷霆,母亲说:"就让他在这儿住一晚吧,他是个正在赎罪的可怜人。"强盗们好奇地问:"他为什么赎罪啊?"隐士于是爬起来,又一次告诉了他们自己的事,强盗们被他的故事震动了,对自己所犯的滔天大罪害怕起来,开始自我反省和诚心地悔过赎罪。隐士非常高兴,重新躺在石梯下睡觉。第二天早上,老婆婆发现这位隐士早已死了,他枕在脑袋底下的枯木中,却高高地长出来三根绿色的嫩枝条。大家都明白,这就是上帝给他的恩典,把他接上了天堂。

圣母的小酒杯

有一次,一个车夫载着一车葡萄酒上路。途中,车陷在泥里,车夫费了好大力气也没把车拖出来。这时候,圣母玛利亚正好路过此地,便对他说:"我走得又累又渴,给我一杯酒喝吧,我愿意使你的马车从泥地中出来。"疲惫的车夫回答:"只可惜我没有给你斟酒的酒杯呀。"圣母摘下一朵叫野旋子的小白花递给车夫。车夫吃惊地发现这花的样子很像一只酒杯,而且花瓣上还带着红色纹路。车夫用它斟满酒,圣母高兴地把酒喝下去后,眨眼间马车便活动了,车夫谢了圣母,又继续驾着心爱的马车往前走。直到今天,那叫野旋子的小白花还被称作圣母的小酒杯呢。

老 妈 妈

在一座大城市里有一位孤独的老妈妈,她每天晚上坐在房间里回忆着过去,回忆着自己怎么失去了心爱的丈夫、两个孩子、所有的亲戚朋友,现在只剩下她孤苦伶仃的一个人,心里感到阵阵悲伤。尤其令她难过的是她失去了两个儿子,在极度痛苦中,她抱怨起上帝来。她就这么静静地坐在桌旁,陷入了沉思。忽然间早祷的钟声响了。她奇怪自己是在伤心难过中熬过了整个夜晚,于是便决定去教堂。老妈妈点上灯来到了教堂。她发现教堂里边灯火通明,整个教堂弥漫着一层朦胧的晨光。老妈妈走到自己的老位子旁,看到它已被别人占了,所有的长凳上都挤满了来祈祷的人。突然,使她奇怪的是:这些来教堂的人全是自己死去的亲朋好友,他们坐在那儿,却面无血色,既不念经,也不唱圣诗。这时她的一个老姑妈站起来对她说:"那儿,你瞧那祭坛上,你会看见你的两个儿子!"老妈妈向祭坛望去,果然见她的两个儿子在那儿,一个孩子被吊在绞架上,另一个五花大绑地被捆在刑轮上。老妈妈非常纳闷儿。那老姑妈又说了:"现在你应该知道上帝的用意吧。如果上帝不是在他们还是清白无邪的孩子时就召他们到天堂上来,而是让他们慢慢长大,继续活在世上,那么他们的下场就会是这样子!"

听了这番话,老妈妈立刻跪在地上感谢上帝,感谢他对自己的照顾,忏悔自己误会了人类的救世主。两天以后,人们发现老妈妈躺在床上死了。

天国的婚礼

从前,有一个穷少年,他坚持每天在教堂里听牧师布道:"要想进天堂,就必须永远行得端,走得正。"少年受到启示后便跋山涉水去了。他一个劲儿地朝正前方走啊走啊,翻越了许多山,一点也不偏离正前方的方向。最后,他终于走到一座大城市,找到了一家大教堂,恰巧里边在做弥撒。少年看见教堂一片明亮,非常欢快,以为现在自己已经在天国了。小伙子决定留在这儿不走了。弥撒做完了,教堂执事叫他离开,他坚定地回答:"不,我绝对不会再出去啦,我很高兴自己最终能走进天堂。"没法子,执事只好去跟牧师商量,说教堂里来了个少年,做完弥撒后赖着不肯出去了。因为他一直都认为这儿是天堂。牧师听了后,笑着说:"没关系,让他待在那里吧!"随后牧师又去问少年愿不愿意干活,少年说只要不让他离开天堂干什么都可以,他每天把自己一半的食物放在怀抱耶稣的圣母像前,圣母每天也开始吃东西。一个月过去了,人们发觉圣母变胖了,他们感到奇怪,只有牧师发现了这个秘密。

后来少年病了,等他好了的第一天,他就去给圣母送吃的,牧师也跟在身后,听他说道:"上帝,不要怪我没送吃的给你,我病了,下不了床"。圣母回答:"没事,我

世界经典文库

世界二十大名著

格林童话

图文珍藏版

明白你的真心，下个星期天，我要带你去参加婚礼。"可当星期天，牧师把晚饭带给少年时，少年却已死了，永远地留在了天国。

榛 树 条

一天，圣母看见耶稣在摇篮里睡着了，就说："孩子，我去为你采些草莓来。"在林中，圣母玛利亚看见一个长着丰硕的草莓的地方，当她正准备摘的时候，一条蝮蛇跑了过来，圣母害怕得转身就跑，躲到一株榛子树后，最后蝮蛇又爬走了。圣母采了很多草莓，并说："我也要用榛子树来保护其他人。"从此，绿色的榛树条成了人们对付蛇类和爬虫最有效的武器。

补　遗

穿靴子的猫

磨坊主有三个儿子、一座磨坊、一头毛驴和一只公猫。磨坊用来磨面,毛驴负责搬运麦子和面粉,猫则逮老鼠。

后来,磨坊主死了。老大分到了磨坊,老二分到毛驴,老三只有一只猫,别的没有他的份儿,他很伤心,对自己说道:"老大可以磨面,老二可以骑驴,而我的公猫能干什么?"公猫听后开口说道:"你不用伤心,我有更大的作用,你请人给我做双靴子,然后我穿着它们出去,你会有很多收获。"老三非常惊奇猫能说话,就把鞋匠叫到屋中,给猫做了一双靴子。做成后,猫立刻穿上,还要了一只口袋,装满了粮食,并在袋口上扎了一根绳子。然后出门了。

国王是一个特别爱吃鹌鹑的人,可就是没人能捉到。公猫知道后,走近林子,把口袋打开、粮食摊好后,把绳子藏进草里,牵到一丛小树后面,然后自己也躲了起来,同时眼睛不停地向四处搜寻,注意着周围的动静。不一会儿,一群鹌鹑来吃袋里的粮食。公猫把袋口一封,并把它们的脖子拧断,然后把口袋搭在背上,朝皇宫走去。

猫来到国王面前,行了个礼,说:"我的主人,伯爵×××"——随口说出一个高贵的名字——"向国王陛下问好,并派我送来一些刚捉到的鹌鹑。"

国王非常高兴,叫人取来库里的黄金送给公猫。猫回来后,把金子放在地上,说这是他的靴子换来的。老三不敢相信自己的眼睛,公猫说:"你这些钱还是太少了,我明天出去再拿一些钱回来,并且我已告诉国王,你是一位伯爵。"就这样过了许多天,老三已经有了很多钱,而猫也格外受到国王的宠爱。有一天它碰巧知道国王要去湖边闲逛。公猫赶回家后告诉老三,让他去湖里洗澡,这样可以成为伯爵并可以发财。于是老三跳进湖里,公猫把他的衣服藏到很远的地方。国王的车刚到,公猫就向国王诉苦说它主人的衣服被强盗抢走了。国王马上派了一名侍从回到宫中取来一套衣服。老三穿上了华贵的衣服,国王对老三非常欣赏,公主也为老三的年轻和英俊所倾倒。

公猫自己却赶到一片大草地,这块地是魔法师的,公猫对割草的人说:"国王来了后问这块地是谁的,你们就说是伯爵的,否则你们得死。"在前边还有一块非常大的麦田和一片茂密的树林,当然它们也同样属于魔法师,公猫重复了原话。

公猫继续向前走,来到魔法师的门口,闯了进去,对魔法师说:"听说你可以变成许多种动物,但我还是觉得你变不成一只大象,所以我想来证明一下。"魔法师傲慢地看着公猫:"你看好了。"刚说完已变成了一只大象。公猫说:"太神了,那你能变只狮子吗?"魔法师说:"那太简单了。"顷刻间,又变成了一只狮子。公猫故作恐惧状说道:"太不可思议了,我简直不敢相信,如果你能变只老鼠那才是太厉害了呢,变老鼠可能太难了吧?"魔法师被奉承得忘了形,又变成了一只老鼠,公猫一下子捉住它,把它吃了。

国王则继续乘车游览,当他得知草地、麦田和树木都是伯爵的以后非常吃惊,对他更加佩服了。

他们来到宫殿门口时,公猫已经站在台阶顶上了。车一停,它下来说:"陛下您已到了我主人伯爵老爷的宫殿了。"国王对这眼前的建筑很吃惊,伯爵则把公主拉进了大厅,当然两人举行了婚礼。国王死后,伯爵成了国王,而公猫也当上了宰相。

傻 瓜 汉 斯

很久以前,一个国王和他的女儿生活得非常幸福。有一天,公主生了一个孩子,可孩子却没有父亲。国王想了半天,然后派人把孩子送到教堂,给孩子一个柠檬,说他把柠檬塞给谁,谁就是孩子的父亲。国王告诉守门的人只让英俊的青年进去,然而有一个叫傻瓜汉斯的人也混了进去。孩子把柠檬给了他,国王气得命令把父母和孩子三人关进一只大木桶,扔进海里。公主抱怨道:"都是你害得我成了现在这样子,你干吗挤进教堂?""不,他跟我有关系,因为有一天我希望你生一个孩子,现在真的实现了,而且我希望的一般都会实现。"于是他们相继要了一碗马铃薯和一艘漂亮的船。这个愿望实现了,他们在船上要了很多东西。水手把船驶向陆地,汉斯登岸后说:"我希望有座宫殿!"一座漂亮的宫殿果真出现在面前,早有侍从把母子俩领进宫中,汉斯又把自己变成了一位聪明年轻的王子,公主嫁给了他。

他们愉快地生活了很长时间。有一次,老国王出外打猎迷了路,来到宫门前。公主认出父亲,又告诉国王她是他的女儿,于是他们一起幸福地生活。

鼠皮公主

一位国王把三个女儿叫到床前,因为他想知道哪个最爱他。大女儿说爱他胜过爱整个王国。二女儿说爱他胜过世界上所有珍珠宝贝。三女儿则说爱他胜过食盐。国王非常生气,小女儿竟然这么小看他。于是他叫一名侍从把公主带到森林中杀死。到了林中,侍从不忍心杀她,公主让侍从弄到一件鼠皮大衣后就走了。她来到邻国,冒充一个男仆来服侍国王。每天晚上,她帮他脱靴子,他每次都把靴子扔到公主脑袋上。有一天,其他侍从弄来一枚珍贵的戒指,公主却不小心把它弄丢了,国王把公主传来,问她戒指丢在哪儿啦。公主只好露出女儿身,国王看到后非常动心,就把她娶为王后。

举行婚礼时,公主的父亲也来了。在宴席上,他的菜里都没有放盐。他很生气说:"我还不如死了,这菜一点味也没有。"王后一听马上说:"可你曾经下令处死你的女儿,就因为她说爱你胜过食盐。"国王认出了女儿,求她原谅。对于国王,食盐比他的王国和全世界的珠宝还要可贵。

懒汉和勤快人

　　很久以前，有两个年轻手艺人，他们一起四处漫游，发誓永不分开。可是在一座大城市，他们中有一个人，独自四处乱跑，哪儿热闹他就去哪儿；另一个人则一直吃苦耐劳，干完活后才漫游。有一天，他路过一座绞架，看见地上有一个可怜的人，在星光下，他看出这可怜虫是他当时的伙伴，便把自己的斗篷盖在他身上，躺在他身边睡着了。过了不久，他们就被吵醒了，两只乌鸦站在绞架上在说话。第一个说："上帝会养活我。"而另一只却说："那也应该干点活儿。"这时第一只乌鸦掉在地上，第二只乌鸦等到天亮时给他弄来一些虫子和水。第一只又苏醒了，手艺人看到后很奇怪，两个人带着它们来到另一个地方，乌鸦中的一只仍然很勤奋，另一只仍旧很懒。房东的女儿非常喜欢勤劳的乌鸦，吻了它一下。突然乌鸦掉在地上变成了一个年轻的美男子，他说："我们是兄弟，有一天把父亲气坏了，他诅咒我们变成乌鸦，直到一位美丽的姑娘吻我们才能得救。"所以勤劳的得救了，而懒惰的却没人吻它，那个懒散的手艺人从此变得勤快起来。

雄狮和青蛙

　　一位国王有一儿一女，王子经常出去打猎，有时长时间住在森林里。有一次，王子进去后再也没回来，他的妹妹很伤心，就走进森林去寻找他。她走了很久，突然看见身边有一头雄狮，狮子非常友好地让她骑到背上，并带她来到一座洞穴里。公主一点儿都不害怕，他们走了很久，又看见了阳光，并看到了一个漂亮的花园里耸立着一座华丽的宫殿。狮子说："你要是想见到你哥哥，必须住在这里服侍我。"

　　于是公主留了下来，服侍着狮子。有一天她在园中散步，来到一个池塘边，看见上面有个小岛。小岛上面有只绿色的青蛙,头上顶着片蔷薇叶子,青蛙问道:"你为什么这么伤心呢?"公主便把心里话告诉了青蛙。青蛙说:"只要你每天给我摘片蔷薇叶子当帽子,我就可以帮助你。"每次雄狮要东西时,公主都来到青蛙面前,青蛙总是先准备好了。青蛙告诉公主:"等狮子睡着了,你必须用剑把它的脑袋砍掉。"公主不想答应,但青蛙告诉她不杀狮子就见不到她哥哥。晚上,狮子睡着了。公主拿起宝剑砍下了狮子的脑袋,突然间她哥哥站在了她身边。哥哥激动地告诉她:"我被别人诅咒成这个样子,直到有一位姑娘出于对我的关心亲手砍掉我的头,才能复活。"兄妹二人来到池塘边想感谢青蛙,看见青蛙向火里跳去。火灭了之后,一位美丽的姑娘便出现了。她就是王子心爱的姑娘,也被诅咒了,他们一起回到了王国,随后举行了盛大的婚礼。